QUATRO ESTAÇÕES NO JAPÃO

Do mesmo autor, pela **VR Editora**

Um gato em Tóquio

NICK BRADLEY

QUATRO ESTAÇÕES NO JAPÃO

TRADUÇÃO
Raquel Nakasone

TÍTULO ORIGINAL *Four Seasons in Japan*

Copyright © Nick Bradley, 2023
Publicado mediante acordo com Johnson & Alcock Ltd.
Todos os direitos reservados.
© 2025 VR Editora S.A.

GERENTE EDITORIAL Tamires von Atzingen
EDITORAS Marina Constantino e Thaíse Costa Macêdo
ASSISTENTE EDITORIAL Michelle Oshiro
PREPARAÇÃO Ana Beatriz Omuro
REVISÃO Juliana Bormio de Sousa e João Rodrigues
ARTE DE CAPA Irene Martinez Costa / TW
ILUSTRAÇÕES Rohan Eason
FOTOGRAFIAS © Nick Bradley
DIAGRAMAÇÃO Pamella Destefi e P.H. Carbone
PRODUÇÃO GRÁFICA Alexandre Magno

Dados Internacionais de Catalogação na Publicação (CIP)
(Câmara Brasileira do Livro, SP, Brasil)

Bradley, Nick
Quatro estações no Japão / Nick Bradley; tradução Raquel
Nakasone. –São Paulo: VR Editora, 2025.

Título original: Four Seasons in Japan
ISBN 978-85-507-0663-4

1. Ficção inglesa I. Título.

25-253990   CDD-823

Índices para catálogo sistemático:
1. Ficção: Literatura inglesa 823

Aline Graziele Benitez – Bibliotecária – CRB 1/3129

Todos os direitos desta edição reservados à
VR Editora S.A.
Av. Paulista, 1337 – Conj. 11 | Bela Vista
CEP 01311-200 | São Paulo | SP
vreditoras.com.br | editoras@vreditoras.com.br

Para
E. H. Bradley
e Pansy

雨ニモマケズ

宮沢賢治　（昭和6年）

雨ニモマケズ　風ニモマケズ
雪ニモ夏ノ暑サニモマケヌ丈夫ナカラダヲモチ
欲ハナク　決シテ瞋ラズ　イツモシズカニワラッテイル
一日ニ玄米四合ト　味噌ト少シノ野菜ヲタベ
アラユルコトヲ　ジブンヲカンジョウニ入レズニ
ヨクミキキシワカリ　ソシテワスレズ
野原ノ松ノ林ノ蔭ノ　小サナ萱ブキノ小屋ニイテ
東ニ病気ノコドモアレバ　行ッテ看病シテヤリ
西ニツカレタ母アレバ　行ッテソノ稲ノ束ヲ負イ
南ニ死ニソウナ人アレバ　行ッテコワガラナクテモイイトイイ
北ニケンカヤソショウガアレバツマラナイカラヤメロトイイ
ヒデリノトキハナミダヲナガシ
サムサノナツハオロオロアルキ
ミンナニデクノボートヨバレ
ホメラレモセズ　クニモサレズ
ソウイウモノニ　ワタシハナリタイ

Sem se render para a chuva

de Miyazawa Kenji (1931)
traduzido para o inglês por Nick Bradley

Não se rende para a chuva   Não se rende para o vento
Não é derrotado pela neve   nem pelo calor do verão
Mantém o corpo forte   ausente de desejo
Nem zangado, nem ressentido   sempre sorrindo calmamente
Quatro xícaras de missô de arroz integral   e alguns vegetais por dia
Observa todas as coisas   de forma imparcial e altruísta
Olha, ouve, compreende   nunca esquece as lições aprendidas
Vive numa simples cabana de palha   à sombra dos pinheiros da floresta
Se há uma criança doente a leste   cuida para que fique saudável
Se há uma mãe cansada a oeste   ajuda-a a colher arroz
Se há alguém morrendo ao sul   diz-lhe que não há o que temer
Se há briga ou disputa ao norte   pede-lhes que façam as pazes
Em tempos de seca, chora suas lágrimas   no verão frio, vaga sem rumo
Considerado um zé-ninguém   não recebe elogios nem é notado
Esse é o tipo de pessoa   que eu gostaria de ser

Flo: Primavera

– E aí, o que anda acontecendo com você esses dias, Flo-chan? – Kyoko deu um gole na cerveja e a colocou de volta na mesa, ao lado de uma tigela de edamame.

– É mesmo, o que anda acontecendo? – Makoto falou, batendo o cigarro num pratinho cheio de ossos de frango antes de dar outra tragada. – Você parece meio pra baixo ultimamente.

Flo pegou o copo de chá oolong e soltou uma risada constrangida.

– Pra baixo? Estou bem!

Kyoko, Makoto e Flo estavam sentados a uma mesa baixa num izakaya de Shinjuku famoso por suas cervejas importadas. Tinham vindo direto do escritório. Inicialmente, Flo recusara o convite, usando como desculpa uma combinação de exaustão e falta de vontade de estar no meio das multidões que saíam para ver as cerejeiras em flor – era o auge da temporada de hanami. Então Kyoko a pegou pelo braço e a conduziu com firmeza até a porta, como se fosse um segurança removendo um encrenqueiro das instalações.

– Você vai com a gente – ela disse, ignorando os débeis protestos de Flo. – Quer queira, quer não.

Agora que estava ali, Flo tinha de admitir que era bom estar em outro lugar que não o trabalho, ou sua casa, ou o café do bairro com seu laptop – os únicos três lugares que andava frequentando nos últimos meses. A princípio, Kyoko e Makoto sugeriram ir ao Parque Ueno para se sentarem sob as cerejeiras, e quando Flo começou a argumentar que as sakuras eram superestimadas em comparação às folhas do outono, Kyoko a interrompeu e insistiu que fossem a seu izakaya favorito. O pequeno boteco japonês era pouco decorado, tinha piso de tatame e mesas baixas de madeira rústica.

O ar estava denso com a fumaça do cigarro de Makoto, apesar de as mesas estarem mais vazias aquela noite.

– É que você anda meio diferente – Kyoko disse, franzindo o cenho. – Não sai mais com a gente. Não responde às minhas mensagens. A professora de caligrafia vive me perguntando por que você não está indo às aulas. Tive que mentir pra Chie-sensei e dizer que você está doente.

Flo não comentou nada. Abaixou o copo de chá e ficou vendo Makoto soprar uma nuvem de fumaça para a mesa ao lado. As duas garotas ali sentadas fizeram cara feia, mas ele não percebeu.

Kyoko estava usando suas habituais e imaculadas roupas de trabalho: suéter polo cor-de-rosa e calça creme. O cabelo estava preso em um rabo de cavalo impecável e a maquiagem era perfeita e discreta, como sempre. Flo sentia certa inveja de como Kyoko não parecia fazer esforço algum, sempre incrivelmente linda sem nem sequer tentar. Em contraste, suas roupas de trabalho eram surradas e velhas, o contrário do tipo de vestimenta que uma trabalhadora japonesa poderia se dar ao luxo de trajar. Calça larga e camisa social eram o máximo que ela conseguia usar. Makoto estava vestido como qualquer outro assalariado de Tóquio, a única diferença era uma elegante gravata marrom que Kyoko escolhera para ele em Ginza no mês anterior – e que ele já havia afrouxado um pouco.

– Desculpe se eu estiver sendo direta demais – Kyoko disse, suavizando a voz. Flo não conseguiu evitar um sorriso; Kyoko era sempre direta! Era uma das coisas que Flo apreciava nela. – Só fiquei preocupada pensando que... sei lá. Que você não queria mais ser minha amiga.

– Não! – Flo exclamou, alarmada. – Claro que não!

Kyoko era uma de suas amigas mais próximas em Tóquio. Flo não diria que era sua "melhor" amiga – "melhor" implicava um grau de intimidade que ela não tinha com ninguém na cidade. Exceto com Yuki. Quando Flo e Kyoko começaram a se ver fora do trabalho para ir às aulas de caligrafia em Chiba, Flo até nutriu esperanças de que pudesse rolar algo mais entre as duas, quem sabe. Por sorte, antes que tentasse algo constrangedor, descobriu que Kyoko estava saindo com um cara de quem gostava muito. Felizmente, esse cara era Makoto, um afável colega de trabalho que Flo já conhecia e curtia, e ela ficou mais do que feliz em sair com o casal, sem nunca sentir que estava sobrando.

Até várias semanas antes, o jantar de quarta à noite era um ritual para os três, especialmente depois que Flo reduzira o número de dias em que ia trabalhar no escritório. Estava na invejável posição de encerrar o expediente na quarta, podendo usar a quinta, a sexta e o sábado para se dedicar aos projetos de tradução literária. Mas fazia séculos que não saía com eles. Quando fora a última vez que os três saíram juntos? Um mês antes? Dois?

– Até Makoto notou que você está diferente – Kyoko falou depressa, mudando do japonês para o inglês numa tentativa de cortá-lo da conversa. – E geralmente ele não entende nada de mulheres.

Makoto apurou os ouvidos para ouvir o inglês avançado de Kyoko e entendeu mais ou menos o que ela estava dizendo. Ela deu uma risadinha diante do esforço dele.

– É verdade – ele comentou humildemente em inglês, ainda que um pouco envergonhado.

Pobre Makoto. Estava sentado ao lado de Kyoko, ambos do outro lado da mesa, na frente de Flo. Estava prestes a bater as cinzas no pratinho de ossos de novo quando Kyoko lhe deu um leve tapa no pulso. Ele abaixou a cabeça e pegou o cinzeiro que ela deslizou para ele.

– Vamos, Flo-chan – Kyoko falou gentilmente, voltando para o japonês. – Pode nos contar.

Flo mordeu o lábio e olhou para o celular. Nada de novas mensagens.

Em geral, Flo era aberta e sincera, mas sempre mantinha a vida pessoal em particular, mesmo com eles. Acima de tudo, não achava que podia lhes contar sobre Yuki. Será que Kyoko e Makoto ficariam surpresos se soubessem que ela namorava mulheres? Provavelmente não – nada do que eles já tinham falado ou feito indica o contrário –, mas Flo nunca mencionara o fato, pois isso não era da conta de ninguém, e agora eles já se conheciam havia tanto tempo que ela não fazia ideia de como tocar no assunto. Era como se tivesse construído um muro gigante ao redor de si mesma, uma barreira impenetrável, e a possibilidade de derrubá-lo para deixar qualquer um entrar lhe parecia absolutamente aterrorizante. Era muito mais fácil – mais seguro – se manter fechada. Então não, ela nunca lhes contara sobre Yuki. Nunca mencionara como elas se conheceram, nem que estavam morando juntas, tampouco que Yuki planejava se mudar para Nova York em um mês para trabalhar numa livraria enquanto estudava inglês. Sua relação com Yuki, mais do que qualquer outra coisa, era o que estava lhe causando tanto estresse.

Só que Flo não podia falar sobre nada disso. Assim, fez o que qualquer um faria: aproveitou a oportunidade para falar sobre as outras preocupações que estava experimentando na vida – igualmente urgentes, mas mais fáceis de serem discutidas em público.

– É que... – ela começou.

– Sim? – Makoto assentiu.

– Pode falar – Kyoko a incentivou, sem conseguir esconder a própria avidez.

– Bem, ando tendo umas dúvidas.

– Que tipo de dúvidas? – Kyoko perguntou na mesma hora.

Flo curvou os ombros e olhou para a mesa, incapaz de manter contato visual com os amigos.

– Vai parecer meio melodramático. – Ela fez uma pausa. – Mas... não sei o que estou fazendo com a minha vida.

Kyoko e Makoto ficaram em silêncio, esperando que ela continuasse. Makoto apagou o cigarro. Flo continuou:

– Tipo... não sei se ainda sinto prazer fazendo, sabe... o que faço.

– Ah, Flo-chan. – Rugas brotaram no rosto perfeito de Kyoko conforme uma expressão de profunda preocupação surgia. – O trabalho no escritório está atrapalhando as suas traduções? Porque, se estiver, podemos reduzir seu horário. Podemos...

– Não – Flo disse, balançando a cabeça. – Não é isso.

– Está com saudade de Portland? – Makoto perguntou. – Da sua família?

– Bem... – Flo gaguejou e se atrapalhou com as palavras. – Sinto saudade da minha mãe, sim. Claro. E às vezes sinto saudade de Portland. Mas não é isso que está me incomodando.

– Pode nos contar!

Kyoko e Makoto se inclinaram para a frente ao mesmo tempo. Era difícil para Flo não sentir que estava sendo interrogada, mas ela não podia culpá-los. Eram seus amigos e era isso que amigos faziam, não? Eles se importavam com ela. Que falta de consideração ignorá-los por tanto tempo.

Flo arregaçou as mangas do suéter que estava usando e apoiou os braços na ponta da mesa.

– Eu só... não sei se ainda sinto prazer na leitura. – Ela parou de falar, se sentindo besta depois de dizer aquelas palavras. Kyoko e Makoto pareciam confusos, mas ela continuou: – Tipo, sempre pensei que a literatura e a tradução fossem as coisas mais importantes da minha vida. Trabalhei tanto pra traduzir aquele livro e conseguir publicá-lo...

– É um livro maravilhoso – Kyoko a interrompeu –, e você fez um ótimo trabalho. Você é uma tradutora incrível... – Makoto a cutucou de leve antes de acender outro cigarro. – Desculpe – Kyoko falou, inclinando-se ligeiramente para trás. – Por favor, continue.

– Não, tudo bem – disse Flo. Ela nunca sabia lidar com os elogios de Kyoko. Ou de qualquer outra pessoa, na verdade. Elogios lhe pareciam tão vazios! Só que ela jamais deveria comentar isso com ninguém. – Fiquei satisfeita com o trabalho que fiz, mas agora estou meio... apática. Não quero parecer ingrata, mas... nossa, estou me sentindo uma reclamona. Oh, ai de mim! – Flo balançou a cabeça antes de dar um gole no chá. Quanta autopiedade! Ela devia ter ficado de boca fechada em vez de sair despejando tudo neles daquele jeito.

– Pare com isso, Flo-chan – Kyoko disse baixinho. – Você não é reclamona. Todo problema é válido, não importa se é grande ou pequeno.

– Acho que entendo como você se sente – Makoto falou, acenando a cabeça, reflexivo.

Kyoko estreitou os olhos para ele e disse:

– Como assim?

Makoto sugou o ar entre os dentes, fingindo irritação.

– Flo realizou o sonho dela.

– O que é que você sabe dos sonhos *dela*? – Kyoko perguntou, revirando os olhos.

– Bem, não sei exatamente sobre os sonhos dela. Mas sei uma coisinha ou outra sobre sonhos em geral. – Ele deu uma longa tragada no cigarro e soprou outra enorme nuvem de fumaça nas garotas da outra mesa, que desta vez abanaram o ar na frente do rosto e fizeram careta. Mas Makoto continuou em seu mundinho. – Às vezes, pode ser perigoso realizar seu sonho.

– Quem diabos você pensa que é? – Kyoko zombou, sacudindo a cabeça. – Sentado aí, fumando e tentando fazer declarações profundas e filosóficas. Está agindo como se fosse uma espécie de estrela de Hollywood. Não a interrompa! Flo-chan estava explicando como se sente, e você começou a tagarelar sobre sonhos como se soubesse exatamente do que ela está falando. Fique quieto e ouça.

Makoto balançou a cabeça.

– Mas acho que sei o que ela está querendo dizer...

– Deixe-a terminar primeiro!

– Que tal *me* deixar terminar?!

Flo não conseguiu deixar de rir um pouco daquela briga fingida. Ela sabia que os dois estavam fazendo isso de brincadeira – como uma dupla de comédia manzai – para animá-la e levantar seu ânimo. Ela se inclinou para a frente e ergueu as mãos.

– Por favor, não briguem. Eu só quis dizer que... acho que Makoto está meio que certo. O que é que se faz *depois* de realizar seu maior sonho? O que vem depois?

Makoto acendeu outro cigarro e se recostou na cadeira, cruzando os braços presunçosamente.

– Foi o que pensei. – Ele lançou outro olhar rápido para Kyoko, que estava balançando a cabeça e o imitando. Ele a ignorou, encarou Flo e continuou: – É tipo aqueles caras que se inscrevem nas competições de Street Fighter II.

– *Como?* – Kyoko perguntou, genuinamente exasperada desta vez. – *O que* isso tem a ver?

– Me deixe terminar! – ele falou, perdendo um pouco da calma.

– Tudo com você é sobre Street Fighter II – Kyoko resmungou. – Você compara tudo com esse jogo. Você nem é tão bom assim. Eu te dou uma surra toda vez.

– Shhh!

Flo deu risada de novo, enquanto Makoto e Kyoko se esforçavam para manter o rosto sério.

– O que estou tentando dizer – Makoto continuou – é que, depois que você realiza um sonho, você pode pensar em outro… talvez… – E parou de falar, sem convicção.

Kyoko suspirou.

– Acabamos de te ouvir. Pra quê?

Makoto inclinou a cabeça.

– Acho que soou mais profundo e útil na minha cabeça, antes de eu falar em voz alta.

– Talvez você devesse ouvir mais e falar menos. – Kyoko fez uma careta para ele e sorriu para Flo, que sorriu de volta.

Ela estava um pouco mais animada, mas ainda tinha o que dizer:

– É que fico lendo esses livros que não me inspiram.

Kyoko assentiu.

Flo continuou:

– Preciso encontrar o livro certo pra traduzir, mas não acho.

Makoto apagou o cigarro e expirou a fumaça pelas narinas.

– Você vai encontrar, Flo-chan – ele disse, olhando para Kyoko. – O livro certo vai chegar na hora certa. Você só precisa ter paciência.

⁂

Naquela noite, depois de se despedir de Kyoko e Makoto dentro das catracas da estação Shinjuku, Flo pegou o trem para casa. Kyoko segurara seu braço carinhosamente e Makoto sorrira e acenara antes de seguirem pelo saguão em direção à plataforma deles. Em geral, Flo procurava evitar o último trem da noite desde a vez que alguém vomitara no vagão lotado feito uma lata de sardinha. Não queria repetir a experiência.

Flo se sentou e, sem pensar, verificou o celular, mas não havia nenhuma mensagem. Deu uma olhada nas redes sociais, também sem nenhuma notificação. Em vez disso, viu apenas fotos de coisas que vagamente prendiam seu interesse – lembrando-a de que não estava de férias, que fazia muito tempo que não comia num restaurante chique, que não tinha um bebê, que não era casada e que, quando Yuki fosse embora no mês seguinte, ela ficaria sozinha, a não ser que também fosse. Sua publicação mais recente era de alguns meses atrás, sobre uma resenha do livro que traduzira publicada em algum impresso. Ultimamente, estava perdendo a disposição até de promover o próprio trabalho. Não que houvesse muitos trabalhos para promover, de qualquer maneira.

Então começou a escrever um *tweet* sobre tradução no celular – ela vinha adicionando *tweets* a uma *thread* antiga sobre suas palavras japonesas favoritas:

木漏れ日 (komorebi) – luz solar filtrada pelas árvores

Só que todo mundo conhecia essa palavra agora, não? Ela a vira em várias publicações com títulos como "Top 10 Palavras Intraduzíveis!". Ironicamente, todas as dez palavras listadas tinham sido traduzidas no artigo. Deletou o *tweet* sobre komorebi e tentou outro:

諸行無常 (shogyo mujo) – impermanência das coisas mundanas

Ela se permitiu dar um sorriso amargo antes de deletar esse também.

Enquanto o trem seguia lentamente pelos trilhos da linha Yamanote, ela observava pela janela os imponentes edifícios de vidro cinza e os outdoors berrantes do centro de Tóquio contra o céu noturno. Quando foi que deixara de se impressionar com a cidade? As pessoas em Oregon não acreditariam no que ela via todos os dias, mas Flo estava tão familiarizada com a paisagem urbana de Tóquio que agora ela lhe parecia mundana. Um pouco entediante até. Que horrível pensar assim. Tóquio, entediante. Nem as festividades de hanami a empolgavam mais – dissera exatamente isso para Kyoko.

Estaria enjoada do Japão? Será que deveria se mudar para Nova York com Yuki?

Dali a um mês... Yuki partiria. Mais cedo ou mais tarde, Flo teria que tomar uma decisão.

Ela olhou em volta, procurando no vagão algo para distrair a mente das ansiedades que corriam descontroladas dentro de sua cabeça. Era preferível até pensar em trabalho, embora ele estivesse relativamente tranquilo fazia meses.

Desde que Flo passara a trabalhar meio período no escritório, podia definir o próprio horário. Na qualidade de gerente direta, Kyoko era extremamente gentil e tolerante com ela em termos de horário e responsabilidades. Porém, estranhamente, quando Flo reduziu as horas no escritório, começou a sentir falta de trabalhar com o pessoal de lá. Todos foram muito compreensivos com sua incursão no mundo da tradução literária – seus colegas pareciam felizes e queriam que ela tivesse sucesso.

Eles até fizeram um minilançamento para Flo quando sua primeira tradução foi publicada – a coletânea de contos de ficção científica de um de seus escritores favoritos, Nishi Furuni. Kyoko e Makoto organizaram um evento-surpresa para ela. Reservaram uma área privada no mesmo izakaya de antes e dispuseram cópias do livro para que ela as autografasse.

Até os filhos do falecido autor apareceram a fim de parabenizá-la. Que dupla eles formavam! O mais velho, Ohashi, usava uma bandana roxa e um quimono formal, e ficou distribuindo autógrafos alegremente para os fãs aleatórios que compareceram. Ele fora um famoso contador de histórias de rakugo no passado e, depois de lutar contra o alcoolismo e viver na rua, estava voltando para os teatros de Shinjuku. Passou a noite toda bebendo chá, enquanto o irmão mais novo, Taro, bebia cerveja. Eles pediram a Flo que lesse um trecho de um conto do livro chamado *"Copy cat"* – Flo leu sua tradução, e Ohashi leu o mesmo trecho em japonês. Ele leu primeiro, e Flo ficou encantada com sua incrível habilidade de contar histórias, com sua capacidade de mudar drasticamente a voz para interpretar personagens diferentes, com o *timing* cômico e os gestos perfeitos que ele usava para trazer vida à performance. Ela observou Taro enquanto o irmão mais velho lia e notou que ele tinha os olhos marejados e uma expressão de orgulho jubiloso no rosto que quase dissipou seu próprio nervosismo.

Mais do que tudo, porém, Flo experimentara uma ansiedade avassaladora. Ostentara uma cara alegre e corajosa para todos, mas a verdade era que, no fundo, estava se sentindo terrivelmente enjoada. Enjoada de si mesma, mais precisamente. Tinha passado semanas divulgando o trabalho, mas, agora que todos estavam ali, sentia uma pressão tremenda para não os decepcionar, para fazer com que tudo valesse a pena.

Sua leitura empalidecia em comparação com a de Ohashi, o artista profissional. Sua voz soava estranha e empolada, e ela se sentiu ansiosa e esquisita com os olhos de todos fixos nela, enquanto gaguejava palavras básicas do inglês. Ela leu uma frase que sempre achara engraçada, e até ousou erguer a cabeça para fazer contato visual com o público, mas, para seu horror, ninguém riu – sua hesitação acabara completamente com a graça. Percebera até um erro de digitação na primeira página do livro no dia anterior, enquanto ensaiava. Um erro de digitação! Depois de todo aquele trabalho! Ela o corrigiu com uma caneta, mas acabou gaguejando, sem jeito, naquela mesma palavra. Claro, todos foram gentis e compreensivos e bateram palmas quando terminou, mas Flo não conseguiu afastar a sensação de que tinha falhado. Havia algo extremamente decepcionante nela – até constrangedor –, e todos apenas eram educados demais para reconhecer. Talvez todos estivessem pensando isso em segredo.

Sentada no trem, Flo ficou repassando aquela noite na cabeça.

Parecia que tinha acontecido havia um século.

Será que traduziria outro livro de novo? Ela pensou que ficaria feliz quando fosse publicada – e ficou, não havia como negar. Estava tremendamente orgulhosa de todo o trabalho que tinha feito naquele livro. Ainda assim, ele introduziu um estresse e uma insegurança em sua vida que não existiam antes. De alguma forma, ela se sentia mais insegura agora que era uma tradutora publicada – estava menos confiante do que quando só trabalhava para a realização desse sonho.

Makoto acertara em cheio no palpite que fizera mais cedo.

Às vezes, pode ser perigoso realizar seu sonho.

Qualquer um ficaria exultante na posição de Flo, ela tinha certeza. Era óbvio que havia algo severamente errado com ela.

Flo se espreguiçou e bocejou, estremecendo de leve com a intensidade dos próprios pensamentos. Eles davam voltas e mais voltas em ciclos exaustivos e intermináveis. Pegou o celular de novo e abriu o aplicativo TrashReads. Apesar de todos os instintos de seu corpo gritarem "Não faça isso, não olhe!", ela fez: procurou o título do livro que havia traduzido.

Ali estava, com uma avaliação de 3,3 estrelas. Não era ruim. Nem bom. Mas, se fosse a nota de um restaurante no Google, você provavelmente não comeria lá. Ela desejou que a nota fosse mais alta. Mas, quando viu seu nome como tradutora, o orgulho borbulhou dentro dela. Ali estava, em preto e branco. A verdadeira evidência: ela era uma tradutora literária.

Fazia tempo que não olhava as resenhas dos usuários. Seu dedo ficou pairando sobre o link que indicava as mais recentes. Ela hesitou, pensando brevemente sobre como fora esculachada no passado, mas naquela noite precisava muito de algum conforto. De encorajamento. Clicou.

Seu rosto murchou conforme lia.

★☆☆☆☆

LIXO RACISTA E SEXISTA

Que porra acabei de ler????? Essa "coletânea" de contos de ficção científica não tem nada de especial. Algumas histórias são ok, outras são uma bosta. Estava lendo e pensando aff, que tédio, mas quando cheguei no quinto conto, não aguentei. QUE PORRA??? Esse Nishi Furuni (de quem eu nunca tinha ouvido falar na vida) escreveu essas histórias de merda, que passaram anos sem serem traduzidas (provavelmente por um bom motivo), e enfim, o quinto conto foi demais e eu larguei a leitura no meio. ELE ESCREVEU SOBRE UM PLANETA POPULADO INTEIRAMENTE POR ROBÔS FEMININOS SEXUAIS??? DÁ PRA SER MAIS MISÓGINO QUE ISSO???? Escolhi esse livro porque vi que era de um AUTOR JAPONÊS, e eu queria ler alguma coisa, tipo... ambientada no Japão, rs. Não comprei o livro pra ler sobre um planeta de robôs femininos sexuais – se eu quisesse ler fantasias masculinas misóginas, poderia ter escolhido um livro de qualquer um dos muitos homens estadunidenses, heterossexuais, brancos e de classe média que a história nos deu. Não esperava isso de um escritor amarelo. Tive que literalmente me sentar para processar tudo. Além disso, todas as mulheres não japonesas desse livro são loiras de olhos azuis, o que é completamente racista. Enfim, pode ser só a tradução, mas eu dispensaria. Nem terminei.

Flo sentiu o coração apertar enquanto lia a crítica. Sabia que isso ia acontecer. E mesmo assim foi em frente.

Mas o que mais doía – o que realmente a atingia – era que a pessoa que escrevera a resenha (por mais que Flo quisesse arrancar os olhos dela por reduzir seu árduo trabalho e o de Nishi Furuni a uma avaliação on-line com GIFs) infelizmente estava um pouco certa.

O quinto conto da coletânea, "Planeta Prazer", estava definitivamente no limite da controvérsia. Mas Flo argumentou com a editora para que o mantivessem no livro. Nishi Furuni descrevera o planeta como uma distopia, não uma utopia, mas era preciso ler a história até o fim para entender a mensagem. Na verdade, o conto questionava os costumes sexuais e a histórica atitude *laissez-faire* do Japão em relação ao trabalho sexual. O conto deveria gerar debate, fazer as pessoas simpatizarem com as trabalhadoras do sexo, e os leitores japoneses da época teriam percebido isso instantaneamente.

Mas a última consideração da resenha – *pode ser só a tradução* – era especialmente dolorosa.

Talvez fosse culpa de Flo – ela tinha perdido algo do original na tradução.

Era culpa dela que aquele leitor não tivesse se conectado com as histórias.

Esses pensamentos a deixavam particularmente infeliz, porque ela adorava o trabalho de Nishi Furuni e só queria compartilhá-lo com uma audiência maior. Ela fechou o aplicativo e jurou mais uma vez nunca mais abri-lo. Estava desolada.

Então pegou um livro na mochila: *Tokyo Tennis Club*. Uma amiga, editora japonesa, o enviara para que ela o considerasse como seu próximo projeto, mas a história não estava prendendo sua atenção. Havia pouca coisa com a qual ela conseguisse se conectar. Era um romance adolescente sobre um garoto e uma garota que jogavam tênis. Já tinha lido um milhão de histórias assim antes, e não havia nada de novo naquelas páginas. Era um conteúdo previsível, escrito por meio de fórmulas. Seus olhos pulavam grandes trechos do livro sem absorver nada, e ela tinha que se forçar a voltar várias páginas para reler as partes que tinha passado sonhando acordada.

Fechou o livro e olhou o trem. Aquele vagão em particular estava coberto de propagandas anunciando o novo grande sucesso dos filmes de ação, adaptado de uma série de mangá/anime, todo feito com imagens geradas por computador. Todos os personagens tinham cabelos espetados de cores estranhas e pareciam um pouco bestas. Seus olhos seguiram vagando pelo trem.

O homem sentado na frente de Flo estava caído de lado, roncando.

Bom para ele! Pessoas que dormiam no metrô nunca incomodavam Flo; ela guardava seu rancor para comportamentos mais escandalosos. Admirou a audácia do homem de ficar tão bêbado em público a ponto de pegar no sono no trem como se estivesse em casa, enfiado no próprio futon. Era uma atitude que ela mesma nunca contemplaria, mas era um pouco libertador ver os outros vivendo tão livremente. Aquele homem tinha vinte e tantos anos e se parecia com qualquer outro assalariado comum. Devia ter saído de uma festa de trabalho, após ser forçado a beber demais pelos colegas mais velhos.

Flo sorriu e abriu o livro de novo, tentando se forçar a acompanhar a história, até que uma onda de atividade à sua frente a arrancou das páginas e a devolveu ao próprio corpo. O homem se levantou do assento com um pulo para descer do trem antes que as portas se fechassem. Flo deu um suspiro de alívio quando ele saiu bem na hora. Estava prestes a voltar para a leitura, mas então viu algo no banco que o homem ocupara.

Um livrinho com uma capa simples em preto e branco.

Flo observou o vagão – estava completamente vazio, sem testemunhas para o crime. Ela não se aguentou.

Pegou o livro e o enfiou na mochila. Desceria na estação seguinte.

⠋

Quem precisa de amigos quando se tem livros?

Não era a primeira vez que Flo Dunthorpe se fazia essa pergunta. E agora, enquanto abria a porta de seu apartamento compacto típico de Tóquio, o pensamento familiar voltava a rodopiar em sua mente. De alguma forma, ela construíra toda uma vida a partir daquela máxima. Seu apartamento era abarrotado de livros, tanto em inglês quanto em japonês, e suas estantes estavam transbordando; havia pilhas de livros até no chão, ao lado da cama.

Só que, quando olhava para as estantes, também havia ausências – espaços onde livros tinham sido obviamente removidos e não substituídos. Flo observava os buracos e ainda se lembrava claramente das lombadas que estiveram ali. Logo ela teria de organizar os livros do chão para guardá-los nas prateleiras, agora que havia lugar. Mais uma tarefa a fazer. Também tinha de tomar a grande decisão – deveria encaixotá-los (assim como Yuki fizera com os seus) e mandá-los para Nova York de navio? Ou era melhor deixar tudo ali?

Flo parou no genkan da entrada. Só fazia alguns dias que Yuki empacotara os livros e todo o resto de seus pertences. Flo não conseguira ajudar, e elas discutiram quando Flo quebrou a promessa de enviar todos os livros juntos no mesmo lote.

– Não estou entendendo, Flo – disse Yuki, soltando um suspiro pesado. – Se você vai comigo, por que não manda seus livros com os meus? Vai sair mais barato.

Flo apenas murmurou e limpou a garganta, desviando e adiando o assunto. Precisava dos livros para o trabalho, dissera. Não podia se desfazer de seus exemplares de referência – eram essenciais para o trabalho de tradução. E não conseguia se livrar das pilhas que esperavam para serem lidas por medo de que seu próximo projeto estivesse ali no meio. Por que era tão ruim mandar os livros depois? E daí que ela teria de esperá-los chegar em Nova York? Não seria um problema, seria? Talvez ela pudesse guardá-los em algum depósito no Japão. Elas iam voltar em algum momento, não?

– Tudo bem – Yuki falou, interrompendo-a gentilmente. – Mas isso me faz pensar que você não quer ir.

– Claro que quero ir! – Flo tentou parecer animada, mas Yuki não era idiota. Dava para perceber.

A discussão que se seguiu fez Yuki anunciar que ficaria com uns amigos por uns dias. Ambas precisavam de espaço para se acalmar, e ela queria passar um tempo com os amigos da faculdade antes de ir embora. Era onde estava agora, e onde supostamente ficaria até sua partida no mês seguinte.

Flo foi trazida de volta ao presente por um pequeno miado e pelo familiar som das patas de Lily pisando no tatame. Pelo menos Yuki deixara a gata com Flo durante esse período.

– Tadaima – Flo disse para a gata em japonês, tirando os sapatos e entrando em casa.

Ela se sentou à escrivaninha e cobriu os joelhos com uma manta roxa.

Lily pulou no colo de Flo e começou a massagear a manta. Enquanto isso, Flo ficou admirando a mancha redonda e preta em seu peito. Lily tinha pelos longos e era toda branca, exceto por aquele ponto curioso. A gatinha adorava a manta roxa em particular, e, quando Flo se deitava de costas, ela subia em sua barriga, massageando-a suavemente com as garras minúsculas. Flo fez carinho no pelo branco e macio de Lily, coçando seu queixo. A gata ronronou de prazer e começou a mamar o cobertor na mesma hora.

– Está com fome, Lily-chan? – Flo continuou a falar com a gata em japonês. Era um hábito que adquirira desde que ela e Yuki adotaram Lily. Yuki falava inglês muito bem, mas elas decidiram que uma gata de rua de Tóquio não entenderia inglês, então Flo falava com Lily em japonês. – Quer jantar?

Ela se levantou para alimentar a gatinha, que saiu saltitando pelo chão da cozinha em direção à tigela. Flo ficou parada no pequeno cômodo, observando Lily comer, distraída. Tomou um banho, colocou o pijama e se acomodou em uma confortável cadeira de chão para terminar de ler *Tokyo Tennis Club*. O livro tinha ganhado um pouco de ritmo, mas ainda não a conquistara totalmente. Flo estava chegando ao fim e tinha quase certeza de que não queria traduzi-lo. Lily se aproximou e se deitou no tatame ao seu lado, ronronando enquanto Flo lhe fazia carinho com a mão livre.

Seu celular vibrou. Mensagem de Yuki.

Oi. Amanhã continua de pé? Podemos caminhar na beira do rio em Nakameguro e ver as cerejeiras. Temos muita coisa pra conversar
bjs

Flo colocou o celular de volta na mesa baixa, sem energia para responder. As duas precisavam se ver, mas ela não fazia ideia do que queria dizer.

⚇

No dia seguinte, Flo acordou cedo e colocou seu vestido favorito para a ocasião – o mesmo que usara no primeiro encontro com Yuki. Ele a lembrava de quando as duas se conheceram, quando, muito nervosa, Flo pediu o contato de Yuki na livraria onde ela trabalhava, depois de terem uma longa conversa sobre seus livros favoritos. O papo tinha se estendido tanto que o chefe de Yuki fizera cara feia para elas. Naquela época, nenhuma das duas sabia das intenções da outra. O mesmo poderia ser dito sobre o encontro daquele dia.

Flo pegou o trem com as multidões a caminho das festas de hanami. Olhou para o celular, desesperada para se distrair do estresse da conversa iminente, mas só ficou mais ansiosa. Podia pelo menos ter trazido um livro. Terminara *Tokyo Tennis Club* na noite anterior, e, na pressa para encontrar Yuki, não pegara outro. Vasculhou a mochila em busca de seus cadernos. Foi aí que viu o livro que aquele cara tinha esquecido no trem.

Examinou a capa e o revirou nas mãos.

「水の音」
ヒビキ
Som de água
por Hibiki

As engrenagens do cérebro de Flo começaram a funcionar. O título – *Som de água* – devia ser uma alusão ao famoso haicai de Matsuo Basho. Folheou as primeiras páginas. Estava certa – a epígrafe do livro continha o haicai completo:

古池や　蛙飛びこむ　水の音

Um sapo pula / do ar para o lago / som de água.

Ela ficou estudando a capa. Era linda, mas não dizia muita coisa – toda branca, com o título em preto e o nome do autor; abaixo, círculos concêntricos de ondulações na água desenhados em tinta preta. Nunca tinha ouvido falar do autor, Hibiki. Virou o livro nas mãos e correu os dedos pela maravilhosa textura do papel da capa. Verificou as orelhas – nenhuma sinopse. Nem foto do autor. Qual era a editora?

Examinou a lombada.

千光社 Senkosha. Não a conhecia. O kanji de "Senko" significava "mil luzes", e o "sha" significava apenas "companhia". Adorou. O colofão acima parecia o kanji 己, de "onore" – uma palavra antiga que significava "você". O caractere fora incorporado ao nome romanizado da editora, com o kanji fazendo as vezes de "S" invertido: 己enkosha. Muito inteligente.

Abriu a primeira página e estava prestes a começar a leitura quando os alto-falantes anunciaram:

– Nakameguro. Nakameguro. A próxima parada é Nakameguro.

Guardou o livro na mochila.

Ela o leria depois.

⁂

Na estação, Yuki já a esperava ao lado da bilheteria, vestida com jeans e um suéter leve azul-claro. Flo de repente ficou um pouco constrangida por ter se arrumado tanto.

– Oi – Yuki falou.

– Oi – Flo respondeu, mal conseguindo olhá-la nos olhos.

Nenhuma delas fez menção de abraçar a outra. Elas não se beijavam em público, mas a ausência de ao menos um abraço fez Flo sentir vontade de morrer. Ela sabia que a relação não andava bem havia semanas – feito um peixe morto se debatendo na margem, tentando respirar –, mas isso nunca lhe parecera tão brutalmente evidente quanto naquele momento.

Elas caminharam em silêncio ao longo do rio, observando os outros casais e grupos admirando as flores. Todos estavam felizes, tirando fotos uns dos outros, segurando latinhas de cerveja e caixas de bentô. Flo se perguntou se parecia tão infeliz quanto Yuki. Sentia como se as entranhas fossem garranchos, riscadas com pincel atômico.

Após um tempo, elas pararam em uma das pontes e ficaram olhando para o horizonte. Não tinham dito nada até então.

Como sempre, foi Yuki quem falou primeiro:

– Então…

– Então – Flo repetiu.

– Não vamos conversar?

Flo beliscou a palma da mão com o máximo de força que conseguiu.

– Você não vai – Yuki disse. Não era nem uma pergunta.

– Eu nunca falei isso!

– Não precisou. Já sei. – Yuki finalmente se virou para Flo e abriu um sorrisinho. – Olhe, Flo. Não vamos arrastar isso. Ou tornar as coisas mais difíceis do que você já está tornando.

O coração de Flo acelerou.

– É você que está indo embora.

– Pare, Flo. – Yuki a olhou com uma expressão sofrida e levou a mão à testa. – Já conversamos sobre isso. Não é culpa de ninguém. Mas é óbvio que você não quer ir.

Flo tentou interrompê-la de novo, mas não conseguiu encontrar as palavras.

– Me desculpe se fiz algo pra te pressionar – Yuki falou. – Sempre te disse, Flo: você deve fazer o que quiser, o que for melhor pra você.

– Mas eu quero ir. Eu quero!

– Você fala essas coisas, Flo, mas suas ações dizem algo totalmente diferente. – A voz de Yuki era dura. – Você nem comprou a passagem. Não empacotou nada. Tipo, você nem contou pro pessoal do trabalho que está indo embora! Você fica dizendo "Está tudo bem, estou animada", mas nunca me diz o que está sentindo de verdade. Vivo tendo que adivinhar. Eu é que devia ser a japonesa fechada. Você devia ser a estadunidense aberta e tranquila que fala sobre os próprios sentimentos com facilidade. É exaustivo, Flo. – Ela respirou fundo. – Você me deixa exausta.

Flo virou as costas para Yuki. Ficou olhando para o rio sob a ponte enquanto as lágrimas ardiam em seus olhos.

Yuki passou a mão pelo cabelo.

– Olhe… A escolha de ir ou não é sua. Mas eu já me decidi, e eu vou.

Só fazia dois anos que estavam namorando, mas Flo sempre amara isso em Yuki: sua confiança inabalável. Sua determinação. O que quer que Yuki dizia que ia fazer, ela fazia. Nunca duvidava de si mesma. Ao contrário de Flo.

– Eu adoraria que você fosse – Yuki falou. – Isso não mudou. Mas não quero que você vá… assim. – Ela fez uma pausa antes de continuar: – Você não é mais a mesma desde que meu manuscrito foi rejeitado. Não foi culpa sua, Flo. Eu segui em frente, mas parece que você ainda se culpa. Você está indiferente com seu trabalho desde então. Pense no que *você* quer. – Ela hesitou. – O que você quer, Flo?

Flo estava enfiando as unhas com força nos pulsos. Desejando poder enfiá-las mais fundo ainda. A menção ao manuscrito de Yuki no qual elas tanto trabalharam doeu.

– Quero ir com você – ela sussurrou. – Yuki… eu quero.

Yuki não respondeu. Uma desolação assustadora tomou conta de Flo. Ela se viu incapaz de desviar os olhos das águas escuras abaixo. Ficou apenas observando o rio fluindo sob a ponte.

– Flo?

Ela não se mexeu.

– Flo, diga alguma coisa.

Ela não conseguia falar. O muro estava de volta, encerrando-a lá dentro. Yuki não conseguiria sequer espiar pelas rachaduras.

– Flo... – Yuki suspirou, impaciente. – Você sabe que isso é muito infantil.

Os olhos de Flo estavam fixos na água. Nas ondulações longas e lentas.

Flo sempre fazia isso: se fechava com medo de dizer a coisa errada, de entender errado as próprias emoções. Então ficou em silêncio, sem conseguir articular as palavras.

– Está bem, Flo. Se quer agir assim, a decisão é sua. Vou voltar pra casa. Tenho um monte de coisa pra fazer nas próximas semanas, e se você não vai nem falar comigo, qual é o sentido? – Yuki soltou outro suspiro de frustração. – Se quiser conversar, sabe onde me encontrar. Flo? Flo? Está certo, Flo. De novo... a escolha é sua. – Ela hesitou novamente, mas desta vez por pouco tempo. – Tchau.

Sem olhar, Flo soube que ela tinha ido embora.

Mas não conseguiu tirar os olhos da água.

Som de água
por Hibiki

Traduzido do japonês
por Flo Dunthorpe

古池や
蛙飛び込む
水の音

*Um sapo pula
do ar para o lago.
Som de água*

– Matsuo Basho

Primavera

春

Ayako tinha uma rotina bastante rígida, da qual não gostava de se desviar.

Todos os dias, acordava com o sol, tomava um café da manhã simples com arroz, sopa de missô, picles e um pedacinho de peixe grelhado no fogão a gás. Depois de dobrar o futon com esmero e guardá-lo no armário, vestia um de seus muitos quimonos, escolhendo com cuidado uma estampa apropriada para a estação. Então se ajoelhava no tatame diante do altar da família e rezava para duas fotos em preto e branco dispostas lado a lado: uma retratava seu marido, e a outra, seu filho. Embora as fotos tivessem sido tiradas com um grande intervalo de tempo, os dois homens pareciam ter aproximadamente a mesma idade.

Ambos tinham partido cedo demais.

Ela abriu a porta de correr da frente e saiu caminhando pelas vielas e becos de Onomichi, mancando de leve, indo da casa tradicional na encosta da montanha até a pequena cafeteria que administrava sozinha no centro do shotengai, o mercado coberto em frente à estação de trem. Saía cedo, antes de a multidão de empresários começar a circular com seus ternos, pastas e guarda-chuvas para pegar o trem rumo a Hiroshima; antes de as crianças tomarem os caminhos e as ruas até a escola, algumas de bicicleta e outras a pé; antes mesmo de as donas de casa irem aos mercados para comprar peixe, legumes e carne para o jantar.

Ayako adorava a cidade àquela hora do dia.

Um de seus muitos pequenos prazeres era fazer a mesma rota toda manhã, mas tentando notar algo diferente a cada dia. Ela passava pelos mesmos companheiros madrugadores toda vez e sempre sorria, acenando com a cabeça e cumprimentando cada um deles. Todos na cidade a conheciam, e ela conhecia de rosto a maioria dos moradores. Ela mesma não diria isso, mas o fato é que Ayako era uma figura bastante famosa em Onomichi. Ocasionalmente, durante a caminhada matinal até a cafeteria, ela cruzava com algum turista de Tóquio, Osaka ou algum outro lugar, e abaixava a cabeça para cumprimentá-lo da mesma forma que fazia com qualquer morador.

Porém não eram exatamente as pessoas que chamavam a atenção de Ayako nessas caminhadas – via gente o suficiente durante o trabalho na cafeteria. Eram as mudanças nos cenários da cidade que a fascinavam.

Ela usava a viagem para esvaziar a cabeça e observar o mundo natural. Gostava de parar no mesmo local todos os dias, sem falta, no alto da montanha, em uma passarela de concreto com corrimão de ferro e vista para a cidade abaixo. Ficava um tempo ali, descansando os dedos delgados que lhe restavam (e os tocos curtos dos dedos que havia perdido) nas grades de metal, apreciando as casas aninhadas na costa. Observava as casas de telha azul-clara encaixadas feito escamas de peixe entre a montanha e o mar. Então seu olhar vagava para cima, aprofundando-se na cena, indo além do Mar Interior de Seto e seguindo até a miríade de ilhas que flutuavam no horizonte. Barcos e balsas moviam-se lentamente de um lado para o outro naquela calmaria azul, mas, com a mudança das estações e dos dias, um novo detalhe chamava sua atenção, trazendo alegria à sua vida.

Na primavera, as flores das cerejeiras refletiam a luz da manhã enquanto o sol brilhava e cintilava no mar pacífico. No verão, Ayako enxugava o suor da testa com uma pequena toalha de mão enquanto as cigarras cantavam ao seu redor em todas as direções. No outono, seus olhos eram atraídos para as folhas coloridas das árvores que cobriam a encosta das montanhas. No inverno, ela apertava o quimono pesado em torno de si, vendo o vapor da própria respiração no frio da manhã enquanto estudava as montanhas nevadas flutuando no horizonte nas ilhas distantes de Shikoku.

Às vezes, enquanto observava as montanhas brancas ao longe, ouvia o som baixo de um chamado tentando persuadi-la a sair daquela rotina tão pacífica. Ayako ignorava esse som, apesar de sua forte atração, e seguia para o trabalho.

Depois de abrir a veneziana enferrujada da cafeteria, ela começava uma litania de pequenas tarefas, como cortar legumes e carne para jogar numa grande panela no fogão da cozinha para fazer o curry do dia e passar um pano no chão. Ayako trabalhava sozinha e não precisava de assistente; seus pensamentos eram seus principais companheiros. Mas um assunto diferente passava por sua cabeça naquela manhã de primavera.

Será que ele vai gostar daqui?

Ayako fez o possível para afastar a preocupação da mente. Ela tinha que preparar o curry e outras comidas para os clientes do dia – tsukemono, ou picles, e onigiri, bolinhos de arroz, além de outros petiscos saborosos que mudavam a cada dia, dependendo dos ingredientes disponíveis na estação. Olhou para o velho relógio de pêndulo no canto, cujo tique-taque acompanhava o som da faca cortando cebolas.

O trem dele vai chegar amanhã.

Ayako despejou as cebolas picadas na panela, pegou a faca de novo, segurando-a habilmente com a mão esquerda – apesar dos dedos faltando –, e levou o dorso da mão direita à testa. Estava transpirando um pouco.

Será que ele vai ficar bem sozinho no trem vindo de Tóquio?

– Chega! – ela disse em voz alta, abaixando a faca antes de lavar as mãos e secá-las com um pano.

Ela se sentou a uma mesa, pegou uma caneta pincel e um pedaço de papel em branco e começou a escrever o cardápio do dia com sua bela e fluida caligrafia. Depois disso, ficou mais calma – a escrita tinha esse efeito nela – e levou o cardápio para a loja de conveniência próxima para tirar cópias em preto e branco.

Daria tudo certo; ele era seu neto, afinal.

●

– O que você tem hoje, Aya-chan?

Ayako virou a cabeça a fim de olhar para Sato-san. Como sempre, ele era o primeiro cliente do dia – estava sentado no balcão bebericando uma xícara de café. Sato gostava de café preto e forte. Sua aparência contrastava completamente com o pretume do café: uma mecha de longos cabelos brancos caía em torno de seu rosto bondoso; seus lábios carnudos estavam sempre sorridentes, emoldurados por uma barba branca bem aparada. Ele segurava a xícara logo abaixo dos lábios, prestes a beber, mas olhou para cima, claramente notando a expressão irritada de Ayako através do vapor.

– Nada – ela murmurou, fixando o olhar no balcão.

Então continuou pegando punhados de arroz branco de uma tigela, moldando-os no formato triangular do onigiri e recheando-os com umeboshi, ameixa em conserva, antes de embrulhá-los com algas nori. Ela os distribuía gratuitamente aos clientes durante o dia.

Sato encolheu os ombros e deu um gole hesitante no café. Estremeceu quando a bebida fumegante queimou sua língua.

Ayako deu risada.

– Nekojita! Você tem mesmo língua de gato, hein?

– Queimo a língua *toda* vez – ele disse, colocando a xícara no pires e balançando a cabeça. – *Toda* vez.

Os dois riram juntos. Os ombros de Ayako sacudiram enquanto ela mergulhava as mãos na água salgada entre cada bolinho de arroz, colocando-os cuidadosamente em um prato, prontos para serem embrulhados em plástico filme. As bochechas de Sato ficaram vermelhas observando Ayako rindo; seu rosto revelava o prazer que ele sentia ao fazê-la rir.

– Este é seu. – Ela escolheu um e o separou.

Sato ficou em silêncio, mas abaixou de leve a cabeça em agradecimento. Recostou-se no banquinho, cruzando os braços sobre a elegante camisa branca, os grossos óculos de leitura de aro preto escapando do bolso superior. Pela janela, olhou para o Mar Interior, que se estendia diante deles.

– Bem, aconteceu alguma coisa – ele falou meio que para si mesmo, meio que para Ayako. – Dá pra perceber.

Ayako suspirou e deu uma pausa nos onigiris.

– É só que… – ela começou.

Então o sino da porta soou baixinho.

– Irasshaimase! – Ayako falou na mesma hora.

– Oi, Ayako! – Jun exclamou, animado, seguido por sua sorridente esposa, Emi.

Ayako acenou a cabeça para Sato, que devolveu o gesto antes de se virar para cumprimentar Jun e Emi.

– Ohayo, Sato-san! – disse Emi.

– Ohayo! Bom dia pra vocês.

Sem perguntar, Ayako instantaneamente começou a preparar um café com leite e açúcar para Jun, e um chá preto sem leite para Emi.

O casal se sentou no balcão de madeira ao lado de Sato, que educadamente retirou a bolsa de couro do banco para que Emi pudesse se sentar. De repente, diante daqueles jovens de vinte e poucos anos, o ar sombrio se dispersou. Sato tinha um enorme sorriso no rosto, e até Ayako parecia menos severa que o normal.

Emi usava um chapéu de feltro, calça jeans azul-clara e uma blusa listrada azul e branca. Jun usava uma camisa xadrez toda desalinhada e coberta de tinta e jeans rasgados. Ayako sempre se perguntava se Jun precisava de calças novas. Sato já havia lhe explicado que calças rasgadas estavam na moda, ao que Ayako fazia careta e dizia: "Então eles compram assim? A calça já rasgada? Insanidade total", e balançava a cabeça. "Se eu fosse Emi, costuraria tudo enquanto ele dorme. Insanidade absoluta." E Sato gargalhava.

– E aí, como vai a reforma? – Sato perguntou, virando-se no banco para encarar Jun e Emi.

Jun deu um gole no café e depois apoiou a xícara no balcão.

– Bem, até agora.

– Estamos avançando – disse Emi, acenando com entusiasmo para Sato.

Sato passou a mão pela barba curta.

– Bem, como disse antes, se eu puder fazer algo pra ajudar, por favor, é só falar.

– Sato-san, o senhor é muito gentil. – O jovem Jun colocou as mãos no balcão e fez uma mesura para Sato. – A única coisa que lhe peço é que continue me recomendando boas músicas pra ouvir enquanto trabalhamos.

Sato abanou a mão na frente do rosto, dispensando o elogio, envergonhado. No entanto, uma pontada de orgulho transparecia em seu sorriso discreto.

Ayako fez careta. Ela não era fã das músicas de Sato; eram um pouco estranhas demais para seu gosto. Preferia jazz e música clássica. Não o som rock and roll ou eletrônico que Sato vendia em sua loja. Falou diretamente para Emi:

– Me diga de novo, quantos hóspedes vocês vão poder receber quando estiverem funcionando?

– Bem, o prédio antigo que estamos reformando não é dos maiores. – Emi assentiu e contou nos dedos. – Mas temos um dormitório para viajantes solo com cinco beliches. – Ela abriu um sorriso ávido para Ayako. – E mais dois quartos para casais.

Jun acrescentou:

– Também temos um espaço comunitário para que os viajantes relaxem e bebam uns drinques. – Ele fez uma pausa. – A cozinha é bem limitada em termos de espaço, então não vamos poder oferecer refeições, mas esperamos poder fornecer bebidas quentes e geladas. – Ele olhou para Ayako, abaixando a cabeça em deferência. – Hum, na verdade, queremos divulgar restaurantes locais no hostel, talvez recomendar bons cafés e izakayas pra que os hóspedes visitem enquanto estiverem na região, hum, isto é… se… bem… – Ele se interrompeu sob o olhar fulminante e cético de Ayako.

Ayako tinha receio de ter muitos clientes *novos*.

Emi acrescentou, tentando mudar de assunto:

– E vamos ter bicicletários pros viajantes.

Sato assentiu.

– Ah, então vocês esperam atrair os turistas que andam de bicicleta pela ponte Shimanami Kaido, hein? – Ele deu um gole no café morno. – Boa ideia. Boa ideia.

●

Depois que Jun e Emi saíram da cafeteria para dar início a mais um cansativo dia de reforma, Sato também começou a se mexer. Estava quase na hora de abrir sua loja de CDs.

– Tomara que o hostel dê certo – ele falou, ajeitando a alça da bolsa de couro no ombro. – É bom ter jovens aqui na cidade.

Ayako começou a recolher as xícaras no balcão.

– Pelo menos eles não são como os outros jovens que fogem pra Tóquio. – Ayako revirou os olhos para a última palavra daquele jeito universal de todos os provincianos que não conseguem entender a atração da cidade grande. – Tomara que o negócio decole, especialmente com o bebê a caminho.

Sato virou a cabeça devagar feito uma coruja.

– Emi está grávida? – Ele ergueu a sobrancelha. – Não dá pra perceber, né? De quem você ouviu isso?

– De ninguém. – Ayako balançou a cabeça, dando um sorrisinho maroto. – Homens são tão desatentos.

– Então como é que você sabe?

– Ah, tenha dó. Estava óbvio. Não viu o brilho nas bochechas dela?

– Ela está sempre brilhando.

– Não daquele jeito.

– Hum. – Sato coçou a barba. – Não me parece uma evidência tão forte.

– E isto? – Ayako falou, pegando a xícara intocada de chá preto fumegante.

– Ela não bebeu o chá. E daí?

– Sato, você não entende nada de mulheres, né? – Ela fez uma careta zombeteira para ele.

Seria essa a forma estranha de Ayako flertar? Sato nunca sabia dizer.

– Bem. – Ele mexeu no colarinho, desconfortável, com o rosto corado.

– Quando uma mulher está grávida, é normal ter aversão a certas comidas e bebidas, cheiros e gostos. Emi sempre bebeu todo o chá, nunca deixou uma gota sequer na xícara. Não é do feitio dela nem tocar a bebida desse jeito. Fiquei observando o tempo todo com o canto do olho. Ela fez umas caretinhas, não estava nem aguentando o cheiro. – Ayako derramou o chá na pia. – Aí está a sua *evidência*. – Ela sacudiu a cabeça e fez uma vozinha engraçada na última palavra.

– Aya-chan. – Sato estalou a língua. – Você não deixa passar nada, né?

– Não. – Ela fez cara feia de novo, desta vez para valer.

– Estou indo. – Sato pegou o blazer bege no mancebo e o colocou sobre o ombro. Estava calor demais para usar casaco, então ele só o carregaria daquele jeito pelo resto do dia. – Até mais tarde.

Seguiu para a porta, fazendo o sino soar, e já estava quase na rua quando Ayako o chamou.

– Sato-san! Espere.

Ele parou e se virou para Ayako, que contornou o balcão às pressas com algo na mão.

– Seu onigiri. – Ela ofereceu educadamente com as mãos abertas.

Ele fez uma reverência.

– Ah! Obrigado, Aya-chan.

– E não saia por aí comentando a gravidez de Emi, entendeu? – Ayako falou, agitando o dedo para ele. – Ela pode não querer que ninguém saiba ainda.

Sato deu um tapinha no nariz, guardou o onigiri na bolsa, se virou e saiu caminhando pelo longo shotengai. Seus tênis Nike contrastavam com a elegante camisa de algodão e as calças. Ayako ficou observando o amigo se afastar antes de cumprimentar o dono da loja de facas do outro lado da rua.

E voltou para a cafeteria para lavar a louça e se preparar para o almoço.

●

A hora do almoço era movimentada e imprevisível na cafeteria. Os negócios dependiam do clima e também dos turistas. Onomichi não recebia o mesmo número de turistas estrangeiros que Kyoto, com seus templos e santuários. Mas a cidade recebia muitos turistas nacionais em busca das mesmas coisas, só que de um jeito mais silencioso e em menor escala. Afinal de contas, Kyoto era uma cidade *grande* – uma antiga capital.

Havia um fluxo constante, mas discreto, de fãs do diretor Ozu, que vinham conhecer um dos cenários de seu famoso filme *Era uma vez em Tóquio*.

Da mesma forma, havia os dedicados fãs do escritor Shiga Naoya, que ambientou parte de seu romance *Trajetória em noite escura* em Onomichi. Ayako frequentemente tinha de responder perguntas de uma variedade de otakus com diferentes obsessões (filme, literatura, mangá, ciclismo etc.), e todas tinham Onomichi em comum. Ela era muito habilidosa em desenhar mapas improvisados para mostrar como chegar à casa onde tal poeta morava ou onde tal escritor famoso trabalhava. Por um tempo, até tirou cópias desses mapas para poder entregá-los aos turistas, mas parecia que cada vez menos jovens sabiam quem era Ozu, e muito menos faziam a peregrinação até Onomichi só para conhecer o lugar. Enquanto isso, a honrada cidade enferrujava e desmoronava silenciosamente. Mas isso fazia parte de seu encanto.

Às vezes, em certos dias quentes de primavera, quando a cidade estava florida, chegava um fluxo repentino de visitantes. Nesses dias, as pessoas faziam fila do lado de fora dos restaurantes de lámen de Onomichi, e Ayako chegava até a dispensar clientes – incapaz de lidar com as multidões tanto em termos de serviço quanto de comida que tinha para oferecer.

Empreendedores iniciantes ficariam alarmados com a prática comercial de Ayako. Mas ela não estava ali para ganhar dinheiro. Tinha o suficiente em economias para sobreviver naquela cidade rural, com seu baixo custo de vida. Para ela, a cafeteria era parte de uma rotina diária; era um lugar para encontrar os amigos, para ter o que fazer – para manter mente e corpo ocupados durante o dia, para dormir bem à noite. Era quase uma prática espiritual, com suas pequenas e inevitáveis tarefas que a mantinham em movimento; era isso que a poupava de pensar em questões existenciais mais profundas. Seus dias favoritos eram aqueles em que tinha poucos clientes – quando não estava muito atarefada. Nesses dias, ela tinha tempo para fazer pausas, ler um livro, ouvir jazz e tomar uma xícara de café entre a correria da manhã e do almoço.

Num dia normal, quando apenas os moradores visitavam a cafeteria, ela podia papear decentemente sobre o que estava acontecendo na cidade. Ayako não espalhava fofoca, mas gostava de ouvir as histórias que os outros contavam. O que ela achava mais interessante era observar como a história de uma pessoa diferia tanto da de outra – mesmo quando falavam do mesmo evento. Ela era esperta. Não deixava nada passar.

Em outra vida, Ayako poderia ter sido cientista forense ou investigadora de homicídios, entrevistando suspeitos ou examinando cadáveres na cena do crime, tentando descobrir o que aconteceu a partir das pistas.

Mas a sociedade nunca lhe permitira isso.

●

Ayako costumava fechar o café por volta das 16h30. Ela trancava a porta e baixava a veneziana de metal, cujo som ecoava pelo shotengai. Depois, voltava para casa pelo caminho mais longo.

Fizesse chuva ou neve, sol ou vento, nada impedia que Ayako subisse até o topo da montanha. Ela fazia a mesma rota todos os dias – a mais comprida e sinuosa pela encosta, passando pelo Templo das Mil Luzes e chegando até o cume. Ali do alto, observava a cidade e as montanhas ao redor, admirando a vista. Nos dias chuvosos ou com vento, ela usava o tonbi, um sobretudo, por cima do quimono, e levava um guarda-chuva. Nos dias quentes e ensolarados, usava chapéu e carregava um leque preso na faixa obi.

Depois de contemplar a vista, ela descia a montanha, geralmente passando pelo que os locais chamavam de "Neko no Hosomichi" – Beco dos Gatos. Ali, tirava da bolsa latas de atum e palitinhos de caranguejo para oferecer aos felinos.

Enquanto os alimentava, fazia carinho em cada um deles. Os mais corajosos se deitavam na rua de paralelepípedos cinza, deixando que ela coçasse suas barrigas. Ayako inventara apelidos para todos, mas seu favorito absoluto era um gato preto de um olho só com um pequeno tufo branco e redondo no peito, que ela batizou de Coltrane, em homenagem ao seu músico de jazz favorito. Na cabeça de Ayako, o dia seria bom se Coltrane aparecesse para ganhar carinho e fazer bagunça.

Naquele dia, Ayako estava agachada, fazendo carinho em outro gato, quando ele surgiu em um muro baixo de pedra. Ela o notou com o canto do olho e abriu um sorriso.

– Coltrane – ela disse, virando a cabeça devagar para ele. – Quer jantar?

Ele lambeu os lábios e a encarou com o grande olho verde.

Ayako acenou para ele com um palitinho de caranguejo e o gato arregalou o olho.

O gato desceu agilmente da parede e avançou para o caranguejo que Ayako lhe oferecia. Depois de farejar timidamente a comida, deu uma mordida e começou a mastigar. Ayako deixou que ele pegasse o caranguejo e passou a acariciá-lo suavemente.

Toda vez que Ayako fazia carinho em Coltrane, sua mente se fixava nos seus dedos faltantes. Ela tinha a estranha sensação de que eles ainda estavam lá. Era um pouco confuso. Sentia os pelos grossos e bonitos do gato na pele e, se desviasse o olhar, tinha a impressão de que os dedos ainda estavam ali – de que tinham crescido em um passe de mágica. Só quando olhava para baixo e via os tocos é que voltava ao próprio corpo, sem os dedos dos pés e das mãos. Mas, se olhasse para outro lugar e continuasse fazendo carinho nos gatos, era quase como se eles estivessem ali de novo.

Coltrane terminou de comer e estava lambendo os lábios. Como sempre, ela se inspirou no gato – ele tinha perdido um olho, mas se virava muito bem. Ayako coçou seu queixo e pegou mais um caranguejo para ele. (Ela sempre tinha alguns extras para caso ele chegasse tarde.)

– Bem, Coltrane... – ela disse, passando a mão em seu pelo, distraída. – Ele chega amanhã.

Coltrane comeu o último pedaço de caranguejo e olhou para Ayako, esperando mais comida.

– Não sei como vai ser pra mim. – Ela suspirou. – Mas ele está vindo.

O gato soltou seu miado curiosamente agudo.

– Acabou – ela falou, mostrando as mãos vazias. – Não sobrou nada.

Coltrane a encarou de cima a baixo, desconfiado.

– Você comeu tudo. – Ela se levantou, e Coltrane ficou se esfregando em suas pernas enquanto ela olhava para o horizonte. – Acabou, meu bem.

Depois de alimentar e acariciar os gatos, Ayako desceu um pouco mais a montanha até sua velha casa de madeira, e passou o resto da noite lendo um livro e ouvindo música baixinho em seu pequeno aparelho de som.

Ayako não saía muito para se divertir. De vez em quando, ia a algum izakaya com os clientes regulares como Sato, o chefe de estação Ono e sua esposa, Michiko, ou ia jantar com Jun e Emi. Mas só quando eles imploravam a ponto de ela não poder mais recusar. Ayako não bebia muito, mas gostava de tomar uns copos de umeshu, vinho de ameixa, quando saía com o pessoal. Passava a maior parte das noites em casa, sozinha. Raramente ficava acordada até tarde, pois, como acordava cedo, já estava bastante sonolenta ao fim do dia.

Só que, naquela noite, ela teve dificuldade para dormir. Tinha se preparado para se deitar e apagado as luzes no horário de sempre, mas estava inquieta com a chegada do neto. Ficou se revirando no futon. Como não conseguia dormir, acendeu as luzes de novo e se levantou. Foi até o corredor e abriu a porta de correr do outro quarto. Tinha comprado um novo conjunto de futon em uma loja de departamento e pediu para que fosse entregue em casa. Os armários naquele quarto tinham ficado vazios por muito tempo, mas ela garantiu que houvesse roupas de cama e banho limpas para ele. Olhou para o pergaminho caligráfico pendurado na parede:

Será que ele ficaria feliz ali? Confortável?
Ayako suspirou.

Não podia fazer muita coisa se ele não ficasse, mas queria a perfeição. A inatingível perfeição.

Apagou a luz do quarto de hóspedes, pegou um copo d'água e abriu as portas de tela que davam no pequeno jardim. Sentou-se na varanda, admirando seu bordo japonês favorito banhado pelo suave luar. Seus olhos vagaram pelo jardim, notando os pequenos trabalhos que precisavam ser feitos. Depois, olhou para o céu e viu as estrelas e a lua iluminando intensamente a cidade.

Bebeu a água devagar.

Era uma noite perfeita de primavera, nem quente, nem fria demais. Gostosa. Ainda assim, para ela, a primavera era a estação mais difícil – tempo de mudança, de luto e renascimento. Por mais perfeito que fosse o clima, Ayako detestava a primavera. Ela não ligava para a energia delirante induzida pelas flores que todos compartilhavam assim que as sakuras floresciam. Preferia quando as coisas estavam normais, estáveis. Parecia-lhe triste contemplar flores tão lindas por um momento fugaz, só para vê-las sumirem logo depois. Num minuto, estavam ali; no seguinte, não estavam mais. Assim como muitas coisas em sua vida.

Foi na primavera que seu filho, Kenji, tirou a própria vida. A dor se espalhou por seu peito só de lembrar. As coisas poderiam ser diferentes com o neto. Ela faria melhor.

Finalmente, depois de uma hora, um pesado torpor a dominou e ela fechou a porta de correr, colocou o copo vazio na pia e voltou para baixo das cobertas no futon. Suas pálpebras se fecharam, mas sua mente ainda estava agitada com uma terrível sensação de mau agouro. Ela adormeceu lentamente, caindo num sono conturbado com um sonho estranho após o outro – em que ela fugia de monstros, derrubava e quebrava xícaras e pires na cafeteria, perseguia Coltrane enquanto ele corria para uma rua de tráfego intenso. Foi uma noite de pesadelos esquisitos, e ela ficou feliz quando a manhã finalmente chegou.

– Venha, Kyo. Não vai durar pra sempre, né?

Kyo olhou para o piso brilhante de azulejos, incapaz de retribuir o olhar intenso da mãe.

Estavam no saguão da estação de Tóquio, do lado de fora dos portões de entrada do Shinkansen, o trem-bala. Kyo tinha apenas uma mochila leve pendurada no ombro esquerdo – a maior parte de sua bagagem tinha sido enviada antecipadamente pela empresa de entrega Black Cat no dia anterior.

– Ainda não entendo *por quê* – ele murmurou, sem conseguir tirar os olhos do chão.

– Você sabe *por quê*, Kyo – sua mãe falou com severidade. – Já conversamos sobre isso.

A estação estava bastante lotada, com pessoas apressadas em todas as direções, fazendo baldeação para os trens locais que as levariam para qualquer lugar da cidade. Já o trem-bala era a porta de entrada para o resto do Japão e seus habitantes provincianos. Kyo olhou ao redor, ainda evitando a mãe, e em sua cabeça começou a classificar as pessoas em duas categorias: moradoras de Tóquio e forasteiras.

Os assalariados das outras cidades eram fáceis de reconhecer, com seus ternos amassados, as pequenas malas de rodinha e os olhares estranhos, quase assustados. Seus rostos, ao contrário dos de Kyo e sua mãe, revelavam desconforto com a aglomeração da cidade e as massas de pessoas ao redor. As roupas que os caipiras usavam não eram as mais novas e não vinham das lojas mais chiques. Eles também usavam chapéus e bonés, que eram funcionais, mas não estavam na moda. Limpos, mas não descolados.

Ao contrário deles, a mãe de Kyo usava um terno elegante, com uma camisa branca e engomada por baixo, e tinha as unhas pintadas e polidas;

seus longos cabelos pretos estavam lavados e condicionados com perfei-ção. Kyo usava um short casual e estiloso e uma camiseta de banda que comprara num show na semana anterior – seu cabelo tinha o corte da moda dos rapazes da capital.

E pensar que Kyo estava indo morar com aquele povo caipira... ele estremeceu só de imaginar.

– Olhe... – sua mãe falou com uma voz mais suave que antes. – Preciso mesmo ir, senão vou me atrasar pro trabalho. Tenho um paciente atrás do outro hoje.

Ele assentiu, taciturno, resignado com seu destino.

– Aqui. – Ela pegou um envelope grosso no bolso do blazer e o en-tregou para Kyo. Tinha escrito seu nome completo e o endereço da avó. – Tem o suficiente para o trem-bala, e quero que você dê o resto pra sua avó quando chegar. É pra cobrir os gastos com a sua hospedagem, então, se precisar de mais, é só me falar que eu transfiro o dinheiro. Certo?

Kyo finalmente ergueu os olhos para a mãe. Ela parecia cansada. Cansada, mas focada e profissional. Pronta para o dia. Ele não conseguiu evitar um sorriso ao ver seu rosto, e os cantos da boca da mãe também se curvaram sem querer.

Ele pegou o envelope.

– Obrigado, mãe.

– Não precisa me agradecer. – Ela abanou a mão. – Agradeça à sua avó.

– Mas... – Kyo hesitou. – Eu mal a conheço.

Ela suspirou.

– Bem, esta é a sua chance de conhecê-la, certo?

– Certo – ele falou, enfiando o envelope de dinheiro no bolso lateral da mochila.

– Kyo – sua mãe falou, irritada –, guarde em um lugar mais seguro, senão vai cair.

Obediente, Kyo abriu a mochila e colocou o envelope no compartimento principal, fechando o zíper. A mãe o observou o tempo todo, acenando com a cabeça. Depois que ele pendurou a mochila novamente no ombro e a mãe teve certeza de que estava tudo seguro, ela olhou para o relógio.

– Certo. É melhor eu ir. E é melhor você comprar logo sua passagem. Tem um Shinkansen saindo em quinze minutos que vai te levar até Fukuyama. Daí é só pegar o trem local e em menos de trinta minutos vai estar lá. São só algumas paradas. Ela estará te esperando de tarde. Entendeu?

– Entendi.

– Tem certeza de que vai ficar bem?

A mãe o examinou uma última vez com os olhos úmidos. Kyo assentiu e deu um sorrisinho.

– Cuide-se – ela falou baixinho, enxugando os olhos. – Te vejo logo. Não vai ser pra sempre, está bem?

Kyo fez que sim, engolindo o nó na garganta.

– Está bem.

○

Kyo consultou o preço da passagem do trem-bala na máquina. Pegou o envelope de dinheiro que a mãe lhe dera e folheou as notas de dez mil ienes, calculando mentalmente o valor.

Depois pegou o celular, abriu um aplicativo que mostrava os horários dos trens e os estudou com cuidado.

Se pegasse os trens locais em vez do trem-bala, só levaria dois dias para chegar. Poderia passar a noite em algum cyber café de Osaka ou procurar um restaurante que ficasse aberto de madrugada para tomar um café e cochilar no banco, ou até ficar na rua, em algum lugar escondido. Levaria um dia a mais, mas economizaria um bom dinheiro. Parte de sua mente lhe dizia que ele aproveitaria mais a paisagem da janela do trem, mas, por baixo dessa disposição ensolarada, uma parte mais profunda de sua psique o puxava fortemente em direção às águas escuras do canal de Osaka.

Ele acenou a cabeça, decidido.

Enfiando o celular no bolso do short, Kyo se afastou dos portões do Shinkansen, procurando o trem local. Subiu as escadas rolantes até a plataforma, comprou um onigiri e uma latinha de café gelado num quiosque e então avistou seu trem, que partiria dali a dois minutos. Escolheu um assento, colocou os fones de ouvido e ficou satisfeito consigo mesmo pela excelente ideia.

Também decidiu que não fazia sentido avisar nem a mãe, nem a avó sobre a mudança de planos. A mãe não veria a mensagem enquanto estivesse trabalhando, e a avó nem sequer tinha um celular, muito menos o aplicativo de mensagens LINE, então não havia como falar com ela. Mas daria tudo certo – ele só se atrasaria um ou dois dias, só isso. Talvez pudesse até passar um tempo em Osaka para dar uma passeada. Por que teria pressa para chegar a Onomichi? E daí se ele demorasse? Seria uma boa surpresa. Enquanto o trem se afastava da plataforma, Kyo se preparou para a aventura.

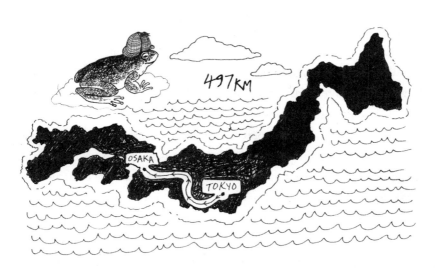

Kyo acabou pegando no sono, e, quando abriu os olhos, a garota ainda estava lá.

Ela chamou sua atenção assim que se sentou à sua frente no trem em Yokohama. Olhou diretamente para Kyo, e ele teve até que desviar o olhar, constrangido. Resolveu pegar o caderno. Estava ouvindo música no velho walkman que herdara do pai, com uma fita que ele mesmo gravara em casa, girando as bobinas internas. A maioria das pessoas achava estranho vê-lo com aquele aparelho vintage, acostumadas com seus MP3, iPods ou smartphones. Mas Kyo curtia o walkman. Era confiável.

Não que ele desaprovasse completamente os smartphones – seria um jovem de dezenove anos bem esquisito se esse fosse o caso –, mas estava evitando o celular porque era cada vez mais difícil ver os amigos publicando fotos de suas novas vidas na universidade, enquanto ele estava preso num limbo criado por ele mesmo.

Sua mente voltou-se para as raras e esparsas conversas que tivera com a mãe recentemente. Para o estresse e a tensão daquelas interações pouco frequentes, agora repletas de preocupações sobre o futuro e a segurança dele. Para a ideia de que não ter conseguido entrar na faculdade de medicina de alguma forma abriria caminho para sua destruição iminente. Ele detestava decepcionar a mãe. Desde o começo, sempre foram apenas os dois contra o mundo; a escassa felicidade que ela tinha na vida parecia vir dos pequenos sucessos dele. Quando se lembrava do rosto dela na noite em que receberam os resultados, era dominado por uma culpa e uma vergonha avassaladoras – ele era o responsável por lhe causar tamanha angústia.

Seu fracasso era o responsável por aquilo.

Ele tentou enterrar esses pensamentos bem fundo. Tinha de fazer isso.

Kyo decidiu matar o tempo observando as pessoas à sua volta, estudando-as atentamente e tentando descobrir quem eram, de onde vinham, para ondem iam, o que faziam. Procurava as características mais marcantes, as coisas que as tornavam especiais. Ficava sentado com o caderno aberto, desenhando ao acaso o que via. Era fácil rascunhar caricaturas dos outros passageiros quando todos estavam tão absortos em seus celulares. Globos oculares eram sugados pelas telas e dispositivos criavam bocas, devorando avidamente o rosto de seus donos.

Ele olhava pela janela e desenhava à medida que os arranha-céus cinzentos e metálicos de Tóquio se encolhiam lentamente, dando lugar a arrozais e montanhas. Estava sentado em silêncio desenhando um homem com nariz de berinjela quando, de repente, a vasta forma do Monte Fuji surgiu. Kyo tirou os fones de ouvido ao som de suspiros de admiração, pois todos no trem viravam a cabeça e apontavam para a paisagem. Naquele dia, o céu estava límpido e azul, e a visibilidade estava perfeita. A montanha estava bem ali, cercada de nuvens finas e brancas beijando seu cume.

Kyo começou a rascunhar o contorno da montanha antes de ela desaparecer de vista. Depois, passou a trabalhar nos detalhes de memória, desenhando a neve e as nuvens à sua volta. Adicionou um sapinho que inventara subindo a montanha devagar. Seu caderno estava repleto desse sapo, e as pessoas viviam perguntando por que ele desenhava aquele personagem em todos os lugares. Ele geralmente respondia com um simples "Porque eu gosto dele".

Só que essa não era toda a verdade. A verdade era que, junto com o walkman, Kyo recebera apenas alguns poucos itens do pai antes de sua morte. Um deles era uma escultura em madeira de um sapo de brinquedo, que estava atualmente na mochila de Kyo. Sua mãe lhe dissera que o sapo havia sido esculpido pelo pai num pedaço de madeira de bordo japonês. Mas, para Kyo, o sapinho representava algo mais – era uma ligação com o pai que nunca conhecera. Kyo dormia com o sapinho ao lado da cama. Fazia isso desde que se lembrava.

As primeiras memórias de sua infância eram povoadas apenas pelos cuidados da mãe, que perseverava como mãe solo enquanto mantinha o emprego de tempo integral como médica.

Quando era mais novo, para se divertir durante o dia, ele levava o sapinho para brincar na escrivaninha do quarto – colocava-o em diferentes situações, imaginando que o animal era seu pai e podia se comunicar do além. Às vezes, o sapo virava um detetive de chapéu e sobretudo, solucionando assassinatos. Outras vezes, virava um bombeiro, salvando edifícios em chamas com água extraída de um antigo lago. Outras vezes ainda, Sapo virava um ronin – um samurai sem mestre – viajando pelo interior, ajudando os pobres e fracos. E às vezes Sapo era apenas seu pai, oferecendo-lhe conselhos ou palavras tranquilizadoras quando Kyo ouvia a mãe chorando no quarto ao lado, tarde da noite. Sapo poderia ser qualquer persona do pai que Kyo desejasse; poderia se transformar, ser especial. Não era como os pais de seus amigos, sempre os mesmos. Sapo era um herói, capaz de lutar contra qualquer coisa que o mundo jogasse contra ele.

Quando começou o ensino fundamental, a mãe não deixou que ele levasse Sapo consigo, apesar de sua insistência. Ainda bem, porque esse é exatamente o tipo de coisa que o faria sofrer bullying numa escola de Tóquio. Kyo se lembrava bem do discurso da mãe antes de as aulas começarem: ele tinha de se encaixar, não podia chamar atenção nem ser estranho. Precisava se dar bem com as pessoas – a escola servia para fazer amigos e aprender a ser um membro funcional da sociedade. No final de cada dia, ele ia para o juku, o cursinho, como vários outros alunos, para realmente aprender o que precisava para passar no vestibular. Mas a escola em si era para adquirir habilidades sociais.

E Kyo ouviu seus conselhos – como sempre. Sua mãe era uma mulher incrivelmente inteligente. Ele era bom em se encaixar, e se esforçava para ser como os colegas.

Mas a ausência de Sapo na vida escolar fazia com que se sentisse vazio.

Então Kyo começou a esboçar pequenas versões de Sapo nas páginas dos cadernos. Ele fazia tudo de memória, acrescentando fantasias diferentes e balões de fala para que Sapo pudesse dizer coisas. Também passou a desenhar uma versão mais jovem de Sapo, representando ele mesmo. Às vezes, desenhava a dupla realizando corajosos feitos juntos, usando trajes semelhantes. O sapo mais jovem foi batizado de Sapo Ajudante.

Quando os colegas viram os desenhos, não acharam estranho nem esquisito – foi bem o oposto. Os meninos declararam que seu Sapo Samurai era "kakkoii" (legal) e pediam a Kyo que o desenhasse em seus cadernos. As meninas disseram que o Sapo Detetive era "kawaii" (fofo) e exigiam que Kyo replicasse o personagem na capa de seus diários. Durante todo o ensino fundamental e médio, Kyo conviveu com a reputação de grande cartunista e com frequência os colegas o chamavam para desenhar cenas e personagens no quadro-negro.

Ali, no trem, Kyo adicionava detalhes finais ao rascunho de Sapo Subindo o Monte Fuji – ele acrescentou um bastão de caminhada e um chapéu de aba larga em Sapo para lhe dar ares de velho poeta viajante como Matsuo Basho. Abaixo, escreveu a palavra "persistência".

Depois, ergueu a cabeça.

A garota estava sorrindo para ele.

Kyo sentiu o rosto corar e voltou o olhar para o caderno. Folheou algumas páginas casualmente, ignorando-a. Enquanto percorria as folhas, nervoso, deparou-se com um grande desenho de página dupla de Sapo Ajudante vestido de estudante, consultando as notas do vestibular na parede, com os colegas reunidos em torno de papéis presos no quadro de avisos. Sua expressão era de abatimento – desolação –, e, abaixo do desenho, Kyo escrevera "fracasso" em letras ferozes.

Fechou o caderno e olhou para a janela.

○

Kyo era um sonhador. Ali no trem, absorvia o mundo ao seu redor e desenhava atentamente em seu caderno aberto no colo, retratando incidentes da longa e solitária viagem.

Ele desenhou:

Sapo Ajudante de short e camisa polo, sozinho, enquanto o trem sacudia nos trilhos barulhentos da lenta linha local. Um vagão vazio. Sapo Ajudante pulando freneticamente de um trem para o outro. Sapo Ajudante olhando pelas janelas – de olhos arregalados –, observando as inúmeras estações passarem, seus nomes apenas um borrão. Nuvens... nuvens flutuantes, brancas e macias espalhadas serenamente pelo céu azul. Nuvens refletidas nas águas dos arrozais. Sapo Pai deitado preguiçosamente numa nuvem, como se estivesse num tapete mágico pairando sobre as brilhantes telhas azuis das casas tradicionais, com seus peixes-voadores de porcelana, um em cada extremidade do telhado. As cenas do céu moviam-se suavemente pela vidraça do trem. Tudo se transformava em diferentes tons de grafite preto na brancura da página.

Ele tinha muitas ideias, centenas delas, mas nunca as colocava em prática. Uma das coisas que mais gostava de fazer era olhar através de qualquer janela, examinando o que via de maneira indiferente. Os objetos à sua frente estavam ali, mas também não estavam. O que surgia diante de Kyo parecia mais uma espécie de realidade *aumentada*. Quando via as montanhas reais, um Godzilla gigante brotava atrás delas, pisoteando a floresta, rasgando troncos de árvores com suas garras, cuspindo fogo ao redor e cercando o mundo de caos e terror.

Ou, quem sabe, bocas e olhos brotariam no lápis que ele usava para desenhar, que começaria a falar com ele.

– Oi, Kyo! Como você está? – Ele abriria um sorriso e acenaria com uma expressão engraçada.

Objetos reais à sua volta começavam a ganhar vida própria, e o tédio da realidade era rapidamente amenizado por qualquer tipo de ideia absurda que tivesse surgido em sua cabeça. Ele ficava olhando para os objetos por longos períodos de tempo, pensando.

E se...? E se...?

Kyo estava desse jeito no trem, divagando sobre tudo o que via e sobre todos os detalhes extras que sua mente podia conjurar. Às vezes, rabiscava essas ideias no caderno, e o ato de desenhar o deixava extremamente calmo. Adorava trabalhar nas sombras, e seu sonho mais estimado na vida era se tornar um artista de mangá.

Só que Kyo tinha um grande problema. Por melhor que fosse em transformar objetos reais em desenhos, por mais que gostasse disso, por mais talentoso que fosse para criar personagens, ele tinha dificuldade de terminar as histórias que começava.

Vivia dizendo para si mesmo: "Beleza! Vou desenhar e escrever um mangá curto. Vai ter começo, meio e fim!".

Arregaçava as mangas, pegava o lápis e o papel, e ficava ali encarando o vazio da página.

E a página branca o encarava de volta. Ele olhava pela janela...

– Mas primeiro... – dizia para si mesmo.

E então partia para outro de seus devaneios.

○

Um dos grandes problemas do plano de Kyo de viajar nos trens locais, além dos longos períodos em assentos não tão confortáveis, era a interrupção.

Quando o trem chegava ao terminal, ele tinha de sair com os outros passageiros e aguardar na plataforma por outro trem que o levaria mais adiante em sua rota. Às vezes, tinha sorte e o trem seguinte estava só esperando que ele atravessasse para o outro lado da plataforma. Nessas situações, todos saíam correndo para garantir um lugar na próxima etapa da viagem.

Conforme adentrava as províncias, Kyo notou que as pessoas iam ficando mais atenciosas, cedendo lugar umas para as outras. Ele não sabia se elas eram gentis ou apenas tolas.

Cada vez que trocava de trem, via a mesma garota entrando no mesmo vagão que ele. Kyo se esforçava para não a encarar, mas algo nela o fazia querer olhá-la. Seus olhos eram grandes e espertos. Ela estava lendo um romance. Num trecho da viagem, ele conseguiu ver o nome do autor de relance: Natsume Soseki. Mas não conseguiu ler o título. Queria desesperadamente saber do que se tratava, mas, cada vez que olhava, o título estava escondido por um dedo esguio.

Ela ergueu a cabeça do livro, olhou diretamente para Kyo e sorriu.

Ele voltou a atenção para o caderno, para sombrear um velocirraptor que atacava Sapo, fingindo que nada tinha acontecido.

○

– O que está desenhando?

Kyo deu um pulo de susto e quase derrubou o lápis. Levantou os olhos do rascunho e se deparou com a garota sentada bem na sua frente, na seção de quatro lugares que ele pensava estar ocupando sozinho. O resto do vagão estava vazio, e ele estivera tão absorto com o desenho que não percebeu a garota se sentar diante de si. Fechou o caderno da maneira mais casual que conseguiu.

– Nada – respondeu depressa. – O que está lendo?

– Nada – ela falou em tom de brincadeira, inclinando a cabeça e encarando-o com olhos cintilantes.

– Vi que é de Soseki – ele disse. – Mas não consegui ver o título. É bom?

– Só li alguns capítulos. – Ela se recostou no assento e observou atentamente o rosto de Kyo. – É sobre um jovem começando a universidade em Tóquio. Uma mulher tenta seduzi-lo no trem.

Kyo corou. A garota continuou:

– Te vi nos trens desde Yokohama. Está fazendo uma longa viagem, né? Pra onde está indo?

– Hiroshima – Kyo falou sem pensar. Era uma resposta vaga que não era nem mentira nem a verdade completa. Ela poderia entender que estava indo para a cidade de Hiroshima ou para a província de Hiroshima. Ele ergueu a sobrancelha e devolveu a pergunta: – E você?

– Onomichi – ela disse, animada. Kyo estremeceu. – O que vai fazer em Hiroshima? Você é universitário?

Ele corou de novo e gaguejou, incapaz de mentir.

– Bem… não exatamente…

– Ainda está na escola? – ela perguntou de repente.

– Não. – Kyo balançou a cabeça. – Acabei de me formar.

– Certo, então por que está indo pra Hiroshima? Emprego novo? Família?

Kyo percebeu que ela estava fazendo muitas perguntas, ao passo que ele não tinha quase nada de informação sobre ela. Era um interrogatório. Ainda assim, respondeu educadamente.

– Não é um emprego novo. – Kyo balançou a cabeça. – É meio que uma longa história… – Ele se interrompeu.

Ela sorriu e apontou para a paisagem na janela, que se movia num ritmo constante.

– Temos tempo, não?

Ele suspirou.

– Bem, é meio constrangedor, mas…

– Constrangedor? – Ela deu risada, sentando-se mais para a frente no assento. – Interessante. Continue.

– Então, eu sou um ronin-sei.

– Ahhh. – Ela assentiu, batendo o punho na palma da outra mão. – Então você foi reprovado no vestibular? É um estudante samurai sem mestre.

– Isso.

– E está indo pra Hiroshima pra se matricular num cursinho yobiko pra entrar na universidade?

– É, isso. – Kyo olhou para as casas passando pela janela, uma por uma.

– Isso não é constrangedor – ela declarou. – Tem coisas muito piores na vida.

Ela suspirou e eles ficaram em silêncio por um tempo. Kyo bebeu seu café. Ela olhou para a latinha.

– Posso dar um gole? – ela perguntou.

– Claro – ele disse, oferecendo-lhe a bebida timidamente.

– Obrigada. – Ela pegou a latinha e deu um gole como se os dois já se conhecessem havia anos, devolvendo-a logo em seguida.

– Posso te fazer uma pergunta? – Kyo falou, pegando a bebida, nervoso.

– Claro. O que foi? – ela disse, dando uma risadinha. A resposta típica para a tímida pergunta.

– Não, hum, é só que… – ele começou, tentando reunir coragem.

– Vamos lá, desembuche. – Ela fez uma careta. – *Você tem namorado?*

– Não! – A expressão acanhada de Kyo se transformou em uma de choque. A garota deu risada.

– Não está interessado? – Ela deu um tapa no joelho. – Droga.

– Não, o que eu queria te perguntar é… – Kyo se recompôs. – Bem, por que está indo pra Onomichi?

– Universidade – ela respondeu depressa. – Estudo na Universidade de Hiroshima, mas moro em Onomichi. A história é mais longa, mas não quero falar disso. Agora, *eu* que vou te fazer perguntas, é mais divertido.

Divertido para quem?, pensou Kyo.

– Está tentando entrar na universidade pra estudar o quê? – ela perguntou. Antes que ele pudesse responder, ela completou: – Arte?

– Não – Kyo falou, balançando a cabeça. – É…

– Espere! Não me conte, deixe-me adivinhar!

– Está bem.

– Literatura japonesa?

– Não.

– Engenharia?

– Não.

– Hum… – Ela estreitou os olhos e estudou seu rosto por um tempo. Depois juntou as mãos e apontou o dedo para ele. – Já sei. Medicina?

– Bingo. – Kyo assentiu.

– Sabia que ia adivinhar.

– Muito bem.

– Qual é o meu prêmio?

– Este lápis. – Kyo lhe ofereceu o lápis com o qual estava desenhando.

– Sério? – Ela sorriu de um jeito presunçoso. – Só que ele parece melhor com você. Não posso aceitar. – Ela abaixou a cabeça, brincando, e afastou o lápis.

– Por favor, aceite – Kyo falou, esticando o braço para ela e fazendo uma mesura. – Que te sirva bem.

– Agradeço humildemente – ela disse, recebendo o lápis de um jeito formal, devolvendo a mesura. – Vou guardá-lo com cuidado, e, quando você se tornar um famoso artista de mangá, direi a todos que o ganhei de você.

Kyo bufou.

– Isso não vai acontecer.

– Pode acontecer. – Ela ergueu a sobrancelha. – Eu vi os seus desenhos, são muito bons. É por isso que pensei que você fosse estudar arte. Estou meio que surpresa que você queira fazer medicina tendo um talento como esse. – Ela deu de ombros. – Mas o que é que eu sei?

Kyo olhou para a janela enquanto um desconforto os tomava. Não sabia o que dizer, então não falou nada. Ela quebrou o silêncio outra vez:

– Onde você vai passar a noite? – ela perguntou.

Por um instante, Kyo detectou uma certa hesitação na voz dela, mas afastou o pensamento depressa.

– Osaka – ele falou.

– Eu também! – Os olhos dela se iluminaram. – Podemos ser companheiros de viagem.

– Claro – ele concordou, sem saber exatamente o que isso implicava.

– Ayumi – ela disse, estendendo a mão como se fosse estrangeira.

– Kyo. – Ele aceitou o cumprimento, temendo estar com a mão suada.

Eles conversaram sobre todo tipo de assunto, desde mangá a música e filmes, durante o resto do caminho até Osaka, e Kyo mal percebeu o tempo passando. Ficou tão absorto com a conversa que não olhou o celular.

Nem notou as várias notificações que estava recebendo no aparelho dentro da mochila.

○

Quando chegaram a Osaka e desceram do trem, já era noite e o céu se assomava acima deles. Kyo nunca havia visitado Osaka sozinho antes, mas estava confortável com a velocidade e o ritmo do lugar – afinal, estava numa cidade novamente.

Kyo e Ayumi atravessaram as catracas e, nesse momento, ele sentiu um aperto no peito. Tinha de se despedir dela, mas não sabia se era o que queria. Ao se aproximarem de um lugar silencioso, ele parou, e ambos ficaram de frente um para o outro.

– Então – Ayumi soltou.

– Então… – falou Kyo.

Ela estava com uma pequena mala de rodinhas, que ele ajudara a carregar no trem e nas escadas. Naquele instante, ela a puxava sozinha.

– Então, preciso guardar isto num armário – ela disse devagar. – Depois, o que acha de a gente ir comer algo?

– Claro – respondeu Kyo, sentindo o aperto no peito se dissipar.

– Ótimo! Espere aqui – ela pediu, saindo para procurar o armário.

Ele estava curtindo a companhia de Ayumi.

○

Foi só muito mais tarde, depois que eles terminaram de comer lámen, que a situação ficou estranha.

Eles continuaram compartilhando interesses em comum, debatendo sobre os méritos do lámen tonkotsu de Fukuoka, do qual a garota era uma fervorosa defensora, *versus* o lámen de missô de Sapporo, que Kyo julgava o melhor que já comera, em uma das poucas férias de sua vida. Então discutiram a importância do macarrão *al dente* – nisso ambos concordavam fortemente. No meio da refeição, a garota o interrompeu.

– Estou a fim de uma cerveja. Quer?

Kyo olhou em volta, nervoso.

– Mas só tenho dezenove.

– Shhh! – Ela levou o dedo aos lábios. – Não fale tão alto, seu besta.

Sem esperar a resposta de Kyo, ela gritou:

– Sumimasen! – E pediu duas cervejas para eles.

Kyo pegou o copo gelado, fez um brinde com Ayumi e se juntou a ela numa calorosa exclamação de "Kanpai!". Ela virou o copo todo de uma vez, soltando um "Ahhhh!" depois de engolir a bebida. Enquanto isso, Kyo foi bebendo devagar, sem querer ficar bêbado.

A garota já tinha pedido mais uma cerveja antes de Kyo terminar a primeira.

Ele insistiu em pagar pelo lámen e pelas cervejas dela, que o agradeceu profusamente, dizendo que pagaria a rodada seguinte.

Os dois seguiram para um pequeno bar. Estavam na metade das bebidas quando a garota o interrompeu novamente, enquanto ele fazia um breve monólogo explicando por que *Akira* era superestimado.

– Ei, onde você vai passar a noite? – ela perguntou.

Kyo se atrapalhou, pego de surpresa, e não conseguiu formar uma frase.

– Não sei…

– Ouça – ela falou, erguendo um dedo. – Quer ficar em algum lugar comigo?

Kyo não sabia como responder.

– Olhe, não vai acontecer nada. – Ela oscilou um pouco, e a forma como falou fez o coração de Kyo afundar. – É só pra economizar um pouco. Somos companheiros de viagem. O que acha?

Ele olhou para a cerveja que ainda estava bebendo. Ayumi já tinha terminado a dela.

– Não sei…

– Vamos lá, eu não mordo, sabe – ela disse.

Mas Kyo tinha outros planos. Ele queria visitar uma certa ponte em Dotonbori. Estava planejando ir até lá desde o começo da viagem, mas como é que poderia levar alguém que tinha acabado de conhecer no trem para um lugar tão íntimo de sua vida? Um lugar onde seu passado, presente e futuro tinham sido definidos com uma única ação egoísta do pai? Como é que poderia explicar por que aquele lugar era tão importante para ele? Mal conhecia aquela garota, e não conseguiria lhe contar os detalhes.

– Bem, vou ao banheiro – ela falou, se levantando, então se inclinou e falou baixinho em seu ouvido: – Pede mais umas cervejas, está bem? Não se preocupe tanto com as coisas.

E deixou Kyo sozinho, encarando o copo borbulhante.

Ele esperou um minuto. Sentia-se incapaz de tomar uma decisão, mas sabia que precisava. Depois de um tempo, pegou o envelope de dinheiro da mochila, colocou mais que o suficiente para pagar as bebidas ao lado do copo vazio, fez uma mesura para o bartender e foi embora do bar, saindo para a noite de Mido-Suji no centro de Osaka, desaparecendo na mesma hora pelas ruas movimentadas.

Covarde, disse a voz em sua cabeça. *Fracasso.*

Com certeza ele era.

Tudo o que precisava fazer era explicar a situação para a garota. Só teria levado cinco minutos. Dessa forma, não a teria abandonado daquele jeito, sem falar nada.

Não conseguira se abrir com ela porque era um covarde.

Um covarde, um fracasso.

Um desistente. Um estudante samurai sem mestre.

Uma decepção para a mãe ocupada e para o pai morto, fotógrafo de guerra.

Kyo perambulou pelas movimentadas ruas do distrito de Minami, em Osaka, observando amigos sentados em bares, cantando, rindo e se divertindo. As duas cervejas que tomara o deixaram taciturno e vazio, e não alegre como aquele pessoal que ficava na rua até tarde.

Foi até uma cafeteria e se sentou lá dentro com um mangá – *20th Century Boys*, de Urasawa Naoki –, que tinha comprado num sebo ainda aberto àquela hora. Seria difícil deixar para trás as conveniências da vida na cidade. Ele sentiria falta daquela energia pulsante.

Para ser honesto consigo mesmo, tinha pegado o trem lento porque não queria ir para Onomichi. Não queria morar com a avó no interior. Odiava o fato de que todos os seus amigos estavam começando uma nova vida na universidade, enquanto ele estava preso em um mundo de reprovações. Ficou ali jogado na cafeteria, bebendo um copo atrás do outro de café com leite e açúcar, lendo o mangá e desenhando coisas no caderno quando conseguia reunir um pouco de energia. Pensou em si abandonando Ayumi no bar sem falar nada e se encolheu. Passou a maior parte do tempo com a cabeça apoiada nas mãos, cochilando.

Antes do amanhecer, deixou a cafeteria e saiu caminhando pelas ruas vazias, passando por alguns bêbados que tinham dormido na rua e poças de vômito da noite anterior. Seguiu para Dotonbori, onde o canal passava sob a ponte Ebisu. O famoso Glico Running Man brilhava na lateral do prédio, mas àquela hora não havia turistas tirando selfies na frente dele; as ruas estavam desertas. Kyo tinha visto inúmeras fotos daquele lugar na internet e ensaiara o momento na cabeça muitas vezes antes. O sol nascia lentamente quando ele se debruçou sobre o guarda-corpo da ponte baixa e ficou olhando seu reflexo, pensativo, encarando-o de volta na superfície da água.

A mesma água de onde a polícia retirara o corpo inchado de seu pai tantos anos antes. Águas frias, calmas e escuras. Pareciam convidativas em seu ir e vir. Enfim estava no lugar onde o pai acabara com a própria vida. Kyo tinha imaginado a cena um milhão de vezes até então. Agora estava ali.

Pegou o sapinho de madeira na mochila e o colocou no guarda-corpo. E ficou ouvindo.

Mas tudo o que escutou foi o suave som da água.

三

Fazia dois dias que Ayako não conseguia se concentrar.

Mesmo na cafeteria, ela tinha dificuldade para ouvir o que os clientes lhe diziam. Em casa, o telefone, que ela costumava deixar numa estante sob uma capa de pano, estava no centro da mesinha da sala de estar desde a noite anterior, quando ela ligara para a mãe de Kyo para avisar que ele não tinha chegado.

Ela esperara na estação de Onomichi por duas horas antes de finalmente entender que ele não viria. Os trens iam e vinham, fazendo barulho nos trilhos, e a cada vez, antes que um deles passasse, o sino do sinal de cruzamento fazia *dim dim*, enquanto Ayako se perguntava se aquele seria o trem de Kyo. Ela se sentou num dos bancos do saguão da pequena estação enquanto os passageiros circulavam de um lado para o outro, e ela vasculhava os rostos em busca de Kyo, sem sucesso. Havia duas saídas – a principal, do lado do mar, e a outra, do lado da montanha e dos trilhos, que era bem menor e costumava ser usada apenas pelos moradores que se dirigiam para o norte. A maioria das pessoas, especialmente as novatas na cidade, usava a saída sul – Ayako tinha certeza. Mesmo assim, levantava a cabeça de vez em quando, nervosa, para ver se alguém estava saindo pela saída norte, do outro lado dos trilhos.

O chefe de estação Ono estava trabalhando atrás da bilheteria naquele dia. Era um sujeito agradável, conhecia bem Ayako e percebeu que ela virava a cabeça sem parar à procura de alguém, então foi conversar com ela no intervalo entre os trens.

– Esperando alguém, Ayako-san? – ele perguntou, parando na frente do banco em que ela estava sentada. – Você já está aí há um bom tempo, né? – Ele colocou as mãos nos quadris, confortável com a barriga de chope escapulindo das elegantes calças do uniforme. Seus óculos estavam escorregando pelo nariz.

– Ono-san. – Ayako fez uma mesura para ele. – Estou esperando meu neto, que está vindo de Tóquio. Era pra ele ter chegado de trem já faz um tempo.

– Bem, que estranho – ele falou, empurrando os óculos e piscando.

– Houve algum atraso ou acidente? – Ayako perguntou.

– Nenhum. Estamos funcionando como um relógio.

Ayako se mexeu, inquieta.

– Mas olhe – ele continuou. – Não precisa esperar aqui. Se me disser quantos anos ele tem e como ele é, vou ficar de olho em qualquer rapaz vindo de Tóquio que se pareça com ele, e, se o encontrar, ligo pra sua casa ou pro café. O que acha?

– Ono-san – Ayako falou, abaixando a cabeça de novo, desta vez de constrangimento. – Não precisa, é demais.

– Imagina! – Ono abanou a mão, dispensando-a.

Ayako pulou a caminhada diária até o topo da montanha e foi direto para casa. Pegou o telefone assim que chegou, procurou o celular da mãe de Kyo na agenda e ligou para ela.

– Moshi moshi? – ouviu a voz da nora na linha crepitante.

– Setchan?

– Mãe?

Ayako ainda chamava a mãe de Kyo de "Setchan", diminutivo de Setsuko, e ela fazia questão de chamar Ayako de mãe. Elas não se falavam muito, mas, sempre que o faziam, lhes parecia certo usar tais termos.

– Setchan, sinto muito te incomodar, e não deve ser nada, mas Kyo--kun não estava no trem esperado.

– Que estranho… – Setsuko fez uma pausa. – Que estranho, mãe, porque eu o deixei no portão do Shinkansen na estação de Tóquio hoje de manhã, e ele teve tempo suficiente pra comprar a passagem e embarcar no trem. Já devia ter chegado há horas.

– Sim – Ayako confirmou, acenando a cabeça, apesar de estar no telefone. – Foi o que pensei também. Anotei os horários dos trens que você me passou, e mesmo que tivesse ocorrido algum atraso ou ele tivesse perdido alguma baldeação ou parado pra comer, bem… ele já devia ter chegado há muito tempo.

– Certo, mãe. – Setsuko estalou a língua. – Sinto muito. Vou tentar falar com Kyo no LINE e te ligo. Desculpe, estou bastante ocupada.

– O que é LINE?

– É um aplicativo de celular, mãe – Setsuko explicou pacientemente. – Vou mandar uma mensagem de texto pra ele.

– Entendi – Ayako disse. Ela não entendia nada do que a nora dizia, mas estava ansiosa demais para discutir. – Quer me passar o celular de Kyo, só pra garantir? Posso ligar pra ele.

– Claro! Fui boba de não ter te passado antes.

Setsuko ditou o número de Kyo enquanto Ayako o anotava na agenda.

– Mas, mãe, acho que é melhor eu mandar uma mensagem pelo aplicativo e depois te ligar – Setsuko falou depressa. – Porque, se ele estiver no trem, não vai conseguir atender, né?

– Verdade. – Ayako assentiu novamente, satisfeita porque seu neto era educado o suficiente para não atender ligações no trem.

Elas desligaram e Ayako deixou o telefone na mesa. De vez em quando, tentava ligar para o número que Setsuko lhe dera, mas a ligação caía na caixa postal. Toda vez que ouvia a voz de Kyo gravada na mensagem, estremecia – era tão parecida com a de seu filho, Kenji, que era como se ele falasse com ela do além-túmulo. Setsuko ligou de novo às nove da noite para dizer que ainda não tinha notícias de Kyo, mas pedindo para não se preocupar, pois ele estaria bem. Ela tinha certeza.

Ayako teve mais uma noite ruim. Incapaz de dormir, levantou-se do futon várias vezes para ficar encarando o telefone em cima da mesa. Quando finalmente pegou no sono, teve pesadelos ansiosos em que Coltrane, o gato preto de um olho só, miava e uivava, arranhando a porta da frente porque ela não o alimentara na noite anterior.

O amanhecer demorou para chegar.

Enquanto tomava o café da manhã, o telefone tocou e Ayako o atendeu o mais rápido que pôde.

– Sim? – ela falou com a boca cheia de peixe, engolindo-o depressa.

– Mãe, por favor, não se preocupe – Setsuko falou com uma voz calma.

– Consegui falar com Kyo. Ele me mandou uma mensagem de manhã.

Por algum motivo, aquele garoto idiota decidiu pegar o trem lento. Ele passou a noite em Osaka e vai pegar o trem pra Onomichi hoje. Disse que deve chegar no meio da tarde e pediu desculpas por ter te causado preocupação. Mas, mãe, por favor, pode dar bronca quando ele chegar. E fale pra ele me ligar, pra eu poder dar mais bronca nele.

– Obrigada por me avisar – Ayako falou, um pouco aliviada.

Elas conversaram brevemente e depois Setsuko se desculpou profusamente pelo incômodo que o filho tinha causado e por não ter tempo para falar mais – precisava atender um paciente. Ayako dispensou as desculpas e disse a Setsuko que não se preocupasse. A bagagem dele tinha chegado aquela manhã e o esperava no quarto.

Ayako desligou o telefone, mas não conseguiu afastar a ansiedade.

Osaka.

Por que é que ele tinha parado em Osaka, entre todos os lugares?

Ela começou a se preparar para o dia, parando mais uma vez na frente das fotos em preto e branco do butsudan, o altar da família, e fez uma prece mais longa aquele dia.

Uma prece para o marido. Outra para o filho.

Ambas pelo neto.

○

Kyo ficou sentado no trem enquanto atravessavam um túnel preto, emergindo na luz branca do claro dia de primavera. Ficou aliviado por não ter encontrado a garota no trem que pegara em Osaka de manhã.

Estava com o caderno de desenho artístico nas mãos. A capa exibia o kanji de seu nome escrito com capricho, traços de caneta preta sobre um adesivo branco que ele colara na frente.

Ele geralmente precisava detalhá-lo ou explicá-lo para qualquer um que lhe perguntasse como se escrevia seu nome. Dizia-lhes que era com o caractere da palavra "eco" – como a marca de uísque –, que não se pronunciava como "kyo", mas como "hibiki". O kanji o encantava desde pequeno. A parte superior 郷 significava "aldeia", e a parte inferior 音 significava "som". Quando era criança e estava aprendendo a escrever o próprio nome, imaginava uma aldeia vazia, com um único sino tocando pelas casas, ecoando nas paredes e nas ruas desertas. E essa história, essa cena, se desenrolava em sua mente e o ajudava a lembrar como escrever o caractere.

Ao entrar na província de Hiroshima e aproximar-se da parada final em Onomichi, com as montanhas à sua direita, o Mar Interior de Seto surgiu à sua esquerda – inúmeras ilhas flutuavam ao longe. O mar azul... um espaço em branco na tela... não havia como retratar o azul do oceano em preto e branco. Porém, com traços hábeis a lápis, a serenidade das águas frias reluziu nas lacunas da página. Ela existia. Duas vezes. E seria aquilo um kaiju, um monstro marinho, espreitando nas águas frias e serenas...?

O trem estava vazio. Kyo estava numa seção de quatro lugares, com os pés no assento da frente. Tinha tirado as sandálias antes de apoiar os pés no banco, o que não impediu o condutor de ficar lançando olhares nervosos para ele cada vez que passava. Kyo estudou seu rosto com atenção – olhos desconfiados, camisa desgrenhada, gravata torta e nariz adunco. O homem também se tornou uma caricatura em seu caderno de desenho

– um enorme corvo negro com feições exageradas e uniforme, estudando atentamente a sola dos pés estendidos de Sapo Ajudante no assento. Com dedos bulbosos bem abertos.

Kyo fez isso para não ficar pensando no que aconteceria quando chegasse a Onomichi. Ele tinha de admitir que estava preocupado com as mensagens desesperadas da mãe e com a quantidade alarmante de ligações perdidas em seu celular, algumas de um número desconhecido.

Então mergulhou nos desenhos, nos quadrinhos e na música para não ter de analisar o que estava ocorrendo em sua vida – ter de deixar Tóquio para trás – e como se sentira aquela manhã em Osaka, olhando para a escuridão da água da ponte Ebisu.

●

– Tem certeza de que está bem, Ayako? – Sato perguntou, nervoso. – Você está estranha hoje.

Ayako franziu o cenho para Sato, o que fez ele se inclinar para trás no banco e erguer as mãos. Se os outros clientes estivessem por ali, ele provavelmente teria ganhado um sermão. Mas, naquele momento, como Jun e Emi tinham saído para o trabalho, eram só os dois no café.

Ayako suavizou a expressão e soltou um suspiro pesado.

– Vamos lá – disse Sato, com mais coragem dessa vez. – Aconteceu alguma coisa. Pode me contar.

Ayako terminou de se servir uma xícara de café, que deslizou pelo balcão junto com o pires, deu a volta até o outro lado e se sentou no banco ao lado de Sato. "Kind of Blue", de Miles Davis, tocava no rádio e as ruas lá fora estavam silenciosas – todas as crianças estavam recolhidas atrás das carteiras das diversas escolas da cidade. De vez em quando, um "bom dia" ecoava pelo mercado coberto lá fora ou um barco passava preguiçosamente pela janela da cafeteria, mas, naquele instante, Sato e Ayako tinham o lugar só para si.

– Não é nada de mais, Sato-san. – Ayako soprou o café quente.

– Bem, até a menor das coisas pode nos afetar.

– É só que, bem... – Ayako franziu o cenho. – Faz umas noites que não ando dormindo direito.

– Hum... – Sato também franziu as sobrancelhas. – Você não é assim, Aya-chan.

Ela deu um gole no café.

– Bem, acho que você ia descobrir isso mais cedo ou mais tarde... e, pra ser sincera, devia ter sido mais cedo em vez de mais tarde... mas, bem... – Ela soltou uma espécie de rosnado antes de continuar: – Meu neto de Tóquio está vindo pra passar um tempo comigo.

– Oh! – O rosto de Sato se iluminou. – Que maravilha!

Ayako o olhou de soslaio.

– Será? – Ela balançou a cabeça antes de prosseguir: – Era pra ele ter chegado ontem, mas por algum motivo aquele cabeça de vento pegou os trens locais em vez do trem-bala e acabou levando um dia a mais.

– Ah, fala sério. – Sato deu risada. – Isso não é tão ruim assim, é? Eu aprontei muito mais quando era novo. Quantos anos ele tem?

– Dezenove. – Ayako apoiou a xícara no pires. – Mas essa não é a questão, Sato-san. Claro que fiquei preocupada quando ele não chegou na hora prevista. Mas, bem, o que mais me incomodou é que ele passou a noite em Osaka.

O sorriso de Sato murchou e ele cruzou os braços.

– Isso é um pouco...

– Se fosse Kyoto, Kobe ou Himeji, ou qualquer outro lugar, eu não acharia nada de mais.

– Uhum. – Sato emitiu barulhos de concordância enquanto Ayako falava.

– Mas é preocupante ele ter passado a noite em Osaka, considerando o que aconteceu com Kenji lá.

– Sei. – Sato assentiu. – Mas, Aya-chan, pode ser só uma coincidência, sabe?

– Ah, eu sei disso! – Ela abanou a mão com desdém. – Mas isso não me deixa mais tranquila com essa história toda, né?

Sato apenas acenou a cabeça, sabendo que não havia nada que pudesse dizer para ajudar.

– Vou crucificar aquele garoto quando ele chegar – Ayako disse.

– Oh, Aya-chan. – Sato riu. – Pegue leve com ele, hein? Todos já fomos jovens um dia. Todos cometemos erros.

– Ele tem de aprender, Sato-san. – Ayako se levantou e organizou a louça. – Pra tudo na vida existem consequências.

○

O Castelo de Onomichi foi entrando em foco enquanto Kyo abria os olhos. Ele devia ter pegado no sono. A construção parecia estar flutuando acima dele em meio às nuvens. A princípio, pensou que estava sonhando, então viu a montanha onde o castelo estava empoleirado.

– A próxima parada é Onomichi. Onomichi. As portas do lado direito vão se abrir – veio a voz estridente do Condutor Corvo no alto-falante. – Onomichi. Próxima parada, Onomichi. Cuidado ao descer do trem e não esqueça nenhum de seus pertences. Obrigado por viajar com a JR West, e esperamos vê-lo novamente em breve.

Kyo pegou a mochila depressa, bocejando e se alongando enquanto esperava o trem parar.

As portas se abriram e ele desceu.

Era o meio da tarde, e apenas algumas pessoas desembarcaram junto com ele – ainda menos pessoas esperavam na plataforma para subir no trem quase vazio com destino a Hiroshima.

Kyo saiu devagar da estação, deixando que os outros atravessassem as catracas à sua frente. Havia um homem no portão coletando as passagens manualmente, fazendo uma mesura e agradecendo um por um.

Inacreditável. Em Tóquio, não havia como alguém fazer esse tipo de trabalho. E, de qualquer forma, a maioria das pessoas tinha bilhetes eletrônicos Suica; era só encostá-los no painel e passar pelas catracas automatizadas. Se estivessem com passagens de papel, era só enfiá-las na máquina e passar do mesmo jeito. Não seria necessário que um pobre diabo com barriga de chope e óculos ficasse coletando passagens e agradecendo a cada uma das pessoas. Ele parecia um tanuki, um cão-guaxinim, com seus enormes óculos escorregando pelo nariz e aquela barriga gigante aparecendo por cima do cinto.

Que lugar atrasado era esse em que tinha parado?

Ao entregar o bilhete para o funcionário da estação e passar pelo portão, Kyo ergueu os olhos, surpreso, quando o homem dirigiu-se diretamente a ele.

– Ei, senhor... licença, senhor? – disse o Tanuki, espiando Kyo através dos óculos depois de examinar sua passagem.

– Sim? – Kyo parou no portão, sem jeito. O homem usava o dialeto de Hiroshima e tinha um sotaque forte, dificultando que Kyo decodificasse o que dizia.

– Sei que é groxeiro perguntá, max óia, cê tá vinu de Tóquio?

Uma onda de choque percorreu o corpo de Kyo. Por que esse homem estava lhe perguntando isso? Seu sotaque era quase incompreensível.

– Hum, não? – Kyo respondeu, tecnicamente sem mentir, porque tinha partido de Osaka aquela manhã.

– Tem xerteza? – O homem lhe lançou um olhar inquisitivo através dos óculos, que estavam escorregando pelo nariz de novo.

Kyo sentiu uma raiva súbita. Quem diabos esse tanuki achava que era, questionando um passageiro desse jeito? Kyo por acaso estava sob investigação policial?

– Saí de Osaka esta manhã – ele respondeu com um tom um pouco desafiador.

– Osaka, hein? – O homem assentiu. – Extranho, poque seu bilete dix Tóquio, e cê num tem sotaque de Osaka... de todox os lugar, cê parece ter sotaque de Tóquio... – Tanuki devia ter percebido o rosto de Kyo ficando vermelho-vivo enquanto falava, porque mudou de tática de repente. – Max o que é que eu xei, né? – Ele deu risada.

– Tem algum motivo particular pro senhor estar me perguntando coisas tão pessoais? – Kyo cruzou os braços, falando da forma mais educada que conseguia.

O coletor de bilhetes percebeu que tinha irritado Kyo e endireitou a postura, mudando para o japonês padrão.

– Sinto muitíssimo, senhor, por minha grosseria. – Ele fez uma mesura profunda.

– Tudo bem – Kyo falou, se sentindo culpado pela alfinetada.

– Por favor, me perdoe, senhor – o homem continuou. – É só que uma amiga está esperando o neto, que está vindo de Tóquio, e eu disse que ficaria de olho. O senhor meio que bateu com a descrição que ela me deu, mas, por favor, aceite minhas humildes desculpas. – Ele fez uma mesura ainda mais profunda desta vez, quase encostando o nariz no portão.

– Tudo bem – Kyo disse, se sentindo péssimo por ter perdido a calma. – Não se preocupe.

Ele se virou e se afastou depressa do portão. Ouviu o homem murmurando consigo mesmo no dialeto.

Kyo estremeceu.

Será que um dia se acostumaria com o jeito como as pessoas falavam por ali?

●

– Alô? – Ayako atendeu o telefone da cafeteria no segundo toque.

– Ayako-san? – veio a voz crepitante que parecia a do chefe de estação Ono do outro lado da linha.

– Ono-san?

– Sim, sou eu. Como adivinhou?

– Alguma novidade?

– Ele chegou. Pelo menos, tenho quase certeza de que era ele.

– Certeza?

Ono fez uma pausa e suspirou profundamente.

– Hum, deu pra perceber uma semelhança familiar, Ayako, se entende o que quero dizer... – Ele se interrompeu, sem graça.

O coração de Ayako acelerou e ela soltou um suspiro de alívio.

– O senhor falou com ele?

– Sim, só que ele pareceu um pouco surpreso com as minhas perguntas. É um rapaz bastante articulado, não é? Me senti muito rude falando com ele no nosso dialeto. Ele disse que veio de Osaka, muito obrigado, e não de Tóquio... mas, pela maneira como falava, dava pra perceber que é de Tóquio.

– Ah, deve ser ele. Ele passou a noite em Osaka.

– Por isso a confusão. Ele deve ter pensado que eu estava perguntando de onde ele estava vindo esta manhã. Culpa minha por ter perguntado errado.

– O senhor viu pra onde ele foi?

– Ele meio que ficou vagando na frente da estação, parou na beira da água e depois seguiu pro shotengai. Eu não me surpreenderia se ele estivesse a caminho do café.

– Muito obrigada, Ono-san. Estou muito agradecida.

– De nada. Não foi trabalho nenhum.

Ayako desligou o telefone se sentindo melhor. Só podia ser ele.

Mesmo assim, não conseguiu se concentrar no que estava fazendo. Em vez de esperar o telefone tocar, ficava olhando para a porta a cada segundo. Ignorou a conversa-fiada dos últimos clientes do almoço e passou o resto do tempo prestando atenção no tilintar do sino da porta.

○

A primeira impressão que Kyo teve da cidade foi que ela parecia morta. Não havia quase ninguém na rua.

E as poucas pessoas que via eram tão velhas que podiam muito bem estar mortas.

Chato. Tão chato. Os únicos sons que ouvia eram os barulhos da estação de trem. Ele se afastou das catracas, pisando lenta e laboriosamente no gramado perto do mar. Aproximou-se da água e ficou observando. Seria realmente o oceano batendo no concreto daquele jeito preguiçoso? Parecia mais um lago. Kyo tinha feito alguns passeios para ver o mar com a mãe, saindo de Tóquio rumo a lugares como Kamakura, Chigasaki e Enoshima, em que ele pôde ver as ondas se quebrando dramaticamente contra as rochas, espalhando espuma branca no ar.

Mas ali, olhando para o Mar Interior de Seto, a água não se mexia. Ficava apenas parada, imóvel. Os barcos iam e vinham pelo pequeno estuário, e do outro lado da água ele viu as docas com uma placa de letras gigantes em que se lia: estaleiro de mukaishima. Que original. Os antigos caipiras deviam ter batizado a ilha literalmente de Mukaishima – "aquela ilha ali". O lugar agora era industrializado, enferrujado e decadente. A maior parte da cidade parecia enferrujada, decadente ou simplesmente decrépita.

Como é que viveria ali?

Ele balançou a cabeça e seguiu para o shotengai.

No caminho, deparou-se com uma estátua de bronze de uma mulher de quimono agachada ao lado de uma velha mala de vime com um guarda-chuva apoiado. A placa dizia: Hayashi Fumiko.

O que diabos era aquilo?

Tão brega. Tão chato. Tão sem graça.

Ele passou por várias lojas fechadas. De vez em quando, idosos de posturas cansadas cruzavam com ele. De costas curvadas – e colunas quase formando um ângulo de noventa graus com as pernas –, caminhavam com a ajuda de andadores, com a cabeça voltada para o chão. Ainda assim, quando Kyo passava, eles de alguma forma notavam sua presença e cantarolavam um amigável "Konnichiwa!".

Kyo devolvia o cumprimento com relutância.

Será que todo mundo se cumprimentava o tempo todo naquela cidade?

Kyo caminhou por um tempo e logo se viu saindo da rua do mercado coberto e se aproximando da área residencial. Mas já? Só havia caminhado por alguns minutos e já tinha atravessado a cidade toda. Aquele lugar era tão pequeno assim?

Parou em uma máquina de venda automática e comprou um café. Abriu a latinha e se agachou para verificar o celular. As mensagens da mãe lhe davam instruções rígidas para que ele fosse direto para a cafeteria da avó, e não para a casa dela. Um pavor terrível se agitou em seu estômago junto com o café. Ele seria comido vivo.

Tinha certeza.

Abriu uma rede social atrás da outra e ficou vendo as fotos que seus colegas tinham publicado: novos dormitórios, cerimônias de matrícula, as cidades em que estavam morando, os impressionantes prédios das universidades que frequentavam agora, os amigos que estavam fazendo. Quando viu uma foto da ex-namorada, Yuriko, usando um quimono formal para a cerimônia de admissão do curso de medicina numa prestigiosa universidade de Tóquio, ele parou. Claro, Yuriko tinha de ficar se mostrando de quimono, ao contrário dos colegas. Seu polegar ficou pairando sobre a imagem e ele sentiu uma pontada de ciúme no abdômen.

Kyo suspirou.

Clicou nos três pontinhos acima da foto e selecionou "Silenciar" nas opções que se abriram.

Sua bateria estava prestes a acabar. Ele tinha de seguir em frente.

Terminou de beber o café e olhou para o relógio – eram 16h, muito mais tarde do que ele disse que ia chegar. Voltou para o mercado coberto para procurar a cafeteria da avó.

Caminhou o mais devagar que conseguiu, até que uma hora chegou.

A placa da porta dizia com letras grandes: CAFÉ EVER REST, com uma montanha pintada.

Kyo suspirou mais uma vez e abriu a porta lentamente.

Um sino tocou baixinho acima de sua cabeça.

– Irasshaimase!

Ayako gritou a saudação padrão sem erguer os olhos do que estava fazendo. Apesar de ter ficado atenta à porta desde que Ono ligara da estação, quando o sino de fato tocou, ela soltou o cumprimento mecanicamente sem prestar atenção.

– Vovó? – uma voz encabulada falou da porta.

Ayako levantou a cabeça e o viu.

Derrubou a xícara que estava segurando, que se espatifou no chão.

Então levou as mãos ao rosto, momentaneamente em choque.

Ali estava ele.

Um rapaz de dezenove anos com os mesmos olhos, o mesmo queixo e a mesma boca.

Seu cabelo tinha um corte moderno, mas ali estava ele.

– Por favor, me deixe ajudar a limpar isso, vovó – ele disse.

Quando ele falou, Ayako voltou a si. Aquele garoto falando japonês padrão perfeito, com a leve afetação típica de Tóquio, não era seu Kenji. Kenji falava o dialeto de Hiroshima.

Kenji partira havia muito tempo.

Aquele era o filho dele.

Seu neto.

E ela deveria estar brava com ele.

– Deixe – ela soltou para o garoto quando ele tentou ajudá-la. – Só fique aí sentado quietinho. Você já causou problemas demais.

Kyo entregou os pedaços que tinha recolhido para Ayako e se sentou à mesa que ela apontou. Todos os clientes tinham ido embora antes de ele chegar, e ela estava organizando tudo para fechar a cafeteria. Enquanto limpava a bagunça, sua raiva começou a ferver feito uma panela borbulhante de curry. Tinha deixado as emoções se exibirem – mostrara que estava preocupada, que se importava. Tinha até quebrado uma de suas lindas xícaras de porcelana, que teria de ser substituída. Sentia que fora manipulada para se importar, e isso a deixou ainda mais irritada.

Bem, ela terminaria as tarefas em silêncio.

Kyo ficou observando a avó.

Tinha notado uma centelha nos olhos dela quando ela o viu pela primeira vez. Teria sido alívio? Amor? Algo passara por seu rosto e desaparecera tão rápido quanto surgira. Agora, tudo o que via era sua expressão dura enquanto ela andava pelo café guardando xícaras, pratos e tigelas, de vez em quando tirando-o do caminho para varrer. E, no fundo, Kyo sentia uma crescente sensação de culpa e vergonha por tê-la deixado preocupada.

Ela saiu do café sem falar nada, e Kyo a seguiu. Eles caminharam em silêncio, embora Ayako respondesse educadamente os cumprimentos dos conhecidos que passavam, ignorando suas expressões intrigadas quando olhavam interrogativamente para Kyo. Ayako não tinha intenção nenhuma de contar a novidade para os outros e se manteve alguns passos à frente do neto. Enquanto subiam a colina de sua casa, ela finalmente quebrou o silêncio.

– Totalmente irresponsável – ela falou de repente. – Você nem ligou. Não avisou ninguém.

Kyo a acompanhava, tristonho.

– Quando se faz uma promessa, é preciso cumpri-la – ela disse, parando para fazer carinho num gato preto de um olho só empoleirado numa moto Honda Super Cub. Ela continuou dando bronca em Kyo enquanto fazia carinho no gato. – Nunca ouvi falar de tamanha estupidez. Você quase matou sua pobre mãe de preocupação. Não eu, não dou a mínima pro que acontece com você. Mas você chegou a parar pra pensar nos sentimentos da sua pobre mãezinha? Não. Porque você é egoísta. É um garoto irresponsável e egoísta.

Kyo permaneceu em silêncio, ouvindo a bronca. Uma hora, a raiva teria de se amenizar.

Eles se aproximaram de um antigo muro de pedra com uma porta no meio. Ela continuou reclamando e criticando e empurrou a enorme maçaneta de ferro enferrujado para baixo. As dobradiças rangeram quando ela apoiou todo o peso do corpo contra a porta para abri-la. Os dois atravessaram um jardim fechado, que cercava e envolvia uma bela casa tradicional de madeira, com telhas de cerâmica novinhas e brilhantes.

Pisaram no genkan e entraram no fresco interior da casa. Então ela finalmente o olhou nos olhos e exigiu:

– Bem, o que você tem a dizer?

Ele parou e fez uma reverência profunda.

– Sinto muito, vovó. Nunca mais vou fazer isso.

– Com certeza não – ela retrucou depressa, enfiando um dedo em seu peito. – *Go ni haitte wa go ni shitagae.* Ao entrar na aldeia, cumpra as regras da aldeia. – Então ela gostava de provérbios. – Não vamos ter mais nenhuma bobagem do tipo enquanto você estiver morando comigo. Entendeu?

– Sim, vovó.

– Que bom. Agora ligue pra sua mãe.

– Sim, vovó. Só preciso carregar meu celular.

– Carregar seu celular? Não seja bobo, use o telefone de casa!

– Preciso dar uma olhada nas mensagens pra ver se minha mãe escreveu alguma coisa.

– Não importa. – Ayako balançou a cabeça. – Faça como preferir, mas acho bom você falar com ela dentro de cinco minutos, ou vai ter problemas nesta casa.

Kyo entrou no pequeno quarto de tatame que agora seria seu.

Deixou a mochila no chão e notou um pergaminho pendurado no canto da parede.

E foi só quando estava vasculhando a mala em busca do carregador que descobriu que o envelope de dinheiro não estava ali.

四

Eles não conversaram muito durante o resto da primavera.

Ayako manteve a rotina, ignorando o garoto a maior parte do tempo. Contanto que ele frequentasse as aulas do cursinho, ela não teria nada para falar com ele. Como se não bastasse a chegada tardia, depois teve o fiasco do envelope perdido, então ela decidiu aplicar nele o bom e velho gelo. Claro, ela o ouvira chorando baixinho no quarto na primeira noite, o que a deixou chateada – Ayako não era insensível. Mas não adiantaria nada entrar lá e lhe mostrar empatia. Não, era melhor deixá-lo sofrer um pouco. Enquanto isso, ela agiria para consertar a situação. No dia seguinte, saiu cedo para ver Ono-san na estação, agradecer pela ligação, e mencionou casualmente o envelope. Mais tarde, ele passou no café com o envelope na mão. Como esperado, ele fora encontrado no trem por um passageiro que o devolveu na estação de Hiroshima. Um colega de Ono-san o mandara de volta com o condutor. Ayako ofereceu ao chefe de estação Ono um café e um prato de curry por conta da casa em agradecimento.

Em algum momento da viagem, o tonto guardara o envelope no bolso lateral da mochila e ele acabou caindo. Por sorte, Setsuko tivera o cuidado de escrever o nome do abestado junto com o endereço de Ayako, em Onomichi, no envelope. Pelo visto, a mãe de Kyo já tinha lidado com situações semelhantes.

Apesar de sentir pena do rapaz, ainda não queria pegar leve com ele. Kyo tinha de entender que errara. Às vezes a vida era cruel, e Ayako queria lhe ensinar essa lição – se quebrar uma promessa, chegar atrasado e perder um envelope de dinheiro, não pode esperar que o mundo o agradeça por isso, certo?

E, de todo modo, ele passara a se dedicar aos estudos desde então – o que não era ruim.

○

Kyo, por sua vez, estava verdadeiramente infeliz.

Sentia falta de Tóquio. Dos amigos. Da vida que não existia naquela cidade. As ruas eram mortas e vazias, e quase não havia pessoas da idade dele morando lá – todos pareciam ser extremamente velhos ou extremamente jovens. Ninguém no meio-termo. Ele cumprimentava os idosos na rua, mas havia um muro etário entre eles. E, quando via estudantes perambulando de uniforme, não sentia afinidade nenhuma com eles. Era verdade que tinha acabado de terminar a escola, mas aquela fenda lhe parecia um abismo desde que deixara para trás aquele ambiente. Não podia mais se considerar estudante do ensino médio – isso não era mais parte de sua identidade. Também não podia se considerar um membro real da sociedade – um shakaijin – e tampouco um universitário. Soube que havia uma universidade em Onomichi, mas devia ser bem pequena ou localizada numa parte diferente da cidade, porque ele nunca via universitários. A Universidade de Hiroshima era a maior das redondezas, e seu campus principal ficava na cidade de Saijo. De qualquer forma, ele não pertencia àquele estrato social; era um estudante samurai sem mestre, um ronin-sei.

Todo dia, assistia às aulas do cursinho com outros ronin-sei, e sua vida se tornou uma rotina mundana, que começava quando era acordado pela avó de manhã.

Encontrava o café da manhã já posto.

No primeiro dia, cometeu o erro de fazer perguntas.

– Vovó?

– O quê?

– Tem cereal?

– *Cereal?* Do que está falando?

– Ah, é que a mamãe geralmente me deixa comer cereal ou torrada de café da manhã...

– *Torrada?!*

– É... é só que, sabe... arroz, sopa de missô e peixe não são muito minha...

Ele ergueu a cabeça e, ao ver a expressão dela, desistiu de continuar a frase.

– Coma.

A avó o chutava para fora de casa na hora que saía, e os dois seguiam para a cidade juntos. Na verdade, ela literalmente chutara seu traseiro certa manhã em que ele estava lerdo demais. Nos primeiros dias, ele teve dificuldade para dormir no lugar novo, e, quando finalmente pegava no sono de manhã cedo, acabava perdendo a hora. Ela o arrastava da cama com seus braços fortes e uma pegada de aço, apesar dos dedos faltantes. Saía marchando com ele até a entrada do cursinho e o deixava ali, onde ele ficava sentado sozinho com o professor por uma hora, enquanto esperavam os outros alunos chegarem. Sua avó conhecia o jovem professor e tinha lhe pedido que Kyo pudesse ficar estudando ali em silêncio antes da aula. Os estudantes o observavam desconfiados ao chegarem, perguntando-se por que ele vinha tão cedo para ficar ali sozinho.

Todos no cursinho pensavam de forma parecida, carregando um desgosto sem fim. Tinham falhado terrivelmente, e aquela era a última chance de conquistarem as notas que precisavam para entrar na faculdade de medicina. Todos na sala eram um inimigo – um concorrente pela vaga na universidade –, e ninguém nem tentava fazer amigos. Os professores também sabiam disso, o que tornava o trabalho mais fácil. Ninguém batia boca nem ficava brincando. Afinal, não tinham motivo nenhum para brincar, e a situação não tinha nada de engraçado. Aquela era uma instituição privada – se fizessem merda ou tirassem notas ruins, seriam expulsos.

Assim, Kyo acabou entrando na rotina com a avó. Tentava não a atrapalhar nem provocar sua ira. Ela era assustadora quando ficava irritada.

As noites eram um problema. Em Tóquio, quando não conseguia dormir, ele escapava discretamente do apartamento e saía andando pelas ruas. Sempre encontrava alguma cafeteria de mangás, centro de jogos ou loja de conveniência, onde podia fazer um lanche. Ali em Onomichi, porém, as noites eram mortalmente silenciosas, e tudo o que se ouvia era o barulho suave dos barcos na água. Até havia algumas lojas de conveniência, mas eram poucas e distantes entre si. Kyo não tivera coragem suficiente para tentar escapulir da casa enquanto a avó dormia, e ainda não tivera a oportunidade de explorar o pequeno distrito noturno com alguns poucos bares. Se bem que até eles fechavam cedo, se comparados aos de Tóquio, e Kyo tecnicamente ainda era jovem demais para beber. No começo, ele ficava acordado até tarde, desenhando baixinho na escrivaninha do quarto, ouvindo música no walkman, mas isso estava lhe causando problemas de manhã, quando a avó o enxotava da cama.

Com o tempo, seu relógio sincronizou com o dela.

De tarde, ele ia direto para o café depois do cursinho, e Ayako acenava a cabeça silenciosamente quando o neto entrava. Havia uma mesa no canto em que ela colocara uma placa de reservado especialmente para ele, e era ali que Kyo se sentava para estudar. Se algum cliente perguntasse alguma coisa para Ayako, ela apenas balançava a cabeça e desviava o olhar, o que encerrava a conversa.

Kyo passava a maior parte do tempo concentrado nos livros, mas começou a notar as pessoas que frequentavam o local – quem eram, o que faziam, o que pediam. Todo dia, ficava estudando ali, e, quando terminava, pegava o caderno e uma caneta e desenhava os vários clientes discretamente, para não ser pego pela avó. Um senhor em particular chamou sua atenção – Sato-san –, pois girava a cabeça de um jeito que lembrava uma coruja nevada, então Kyo o transformou em uma. Ele desenhou a avó no mesmo estilo que usava com o pai – ela virou uma sapa. Enquanto fazia suas caricaturas, ouvia os clientes falando o dialeto de Hiroshima, e aos poucos seus ouvidos foram se fundindo com suas entonações. O dialeto não era tão diferente do japonês padrão, apenas mais curto e rústico. Eles preferiam usar o registro coloquial, e não costumavam usar as formas masu/desu. Apesar de não conseguir falar como eles, Kyo começou a entendê-los melhor. E fez uma anotação sobre as diferenças entre o japonês padrão e o dialeto de Hiroshima no caderno:

Pronome masculino (rústico) *eu*: **ore** vira **washi**
Pronome feminino *eu*: **atashi** vira **uchi**
Verbo *ser*: **iru** vira **oru**

Verbo *alcançar*: **todoku** vira **tau**

Adjetivo *difícil*: **muzukashii** vira **itashii**

Adjetivo *fácil*: **kantan** vira **miyasui**

Adjetivo *irritante* ou *incômodo*: **mendokusai** vira **taigii***

Adjetivo *quente*: **atatakai** vira **nukui**

Substantivo *hematoma*: **aza** vira **aoji**

*eles gostam <u>muito</u> de dizer isso

No final do dia, a avó organizava tudo e fechava a cafeteria.

E eles saíam para caminhar.

●

O caminho para o Templo das Mil Luzes era íngreme, e no início o rapaz achou difícil acompanhar Ayako. Ele logo ficava ofegante e precisava parar para recuperar o fôlego. Ayako teve que diminuir o ritmo drasticamente para não o deixar para trás. Na metade do caminho, ele já estava todo suado, então Ayako ajustou a rota, procurando adequá-la ao nível de condicionamento físico do neto. Passou a evitar a rota direta e íngreme que geralmente pegava e escolheu uma que contornava lentamente a montanha, passando por ruazinhas estreitas ladeadas por antigas casas de madeira – algumas abandonadas e vazias. Ayako achava essa rota um pouco melancólica, pois a lembrava dos velhos tempos e dos moradores daquelas casas (e como tinham morrido). Mas, para o garoto, elas eram apenas pilhas de madeira podre. Esse caminho demorava mais, mas ajudaria a melhorar o condicionamento dele. Ela tinha certeza de que, em uma semana ou duas, ele conseguiria encarar o caminho íngreme.

Aquela nem era a montanha mais alta da região – Ayako até se referia a ela como colina, em vez de montanha –, mas algumas partes eram difíceis, isso ela podia reconhecer. Da primeira vez que fizeram o trajeto, o rapaz dobrou o tronco, sem fôlego, e disse, ofegante:

– Vovó... vamos de bondinho? Acho que vi uma placa no shotengai...

Ayako sacudiu a cabeça e balançou o dedo para ele.

– Esse é o problema dos jovens de hoje.

Ele ofegava bastante, e manchas de suor se formavam sob suas axilas. Ela continuou:

– Vocês querem a vista, mas não estão dispostos a se esforçar.

– Mas… bem… – Kyo olhou para ela, enxugando o suor da sobrancelha. – Pelo que vi… a maioria das pessoas que usa o bondinho são idosas, não é, vovó?

– Pfff. – Ayako abanou o ar com desdém. – E você por acaso é idoso?

Kyo não conseguiu responder nada.

– Não banque o espertinho comigo. – Ayako retomou o passo rápido.

– Sim, senhora. – Ela o ouviu logo atrás.

– Você já está por um fio. – Ela não conseguiu evitar um sorriso, mas escondeu-o do rapaz.

Quando chegaram ao topo da montanha, as cerejeiras ainda estavam no auge da floração. Ayako sentiu certo prazer ao ver a surpresa estampada no rosto do neto. Enquanto caminhavam devagar pelo parque sob as flores, ela notou sua expressão mudar gradualmente de tédio leve para óbvio encanto. Ele pegou aquele treco de celular e começou a tirar fotos. Ayako deixou, sem conseguir evitar se lembrar do filho na juventude, tirando fotos alegremente com sua velha Nikon SLR. Ela via no rosto de Kyo a mesma inocência juvenil que vira no filho bancando o fotógrafo – a imersão total no projeto criativo. Com o tempo, ela passaria a ver essa expressão com frequência, principalmente quando Kyo estava desenhando. Ele ficava tão absorto no trabalho que não a percebia o observando; ela até vislumbrou uma caricatura rudimentar de Sato-san como uma coruja; era tão boa que ela quase caiu na gargalhada. Mas Kyo e Kenji se pareciam tanto que era até inquietante. A memória do filho praticando caligrafia naquela mesma mesinha do quarto vivia surgindo em sua mente. Agora, quando Kyo desenhava, parecia que ela estava vendo um fantasma, o que a deixava perturbada.

Todos os anos, os moradores da cidade iam ao Parque Senkoji no topo da montanha, estendiam lençóis azuis para se sentar e curtiam as flores no típico festival hanami. Muitos deles chegavam no fim da tarde, depois do trabalho, e se sentavam para aproveitar a companhia uns dos outros – enquanto as cerejeiras estivessem floridas. Nos fins de semana, o parque ficava ainda mais cheio, quando famílias e grupos de amigos passavam o dia todo comendo, bebendo e conversando debaixo das sakuras. Os yatai, barraquinhas de comida, espalhavam-se durante a noite vendendo os pratos favoritos de Hiroshima, como o okonomiyaki, uma panqueca de legumes, e ostras fritas, além dos favoritos de todo o país, como milho grelhado e yakisoba, o macarrão frito.

– Vovó? – Kyo falou ao lado dela.

– O que foi? – Ela o olhou de soslaio.

– Posso pegar umas coisinhas no yatai?

– Você vai perder o apetite – ela falou na mesma hora, sem nem pensar a respeito.

☯

Enquanto caminhavam em silêncio pelo parque em meio aos foliões, alguém à esquerda dos dois gritou:

– Aya-chan?

Eles se viraram e se depararam com um pequeno grupo curtindo o hanami.

Sato estava sentado em uma lona azul com Jun e Emi, o chefe de estação Ono e a esposa, Michiko.

Ayako soltou um suspiro e pensou em fingir que não os tinha visto. Não que não gostasse daquele grupo – muito pelo contrário. Só não tinha tempo para conversinha. Kyo e ela tinham de voltar para casa para jantar, e ficar de papo com gente bebendo à toa não era o que o garoto precisava no momento. Disciplina silenciosa e rotina rigorosa, sim. Estabilidade, não frivolidade.

Kyo sorriu para o grupo. Tinha visto o casal Jun e Emi no café enquanto estudava, e percebeu que eram só um pouco mais velhos que ele. Os dois sempre sorriam com simpatia para Kyo e, não fosse pela presença de Ayako, provavelmente já teriam tido várias conversas.

Todos estavam acenando para Ayako e Kyo, chamando-os, de modo que os dois não tiveram escolha a não ser cumprimentá-los. Caminharam devagar, lado a lado, na direção do grupo.

– Não vamos ficar – Ayako falou baixinho para Kyo.

Ele soltou um suspiro que não passou despercebido.

– Olá pra vocês dois – disse Sato enquanto eles se aproximavam da lona azul. – Pra onde estão indo?

– Só estávamos dando uma caminhada – Kyo respondeu.

Ayako lhe lançou um olhar fulminante.

– Então você é o famoso neto de Tóquio, né? – Jun falou, fazendo uma mesura. – Prazer em conhecê-lo. Por favor, seja gentil.

Kyo devolveu o cumprimento e a formalidade:

– Por favor, seja gentil.

O chefe de estação Ono estava sorrindo timidamente para Kyo, que o reconheceu na hora.

O Tanuki!

– Já nos vimos antes – ele falou com um brilho nos olhos, fosse pelo saquê que bebia ou pela interação prévia que tiveram. – Mas é bom te ver de novo. Espero que esteja aproveitando a estadia.

A mulher ao lado deu uma cotovelada nas costelas dele.

– Não vai me apresentar?

– Você não pode fazer isso sozinha? – ele disse, esfregando a costela e fazendo careta.

– Meu nome é Michiko – ela falou, balançando a cabeça para Ono. – Sou casada com esse besta. Prazer em conhecê-lo, Kyo-san. Espero que esteja gostando desta cidadezinha. Sei que não estamos à altura das luzes coloridas de Tóquio, mas se pudermos fazer algo pra deixar sua estadia mais tolerável, é só dizer.

Michiko abriu um sorriso simpático para Kyo, e, de alguma forma, pelo jeito como ela falava, ele soube que a mulher não era de Onomichi. Seu sotaque ainda era do dialeto de Hiroshima, mas um pouco diferente. Ao juntar as peças de seu nome, ele percebeu um trocadilho.

– Perdoe-me por dizer isso – ele falou com cuidado. – Mas…

Todos os olhos se fixaram nele. Ele estava sob os holofotes, ainda mais porque a presença fervilhante de Ayako o fez sentir que não deveria ter falado fora de hora, a não ser para se apresentar.

– E, por favor, não pense que sou mal-educado por falar isso, mas... Se seu primeiro nome é Michiko, não significa que seu nome completo é Ono Michiko, que soa como "filha de Onomichi"...?

Kyo parou de repente, sentindo-se estúpido. Embora todos falassem o dialeto informal uns com os outros, ele não conseguia se livrar do japonês padrão, e ficou parecendo pomposo e afetado. Como se não estivesse retribuindo a cordialidade.

Ono olhou para o chão, constrangido, evitando o olhar da esposa.

– Isso mesmo, Kyo – ela disse, encarando Kyo com ternura e fazendo biquinho para Ono. – E se eu soubesse que esse idiota passava todo fim de semana viajando de Onomichi para vasculhar a cidade de Hiroshima em busca de uma garota chamada Michiko para se casar só para poder fazer essa piadinha estúpida e rir com os amigos toda vez, eu nunca teria me casado com ele.

– Vamos, querida – Ono falou para a esposa. – Esse não é o único motivo de eu ter me casado com você.

Ono olhou para os homens do grupo, Sato e Jun, pedindo apoio e sorrindo.

– Mas é uma boa piada, não?

– É definitivamente elaborada – Sato concordou, rindo.

Kyo sorriu, simpatizando com o grupo enquanto todos davam risada. Até Michiko desfez o biquinho e riu.

– Mas por que não se sentam e se juntam a nós? – Sato perguntou, abrindo espaço ao seu lado na lona azul toda enrugada e gesticulando para o bentô e as bebidas no meio. – Temos bastante comida e bebida.

Kyo deu um passo à frente, e na mesma hora sentiu a mão de Ayako no ombro.

– Obrigada, Sato-san. É incrivelmente gentil da sua parte – ela falou, fria, ainda que educada. – Mas Kyo e eu precisamos ir pra casa. Desculpem, mas não será desta vez.

O coração de Kyo murchou. O jovem Jun o olhava com certa simpatia, segurando um prato de yakisoba numa mão e uma latinha de cerveja Asahi na outra. O garoto estava salivando para uma bandeja de okonomiyaki. Não conseguia tirar os olhos dela.

Sato percebeu.

– Bem, tome. – Ele pegou a bandeja e a ofereceu a Kyo. – Por favor, leve isto para o jantar, Kyo-kun.

Kyo fez uma mesura e já estava quase com os dedos na bandeja, mas a mão de Ayako intercedeu mais uma vez.

– Obrigada, Sato-san, mas não podemos aceitar sua comida. – Ela se virou para Kyo e o repreendeu: – Sato-san foi muito gentil por oferecer. Você deveria agradecê-lo.

– Obrigado, Sato-san – Kyo falou. – Mas não posso aceitar. Por favor, desfrute da comida.

Sato abaixou o okonomiyaki e deu de ombros.

– Ah, está bem.

– Aproveitem – disse Ayako, fazendo uma reverência e puxando Kyo para longe. – Vejo vocês no café.

Eles continuaram seu caminho, deixando a alegre festa para trás.

– Será que Tanuki... desculpe, Ono, realmente foi pra Hiroshima pra procurar uma mulher chamada Michiko? – Kyo perguntou, hesitante.

Ayako virou a cabeça e riu.

– Claro que não! Eles inventaram essa história pra te fazer relaxar e se sentir melhor, depois que você falou aquela bobagem.

Kyo ficou vermelho. Ayako soltou uma risadinha.

– E o nome dele é chefe de estação Ono pra você. Não Tanuki. Além disso, eu te disse pra não falar nada.

– Desculpe, vovó, mas... – Kyo arriscou. – A senhora disse que a gente não ia ficar muito tempo. Não que eu não podia falar.

Ayako o ignorou.

Eles seguiram o resto do caminho em silêncio até a torre de observação no topo da colina. As caminhadas de Ayako geralmente terminavam ali, e depois eles subiam até o mirante e ficavam na mureta contemplando o mar, as montanhas ao longe.

Mas, naquele dia, apesar da encantadora paisagem primaveril, ondas de frustração começaram a se infiltrar nos músculos de Kyo. Uma escuridão preencheu todo o seu corpo. Seus ombros murcharam visivelmente. Ayako percebeu com o canto dos olhos.

– Você vai ter muitos momentos de comemoração na vida – ela disse baixinho, observando a vista. – Mas você não conquistou o direito de comemorar. Ainda não.

Kyo assentiu tristemente, e Ayako sentiu uma pontada de culpa.

Será que estava sendo dura demais com o rapaz?

Ela fez uma pausa, avaliando algumas frases na cabeça, e quase se ouviu dizendo:

Você está indo bem, Kyo-kun. Continue firme. Deixe sua mãe orgulhosa.

Mas apenas deixou as palavras ecoarem em sua cabeça, agitando-se dentro do corpo, vibrando na ponta da língua. Não as verbalizou.

Em vez disso, falou:

– Venha, vamos embora.

Quando desciam a montanha, gostavam de parar no Neko no Hosomichi, o Beco dos Gatos. Da primeira vez, Kyo ficou se perguntando o que estavam fazendo, cuidando de um bando de gatos de rua selvagens; mas, quando viu Ayako retirar as latas de atum e os pacotes de palitos de caranguejo de uma sacola que carregava todos os dias, percebeu que era uma espécie de ritual para ela. Dia após dia, Kyo notou que o humor noturno de Ayako dependia de um certo gato preto de um olho só. Se o gato estivesse lá, Ayako ficava um pouco mais agradável.

Naquele dia, depois de deixar o grupo curtindo o hanami no Parque Senkoji, Kyo ficou aliviado ao ver que o gato já estava ali, esperando para ser alimentado junto com os outros. Ele havia subido num muro de azulejos em ruínas e estava olhando para os dois, lambendo os lábios e bocejando. Kyo permitiu que seus músculos tensos relaxassem.

– Ah, ele veio! – Ayako falou para si mesma, alegre. – Que bom.

Ela alimentou zelosamente os outros gatos primeiro, estalou a língua e arrulhou para o gato preto descer para comer. Quando ele finalmente se aproximou, Ayako passou a ignorar todos os outros e concentrou toda a atenção nele.

Kyo ficou observando com paciência, sentado em outro trecho de muro baixo. Os gatos devoravam o atum e os palitos de caranguejo que Ayako tinha lhes oferecido. Discretamente, tirou fotos de Ayako fazendo carinho no gato preto – pensando que, se ela percebesse, ficaria brava.

O sol ainda não tinha se posto, e havia luz suficiente para enxergar claramente, embora o céu tivesse adquirido um tom profundo de roxo e as ruas estivessem desertas. Dava para ouvir um murmúrio baixo e contínuo vindo do topo da montanha, do hanami a todo vapor. Lá embaixo, os navios flutuavam suavemente pelo estreito braço de mar que separava o continente de Mukaishima. Do outro lado da água, os guindastes dos estaleiros se iluminavam um a um em lindos tons de azul, amarelo, verde e laranja.

Ayako afagava o gato preto, e Kyo aproveitou para espiar as mãos da avó com dedos faltantes.

Ele pensou se um dia teria coragem de lhe perguntar como ela os perdera. Uma vez, perguntara à mãe, mas ela fingira não ouvir. A família toda parecia adorar segredos.

– Quem é um bom garoto, Coltrane? – ela cantarolou. – Quem é o gatinho mais precioso?

As orelhas de Kyo se aguçaram.

– A senhora o chama de Coltrane?

– Sim – Ayako respondeu, sem levantar a cabeça. – Porque esse é o nome dele.

– Quem deu esse nome pra ele?

– Eu. Por quê?

– Ah, por nada… é só que… bem, é uma homenagem a John Coltrane, o saxofonista de jazz?

– Talvez. Por quê?

– Ele não tinha dois olhos?

– Tinha, e daí?

– Bem… detesto falar isso, mas…

– O quê? – Ela o encarou. – Desembucha.

– Bem, não é meio racista chamá-lo de Coltrane... sabe... só porque ele é preto?

Ayako pareceu surpresa por um segundo, fez uma careta e continuou acariciando o gato.

– Que pergunta besta. Era melhor você não ter falado nada.

Kyo ficou sentado em silêncio, sentindo uma leve sensação de vitória por ter atingido o alvo, mas também um pouco de culpa. Talvez não devesse ter falado aquilo.

– Se quer saber, eu lhe dei o nome de Coltrane não por causa da cor nem do olho que ele perdeu, mas por causa do jeito como ele se move. É mágico. Se você prestasse atenção nesse tipo de coisa, entenderia.

– Pelo jeito como ele se move?

– É. – Ela respirou fundo e depois continuou: – Quando vi o gato Coltrane pela primeira vez, perambulando pela rua, ouvi a música de John Coltrane na minha cabeça. Na mesma hora. – Ela parou por uns segundos, balançou a cabeça e se voltou para o gato: – Quem ele está chamando de racista? Que garoto idiota, hein?

Um silêncio constrangedor caiu sobre eles. Coltrane devorou o atum e começou a comer seus palitinhos de caranguejo.

– Desculpe, vovó. – Kyo ficou mexendo os dedos, nervoso. – Nunca ouvi John Coltrane.

Ayako bufou. Ela costumava colocar John Coltrane para tocar no café e em casa, de noite – o garoto claramente não prestava atenção.

Coltrane terminou de comer e se afastou devagar. Ayako ficou o observando e então se virou para Kyo:

– Venha, vamos embora.

●

Já em casa, eles seguiram a rotina noturna de sempre.

Kyo se sentou à mesinha do quarto e ficou ouvindo o walkman. Pegou o celular, abriu a galeria e estudou a foto que tinha tirado de Ayako dando comida para Coltrane. Deu zoom no gato e começou a rascunhar um esboço no caderno.

Ayako se sentou na sala com um livro. Estava lendo *Kappa*, de Akutagawa Ryunosuke. Já tinha lido o romance várias vezes, e o achava fácil e agradável. Mas, naquele dia, sentia-se incapaz de se concentrar nas páginas, correndo os olhos pelas linhas sem absorver a história diante de si. Olhou para o relógio. Talvez um banho a ajudasse a clarear a mente.

Como a casa era antiga, não tinha um banheiro adequado. Havia uma torneira de cozinha para lavar o rosto e escovar os dentes e um banheiro externo, mas não uma banheira. Toda noite, Ayako e Kyo caminhavam até o sentô, a casa de banho local, para tomar banho antes de dormir. Ao voltar, ela lhe pedia para guardar as louças que tinha lavado antes.

Com a cabeça nublada e incapaz de se concentrar, ela decidiu que, quanto mais cedo tomasse banho, melhor. Levantou-se e foi até o quarto de Kyo. Esperou alguns segundos, esticando o pescoço para ver o que ele estava desenhando. O garoto estava rascunhando um esboço de Ayako alimentando Coltrane a partir de uma foto que devia ter tirado com o celular. Ela ficou impressionada com seu talento – no mesmo instante, desejou ter o desenho dela com seu gato favorito. Mas não quis admitir.

– Venha – ela latiu, gostando de assustá-lo. – Vamos pra casa de banho.

Kyo fechou o caderno depressa e verificou as horas no celular.

– Ah, está mais cedo que de costume.

– As coisas mudam – ela falou, brusca, olhando o caderno dele. – O que estava escrevendo aí?

– Nada.

– Não minta. – Ela estreitou os olhos. – Deve ser alguma coisa.

– Não estou mentindo, vovó. Era só um desenho.

– Desenho, hein? – Ayako hesitou. Seus olhos viajaram até a parede e ela ficou pensando bastante antes de falar, como se pudesse se arrepender do que estava prestes a dizer. Mas foi em frente, apontando para o pergaminho. – *Kaeru no ko wa kaeru*. O filho de um sapo também é sapo.

Mais uma vez, ela se comunicava por meio de provérbios que Kyo não entendia muito bem. Ele olhou para o pergaminho do poema de

Matsuo Basho que já tinha visto várias vezes antes, mas no qual nunca reparara direito.

– Como é?

Ela bufou.

– Seu pai era um calígrafo talentoso, sabia?

Os olhos de Kyo cintilaram diante da menção ao pai, e Ayako detectou uma intensidade inesperada emanando dele. Ela nunca tinha falado do filho morto – o pai dele – para o garoto antes, e o efeito foi surpreendente. Os olhos de Kyo dispararam para o pergaminho e ele o ficou estudando atentamente, como se o olhasse pela primeira vez.

Ayako leu em voz alta:

– *Furuike ya / kawazu tobikomu / mizu no oto*. Um sapo pula / do ar para o lago / som de água.

Ela observou o rosto de Kyo enquanto ele se levantava, se aproximava do pergaminho e corria os dedos sobre as linhas.

– Sabe quem compôs esse haicai? – perguntou.

– Basho. Todo mundo sabe disso. – Kyo revirou os olhos. Por sorte, estava de frente para a parede e Ayako não viu. Ele se virou para ela com os olhos ardendo. – Mas... foi papai quem escreveu isso? – ele continuou, apontando para o canto em branco com urgência. – Por que ele não assinou?

– Porque foi um dos muitos pergaminhos que eu resgatei da lata de lixo e escondi. – Ayako suspirou. – Ele escreveu esse poema várias vezes, mas nunca ficava satisfeito. Toda vez, ele o jogava fora porque *não estava perfeito*, como costumava dizer.

– Mas está tão bom – Kyo falou.

– Eu sei – Ayako concordou. – Mas ele não via isso.

– Mas...

– Kyo – Ayako o interrompeu abruptamente. – Banho. Agora.

☯

Eles foram até o sentô em silêncio e se separaram lá dentro; Ayako seguiu para as banheiras femininas, e Kyo, para as masculinas.

Kyo ficou sozinho na banheira grande, pois não havia mais nenhum cliente para lhe fazer companhia. Sua mente estava agitada. Ele tinha tantas perguntas sobre o pai.

Por que é que ninguém lhe contava as histórias que ele queria tão desesperadamente ouvir?

Ayako se arrependeu de ter falado de Kenji e seus pergaminhos. Seria certo contar aquelas histórias para o garoto e desenterrar o passado? Não faria nenhum bem a ele saber dessas coisas. Segredos não eram mentiras, não é? Às vezes, a verdade podia machucar. Qual era o caminho mais compassivo? E o mais cruel?

Um profundo arrependimento percorreu seu corpo – pelo próprio fracasso. Junto com um medo de falhar novamente. Como ela poderia fazer as coisas do jeito certo desta vez?

Como poderia melhorar?

Eles se enfiaram cada um em sua banheira, perdidos em pensamentos.

Ao som de uma única torneira pingando sem parar nas águas tranquilas.

Ayako *vs.* A Montanha:

Parte um

Às sextas à noite, Ayako às vezes saía para encontrar os amigos do café, deixando Kyo sozinho em casa. Ela costumava deixar o jantar pronto para ele, com instruções rígidas de ficar em casa e fazer algo útil. Ele aproveitava a solidão para trabalhar nos desenhos em paz e silêncio. Coltrane vinha visitá-lo e se sentava em seu colo enquanto ele desenhava, ou ficava se esfregando nele quando Kyo não lhe dava atenção.

Uma noite, ele estava fazendo carinho em Coltrane com a mão direita enquanto contornava um mangá de quatro quadros com a esquerda. Estava pensando em inscrever a obra numa competição organizada por sua revista semanal favorita, a *Light & Shade*, quando Coltrane se mexeu de repente.

– O que foi, cara? – ele falou para o gato.

O felino piscou em resposta antes de se virar e sair pela fresta que Kyo tinha deixado nas portas de correr. O garoto esfregou os olhos cansados e seguiu o gato até a sala de estar, onde notou a janela aberta que ele usara para entrar. No chão havia um grande livro virado para baixo com as páginas abertas, que provavelmente tinha sido derrubado da estante quando o gato entrou.

Kyo pegou o livro e o folheou, deparando-se com recortes de jornal colados nas folhas.

E entendeu na mesma hora o que eram: fotografias tiradas pelo pai.

Metal rasgado, corpos sangrando, concreto destruído. Tudo em preto e branco.

Ele levou o livro até a mesinha da sala e o abriu no começo, virando página por página e estudando cada foto com atenção, sentindo uma mistura de aversão e fascínio.

Cenas angustiantes – corpos no chão, soldados encarando as lentes, tanques destruídos, crianças definhando, explosões, fogo e chamas, prédios destroçados, restos carbonizados de aldeias desintegradas em cinzas. Kyo ficou chocado – pelo fato de o pai ter estado em todos aqueles lugares, registrando tudo com sua câmera. Ele vira aquelas coisas com os próprios olhos. Kyo parou numa foto que já tinha visto antes – de uma criança de pele pálida deitada de bruços na lama com um cachorro preto curvado sobre ela.

Como é que ele conseguia olhar para aquelas coisas? Será que não tinha vontade de intervir?

De acabar com toda aquela loucura?

Para Ayako também devia ser difícil olhar aquelas fotos.

O gato estava se aninhando nele, e Kyo acariciava seu pelo distraidamente, virando as páginas com a mão livre. Até que se deparou com uma notícia sobre a morte do pai. Virou a folha depressa, sem querer ler sobre o suicídio dele de novo. Já tinha lido aquele mesmo artigo antes. Quando estava no ensino fundamental, Kyo descobrira um livro de fotos do pai na biblioteca do bairro que reproduzia aquela matéria. Ele a decorara quase palavra por palavra. Era difícil encontrar aquele volume, pois a obra tinha saído de catálogo vários anos antes, mas ele acabou encontrando um exemplar de segunda mão numa livraria do bairro de Jimbocho especializada em livros fotográficos. O dono da livraria gentilmente ajudara Kyo a conseguir o exemplar. Sua cópia estava escondida numa caixa em seu antigo quarto no apartamento da mãe.

Mas ele nunca tinha tido a chance de ver como as fotos ficavam nos jornais, e vê-las daquele jeito no papel de baixa qualidade levemente amarelado era muito mais marcante que naquele livro chique. Os pretos tinham uma escuridão sólida e os brancos se tornavam mais estourados, misturando-se ao próprio papel. Havia mais contraste na aspereza da página do jornal. Elas pareciam ainda mais brutais.

Uma folha solta saiu voando do livro e caiu no chão. Kyo se abaixou para pegá-la e notou que não havia cola em nenhum dos lados. Verificou novamente, revirando a foto na mão. Era sua avó, Ayako. Não tinha sido tirada pelo pai, claro. Ela estava de pé na neve, de mochila nas costas, com um machado de gelo erguido sobre a cabeça.

Parecia mais jovem, mas com certeza era ela.

Kyo leu a matéria.

MULHER SOBREVIVE À MONTANHA DA MORTE

TABATA AYAKO (foto), de Onomichi, encontra-se internada em um hospital de Tóquio se recuperando de uma perna quebrada e graves queimaduras nas mãos e nos pés depois que a equipe de resgate a encontrou na base do Monte Tanigawa, na província de Gunma, na última sexta-feira.

Tabata tentava escalar a montanha sozinha e, imprudentemente, não informou a rota às autoridades locais, nem a data em que planejava chegar ao cume. O Monte Tanigawa tornou-se conhecido coloquialmente como a "Montanha da Morte", devido ao grande número de vidas que ceifou desde que foi explorado pela primeira vez na década de 1930. No mesmo intervalo de tempo, o Monte Tanigawa levou cerca de 800 vidas, em contraste com as cerca de 200 do Monte Everest. Em 1943, um grupo inteiro de alpinistas desapareceu da montanha, e até hoje muitos alpinistas continuam se perdendo em razão de seu temperamento cruel. Avalanches e intempéries são comuns no aterrorizante pico.

Esta não é a primeira vez que Tabata teve azar com esta montanha. Vários anos atrás, seu marido, TABATA KENZO, perdeu a vida ali, em uma expedição com um grande grupo.

Tabata Ayako não quis comentar o incidente quando a procuramos, mas especula-se que ela estava escalando a montanha para prestar homenagem ao marido, cujo nome foi gravado em uma placa afixada na face da montanha, ao lado daquelas de outros alpinistas de sua equipe que também perderam a vida no mesmo incidente.

As equipes de resgate que descobriram Tabata na base da montanha dizem que ela foi pega por uma tempestade e uma avalanche, mas de alguma forma sobreviveu duas noites sozinha e conseguiu descer em segurança, apesar da perna quebrada.

"Essa senhora é durona", comentou um membro da equipe de resgate.

Kyo leu e releu a matéria e seus olhos ficaram indo e voltando sem parar do texto para a foto em preto e branco da avó. Era difícil processar aquilo tudo. Ela quase morrera escalando uma montanha. Como é que ele não sabia de nada disso?

Mas, quanto mais refletia, mais óbvio tudo lhe parecia. A cafeteria da avó se chamava EVER REST. Ela tinha obsessão em subir até o topo da montanha de Onomichi. Tinha perdido os dedos dos pés e das mãos. Fazia sentido, agora que pensava a respeito, mas, ao mesmo tempo, havia algo de irreal em não saber de um detalhe tão importante da vida dela.

Por que sua mãe não lhe contara do encontro da avó com a morte?

Ele guardou a folha solta e fechou o álbum de recortes de jornal, colocando-o de volta na estante. Kyo não fazia ideia do que pensar daquilo, e seu cérebro continuava tentando processar toda aquela informação. Mesmo com o livro na prateleira, ele passou o resto da noite coçando e sacudindo a cabeça, perguntando-se por que a mãe nunca lhe dissera nada.

Flo: Verão

Flo esfregou os olhos.

Ela colocou o velho exemplar de *Som de água* virado para baixo, com a lombada gasta, na mesa à sua frente, e soltou um suspiro. Ficou encarando as paredes de pedra da cafeteria e deu um gole na elegante xícara de porcelana branca. O café era bom, pelo menos, só que a atmosfera nebulosa daquele lugar subterrâneo de Kichijoji estava fazendo seus olhos arderem. Ela só estava ali havia trinta minutos, mas, com todos aqueles fumantes inveterados, não conseguia se concentrar.

Estava tendo dificuldade com alguns trocadilhos do livro que lutava para traduzir. Um deles era com a palavra "kaeru", um homófono conveniente com três possíveis significados, dependendo de como fosse escrito:

蛙 – sapo   変える – mudar   帰る – voltar para casa

Era impossível manter esse jogo de palavras que relacionava o sapinho de brinquedo de Kyo ao seu desejo de voltar para casa em Tóquio. Também havia uma piada irônica com o nome de Sato e a maneira como ele tomava café. Seu sobrenome se escrevia 佐藤 (Sato), que também era homófono de "açúcar" 砂糖 (sato). Flo estava completamente perdida, sem saber como traduzir essas frases específicas sem perder o humor do original. Claro, tudo isso servia como distração para as coisas de sua vida que queria esquecer.

Flo tinha ido àquela cafeteria específica por vários motivos. Um era que eles não tinham internet. Alguns dias antes, ela enviara por impulso uma amostra da parte "Primavera" para seu editor em Nova York, e já estava morrendo de medo da resposta. Outro motivo era que eles tinham um café excelente, bem forte, embora um pouco caro – mais de 600 ienes por xícara. Além disso, ela queria dar uma volta no Parque Inokashira depois do almoço.

Apesar de ser quinta-feira, dia que não ia para o escritório, Flo não estava conseguindo progredir muito na tradução. Começara o dia tentando avançar para a próxima parte de *Som de água*, o que não deu certo, e acabou revisitando trechos da Primavera com os quais não estava satisfeita. Passou a manhã toda aflita ao perceber os erros que cometera no documento que tinha enviado ao editor. Não devia ter mandado aquela amostra. E ainda por cima fora descuidada, pois não tinha nem revisado o e-mail que escrevera (*Pensei que talvez estivesse curioso pra saber no que estou trabalhando...*), e se arrependia profundamente de ter feito isso.

Era a estação chuvosa em Tóquio, e o apartamento sem ar-condicionado ficava abafado. Quando abriu os olhos naquela manhã, não estava tão ruim assim, mas, aos poucos, o ar começou a rarear no cubículo e até Lily ficou insuportável, pisando no teclado e miando sem parar, tentando chamar atenção. Por fim, Flo decidiu que era uma péssima ideia trabalhar em casa. Ela vivia se distraindo com os e-mails e as pesquisas sobre o panorama cultural e histórico da cidade de Onomichi, na província de Hiroshima.

Um dos perigos do trabalho de tradução literária era cair na toca do coelho com tantas pesquisas. Fosse pesquisando no Google o que seria um casaco tonbi para ver que tipo de sobretudo Ayako usava (parecia um pouco com o casaco de Sherlock Holmes), fosse descobrindo como inserir no texto a informação de que os japoneses mais velhos costumavam cobrir seus telefones fixos com um pano (ela ainda achava que não tinha conseguido o efeito que queria), ela sempre acabava presa em uma frase, o que tomava uma hora de sua manhã.

Ela nunca estivera em Onomichi e sentia uma curiosidade insaciável, querendo saber mais e mais sobre o lugar. Seu buraco de minhoca mais recente era um dos muitos festivais da cidade, chamado Betcha Matsuri. Nessa festividade, três moradores se fantasiavam de ogros e saíam pelas ruas batendo nas crianças com paus. Uma bengalada prometia inteligência; duas, boa sorte. Flo vira inúmeras fotos de pais segurando seus filhos chorosos e petrificados de medo, esperando para serem tocados com o bastão dos ogros. Porém, depois que caíra na armadilha de olhar fotos na internet, obviamente o progresso na tradução do livro desacelerou.

Outro detalhe básico com o qual Flo lutava era se ia para Onomichi ou não. Não conseguia decidir se era melhor visitar a cidade enquanto estava trabalhando na tradução ou depois que a terminasse. Seria uma pena não ir, mas ela pensava que ver o lugar talvez destruísse a imagem que tinha construído na cabeça com a leitura do livro. Ficção *vs.* realidade. Qual era mais importante?

Essa e várias outras preocupações a atormentavam.

Assim, ela decidiu sair do apartamento, ir até Kichijoji e procurar um bom café. Tudo o que precisava era da edição comentada do livro e do laptop. A cafeteria em que se encontrava tinha sido altamente recomendada na internet, com resenhas elogiando o café de primeira linha e o curry que serviam no almoço. Se não ia para Onomichi, deveria pelo menos conhecer uma cafeteria mais tradicional em Tóquio, para ter a sensação de que estava realmente em um café parecido com o de Ayako.

Mais ou menos como uma tradução imersiva.

Ou pelo menos foi o que disse a si mesma.

⁂

Flo encarava a tela do laptop aberto.

O cursor piscava, esperando. Ela franziu o cenho, estreitou os olhos e projetou a própria ansiedade nele. A maldita barrinha piscante parecia sumir e reaparecer em um ritmo que ofendia sua sensibilidade. *Mais rápido!*, ele dizia. *Você é tão lenta! Como é que não conseguiu terminar esse capítulo ainda?*, ele gritava.

Parte de sua mente lhe dizia coisas como:	Outra parte de seu cérebro dizia:
Qual é o sentido de traduzir a próxima parte se você nem sabe se o livro vai ser publicado?	*Eu não ligo! De qualquer forma, preciso de algo pra fazer.*
Não é um desperdício de energia?	*Quero traduzir este livro, queira uma editora publicá-lo ou não.*
Talvez você fracasse de novo.	*Alguém vai querer ler.*
Fracasso...	*Fracasso...*
Fracasso...	*Eu sou um fracasso...*

Era essa batalha mental que fazia Flo franzir o cenho e encarar o cursor piscante do laptop em vez de fazer algo, qualquer coisa produtiva, como ler a parte "Verão", que ia começar a traduzir.

Toda vez que pensava no trabalho, sua mente esbarrava na incômoda ideia de que ela traduzira apenas um quarto do livro. O que tinha feito até então parecia apenas a ponta do iceberg, e não havia garantia nenhuma de que seu trabalho veria a luz do dia. Ninguém o leria, e o texto ficaria preso como um vazio digital em seu disco rígido, ou como um documento espectral que ela compartilharia apenas com a mentora, Ogawa.

Mas era melhor trabalhar do que deixar a mente à deriva, remoendo aquela tentativa de tradução abortada – a que fizera com Yuki. As coisas não tinham corrido bem, para dizer o mínimo.

Sentada ali no café, pensando no que acontecera, Flo estremeceu. Uma garçonete notou sua expressão e se aproximou para perguntar se estava tudo bem. Flo abriu um sorriso simpático e disse que sim. Estava ótima.

Você fica dizendo "Está tudo bem, estou animada", mas nunca me diz o que está sentindo de verdade. Vivo tendo que adivinhar.

Agora oficialmente desconcentrada, ela pegou o celular e abriu o Instagram.

Ficou vendo as fotos recentes de Yuki em Nova York: andando de bicicleta, frequentando os botecos do Brooklyn, visitando museus, comendo *bagels*, sorrindo no meio de multidões. Fazendo piqueniques com os amigos. Ela parecia feliz. Yuki parecia ter tomado boas decisões na vida.

Flo não sabia se podia dizer o mesmo de si.

⁂

O primeiro grande erro que Flo cometeu no relacionamento foi se permitir ser absorvida por um projeto que significava mais para ela do que para qualquer outra pessoa.

Fora Flo que encorajara Yuki a escrever seu livro de memórias, *Kyushu Queer*. Ela lia os capítulos à medida que Yuki escrevia. A namorada começara o projeto só para se divertir, registrando suas experiências como uma criança gay na zona rural do sul de Kyushu, em uma família tradicional e conservadora. Flo lera o piloto que Yuki escrevera em japonês e ficara cativada. Não conseguia parar. Tinha de ler mais.

Assim, Flo encorajou (ou melhor, pressionou) Yuki a produzir outros textos e a continuar, mesmo quando Yuki não queria. Toda semana, Flo enchia o saco de Yuki pedindo um texto novo, chamando-os de "capítulos", até começar a se referir ao projeto como "livro".

– Onde está o texto? – ela costumava perguntar aos domingos à noite, quando Yuki não lhe entregava nada.

– Aff! – Yuki resmungava e xingava. – Por favor, me dê um tempo! Não quero escrever.

Àquela altura, Flo geralmente dava alguma resposta passivo-agressiva, dizendo coisas como "Está bem… se não quer escrever, beleza. Só acho uma pena…", o que fazia Yuki desaparecer por uma hora em alguma cafeteria noturna antes de voltar com algo rabiscado às pressas nas folhas quadriculadas que os japoneses usam para escrever à mão.

Flo admirava a caligrafia de Yuki.

Parte dela invejava aquela facilidade de redigir ensaios em folhas magicamente quadriculadas. Algo que para Yuki era tão natural, e até entediante, era fantástico para Flo. Ela desejava ter crescido escrevendo redações em kanji, hiragana e katakana naquelas maravilhosas folhas chamadas genkoyoshi.

Ficava encantada com a maneira como Yuki escrevia os kanji – havia algo de incrivelmente idiossincrático no conteúdo e na forma. Apenas Yuki poderia produzir aqueles caracteres, e ver aqueles textos escritos por aquela mão humana e imperfeita fazia Flo se sentir especial. Fazia com que o vínculo entre elas se fortalecesse – namorada e namorada, escritora e tradutora. Ela tinha o privilégio de ler os primeiros rascunhos que ninguém mais leria. As palavras riscadas. Os erros. Os enganos.

E planejava traduzir tudo para o inglês.

Flo via agora, em retrospecto, que fora um ato de egoísmo de sua parte.

Mesmo meses depois, ainda se sentia culpada por toda aquela adulação.

Elas sustentaram aquela dinâmica tensa por vários meses, até que Yuki conseguiu finalizar o manuscrito. Trabalharam duro na edição e na revisão do livro. Depois, Yuki o inscreveu em vários prêmios e publicações japoneses, mas recebeu várias rejeições personalizadas dizendo o mesmo tipo de coisa: *O livro é muito interessante e extremamente bem-escrito. Também simpatizamos com a condição da narradora. No entanto, não temos certeza se é adequado para o clima atual no Japão ou para esta casa em particular. Desejamos-lhe boa sorte e esperamos que o projeto encontre um lar na editora certa.*

Assim, apesar dos protestos de Yuki, Flo decidiu que elas teriam de tentar publicá-lo fora do Japão primeiro. Se conseguissem publicar nos Estados Unidos, o livro poderia ganhar tração no Japão depois. Ela redigiu uma proposta e traduziu alguns capítulos do livro de memórias. No começo, tudo parecia promissor.

Seu editor, Grant, inicialmente se mostrara positivo com o que tinha lido, e tanto Flo quanto Yuki ficaram animadas com a perspectiva de o trabalho ser traduzido para o inglês. Flo estava discretamente confiante. Até Grant estava. Ele disse que aquilo era exatamente o tipo de coisa que os leitores estadunidenses procuravam hoje em dia.

Durante todo esse tempo, Yuki ficara estranha e um pouco surpresa com a insistência de Flo em escolher sua obra para traduzir e incorporar na vida profissional – algo que a impressionara no primeiro encontro.

– Você está diferente, Flo – Yuki dissera, sorrindo.

– Como assim? – Flo perguntara, erguendo a sobrancelha. – De um jeito ruim?

Naquele momento, ela não conseguiu evitar pensar que a palavra "diferente" em japonês – chigau – também significava "errado".

– Você não é como a maioria dos gaijins… desculpe por usar essa palavra. Você trabalhou duro pra aprender japonês. Nem acredito que você traduziu Nishi Furuni pro inglês. Tenho dificuldade pra ler os livros dele até em japonês!

– Ah, fala sério, não exagera.

– Estou falando sério, Flo. Você é impressionante.

Flo ficara vermelha, e foi aí que começou a se abrir para Yuki.

Mas isso fora antes, quando as coisas ainda eram promissoras. Antes de Flo insistir em traduzir e publicar o livro de memórias de Yuki.

Antes de Yuki fugir para Nova York.

Flo estava bem mais nervosa que a companheira quando Grant finalmente lhe deu uma resposta formal. Foi difícil dar a notícia para Yuki depois de receber um e-mail tão curto de Grant.

DE: Grant Cassidy
PARA: Flo Dunthorpe <flotranslates@gmail.com>
ASSUNTO: Kyushu Queer

Querida Flo,
Receio trazer más notícias. Todos aqui viram o potencial da obra, mas não conseguimos encontrar nenhuma justificativa para publicar um livro de memórias de uma japonesa desconhecida. Sinto muito mesmo, mas a casa vai passar esta. Anime-se! Me conte no que está trabalhando, está bem? Se quiser conversar por telefone, vou ficar mais do que feliz (apesar do fuso horário ser um pouco esquisito).
Atenciosamente, G

O irônico foi que Yuki não ligou. A bem da verdade, pareceu até aliviada. Tudo aquilo tinha muito mais importância para Flo do que para ela. Flo não diria que essa rejeição foi o motivo de Yuki ter decidido ir para Nova York. Nem o motivo de a relação ter terminado.

Mas com certeza não ajudara em nada.

⁂

– Olá – disse uma voz em inglês.

Flo ainda encarava o cursor piscando na tela. Sua mente tinha se afastado do corpo, ruminando fracassos e limitações. A voz a fez voltar a si – estava na cafeteria de Kichijoji. Virou a cabeça e se deparou com um idoso na mesa ao lado. Ele usava uma camisa casual, mas elegante. Claramente era aposentado. Tinha um rosto comprido e inteligente e olhos curiosos.

– Olá – ela respondeu educadamente em inglês.

– De onde? – ele perguntou depressa, abandonando o "você é", como os japoneses costumavam fazer, provavelmente por traduzirem literalmente "dochira kara?", que significava palavra por palavra "de onde?". Lá ia a mente dela de novo, se agitando sem controle.

– América? – ele continuou, trazendo-a ao mundo real mais uma vez.

Flo latejava de ansiedade. O número de vezes que lhe perguntavam isso a deixava louca.

– Portland, Oregon – ela falou devagar, abrindo um sorriso amarelo.

– Eu morava em Dayton, Ohio – ele disse, mastigando seu curry.

– Legal. Seu inglês é muito bom.

– Você lê em japonês? – ele perguntou, apontando com a colher para o exemplar de *Som de água*.

– Não muito – Flo respondeu.

– Japonês é difícil – ele disse, quase para consolá-la.

Ela precisava se livrar daquela situação. Queria trabalhar na tradução em paz. Tinha de ir embora.

– Sinto muito – falou, se levantando às pressas e guardando o laptop e o livro na bolsa. – Preciso ir.

Estava chovendo, então ela pegou um guarda-chuva qualquer no suporte perto da porta.

O homem pareceu um pouco surpreso, mas logo sua expressão relaxou.

– Aproveite a estadia no Japão – ele falou, simpático, fazendo uma mesura respeitosa e acenando a mão.

⁂

Na rua, Flo abriu o guarda-chuva e descobriu que tinha escolhido justo um que estava furado. Riu sozinha enquanto as gotas ensopavam sua camiseta. Sentiu-se péssima por ter sido tão grosseira com aquele senhor. Ele devia estar solitário, querendo conversar.

A verdade era que a vida não estava indo como tinha planejado, e ela acabou descontando nele. Se estivesse de bom humor, teria adorado ouvir as histórias de seu tempo em Dayton, Ohio. A cena poderia ter sido um daqueles momentos clichês sobre os quais ela lia em livros de não japoneses – jovem ocidental perdida no Japão conhece um velho japonês sábio que instila sabedoria zen antiga em sua protegida. Ambos aprendem um com o outro e crescem como seres humanos. Blábláblá.

Só que esta não era uma história comovente. Era Tóquio. Vida real, fria e impessoal, e ela não tinha tempo de ficar sentada esperando palavras de sabedoria.

Havia algo de errado com ela. Por que é que não conseguia se conectar com outras pessoas? A própria Yuki dissera que ela era cansativa. Era uma perdedora tristonha quando morava em Portland, e se mudar para Tóquio não mudara nada. Continuava sendo uma inútil que não conseguia se relacionar com nenhuma pessoa real e viva – apenas com personagens imaginários dos livros.

Aquela sensação sombria e opressora de escuridão estava ali de novo. Sua mente dava voltas enquanto ela se dirigia ao Parque Inokashira.

⁂

Flo gostava de ir ao parque porque podia desligar o cérebro e só andar sem ter de prestar atenção ao trajeto. A caminhada leve e a observação dos arredores lhe permitiam refletir sobre os problemas que estava enfrentando na vida. A chuva finalmente tinha parado e o sol estava saindo de trás de uma nuvem, secando suas roupas molhadas. No sol, o calor era intenso, mas, na trilha que circundava o lago cintilante, as árvores ofereciam uma sombra bem-vinda. Ela ficou olhando para os casais flutuando em canoas ou pedalinhos em formato de cisnes brancos. Lembrou-se de Yuki no mesmo instante.

Elas tinham terminado, mas estavam tentando preservar a amizade. Mantinham doloroso contato pelo Instagram – Flo não conseguia parar de olhar as fotos de Yuki e sentir um terrível e profundo arrependimento. Por que não fora com ela? Por que tinha decidido ficar sozinha em Tóquio? O que diabos havia de errado consigo? Flo contara a Yuki que estava trabalhando duro na tradução de *Som de água*, e a resposta de Yuki lhe parecera sincera: *Que bom, Flo. Fico feliz que esteja feliz.*

Só que Flo não estava feliz. Era verdade que tinha mergulhado cegamente na tradução. Não sabia bem por quê. Tinha gostado do livro mais que o esperado, e se viu sugada por aquele mundo. Passar tempo com Kyo e Ayako e os problemas deles era uma agradável distração da própria vida. Porque, se parasse para pensar demais nas coisas (Yuki, sua carreira, sua estúpida falta de jeito com as pessoas), principalmente enquanto esperava o trem para o trabalho, não conseguiria não pensar em pular.

Ela conhecia todas as lendas urbanas sobre pessoas que pulavam nos trilhos. A fofoca gaijin de sempre.

Geralmente era algo assim: um "amigo" estava esperando o trem na plataforma, perto de uma máquina de venda automática, e então um cara pulava na frente de um trem em alta velocidade. O saltador era atingido com força total, sendo arremessado de volta para a plataforma, onde batia na máquina. O corpo colidia na vitrine. *Crack.* Vidro partido. Ossos se quebrando. O terrível som de carne se rasgando. Sangue, misturado com as bolhas dos refrigerantes estourados.

Como seria?

Flo sabia que era um sinal de perturbação, mas fazia isso com frequência: ficava pensando em acabar com tudo. Morrer pelas próprias mãos, assim como Kenji em *Som de água*. Só que ela não escolheria a água, mas o trem. Com sorte, seria rápido e indolor. Essa escuridão a dominava sempre que estava exausta. Mas o trabalho a distraía desses pensamentos. O calor fazia tudo brilhar, e o barulho das cigarras a lembrava de Ayako e Kyo na parte "Verão" do livro, em que ainda estava trabalhando. Ler sobre a dupla a arrancava da escuridão que experimentava por dentro. Ela se sentia mais próxima de Ayako e Kyo que de qualquer pessoa da vida real – eles estavam sempre lá para apoiá-la, esperando nas páginas. Eram confiáveis.

Perdida em pensamentos, Flo seguiu caminhando pela trilha, passando pelo santuário que ficava numa ilha no lago. Deu meia-volta, entrou no santuário e jogou uma moeda de cinco ienes na caixinha. Tocou o sino, juntou as mãos e rezou. Rezou para que Grant gostasse da parte "Primavera" que lhe enviara. E, se não gostasse, para que ela encontrasse logo outra coisa para traduzir.

Transpirando com o sol da tarde, saiu do santuário e continuou a caminhada em volta do lago. Parou no restaurante tailandês do parque para almoçar e, enquanto comia, viu a notificação de um novo e-mail no celular.

Ela o abriu para ler.

DE: Grant Cassidy
PARA: Flo Dunthorpe <flotranslates@gmail.com>
ASSUNTO: Som de água

Querida Flo,
Estou interessado. Tem mais alguma coisa para me mandar?
G

Flo soltou um gritinho de empolgação. Será que sua oração tinha funcionado? Tão rápido assim? Então colocou a mão sobre a boca aberta quase na mesma hora.

Que idiota fora ao mandar aquela amostra tão impulsivamente para

Grant. Ela não tinha mais nada. Não tinha nem entrado em contato com a editora japonesa.

Não sabia nem quem era o autor.

Verão

夏

五

Gotas pingavam. O som da chuva era tudo o que se ouvia na casa.

– O que está desenhando?

Tanto Kyo quanto Ayako estavam em silêncio fazia um tempo, desfrutando da paz e tranquilidade de um domingo ocioso.

Kyo estava do outro lado das portas abertas, sentado na varanda de madeira que dava para o pequeno jardim, desenhando no caderno. Estava apoiado no batente de madeira, abrigado da chuva pelo beiral do telhado, com Coltrane encolhido no chão, apoiando a cabeça em sua perna. Ayako estava à mesinha da sala de jantar, bebendo chá verde e observando a chuva cair sem parar. Olhava o jardim com suas árvores cuidadosamente aparadas, vendo as carpas koi que nadavam no laguinho abaixo do bordo japonês – as folhas verdes estavam escorregadias da chuva. De vez em quando, seus olhos se desviavam para o garoto desenhando. Coltrane passara a visitar a casa com mais frequência desde a chegada de Kyo – o que tanto irritava quanto agradava Ayako. Ela tinha um pouco de ciúme do vínculo entre os dois, mas isso dizia muito de Kyo – Coltrane era um bom juiz de caráter.

Era a estação das chuvas, e agora eles tinham de lidar com as constantes tempestades, além do clima abafado que deixava a pele grudenta de suor. A temperatura subia lentamente à medida que o verão se aproximava, mas o céu azul e os dias ensolarados ainda não tinham chegado. Em vez disso, nuvens escuras de chuva pairavam ameaçadoramente sobre a cidade, e os dias se arrastavam pegajosos, cinzentos e desoladores.

– Ah – Kyo respondeu, erguendo a cabeça do caderno e olhando para Ayako, não muito longe. – Não é nada de mais, só uma tirinha.

– Deixe eu ver – ela pediu, esticando a mão.

Kyo lhe entregou o caderno e se preparou para as duras críticas da avó.

Era um mangá de quatro quadros: um pastiche do haicai de Basho pendurado em seu quarto. Ele não conseguira tirar as palavras da cabeça desde a descoberta de que o pai produzira aquele pergaminho caligráfico, o que despertara seu interesse e sua interpretação. O desenho em que estava trabalhando brincava com as imagens do poema. No primeiro quadro, ele desenhou seu clássico Sapo visitando um sentô. No segundo, Sapo tirava a roupa e entrava na área de banho. Havia algumas pessoas na grande banheira coletiva, e o quadro mostrava sua perplexidade ao ver um sapo do tamanho de um homem entrando pela porta. No terceiro quadro, Sapo pulava no ar, mergulhando na banheira e espirrando água nos outros, que iam embora com cara de nojo. No último quadro, Sapo estava relaxando tranquilamente com uma toalha na cabeça e a banheira todinha só para si – enquanto as águas ondulavam suavemente ao seu redor.

Abaixo do mangá, ele transcreveu o haicai na íntegra.

– Hummm – disse Ayako, observando o desenho com atenção, batendo o dedo no lábio.

– O que achou, vovó? – Kyo perguntou, nervoso.

– É bom. Muito bom. Eu gostei, mas... – Ela fez uma pausa.

Kyo esperou.

– Mas?

– Está faltando alguma coisa.

Kyo suspirou, exalando o ar dos pulmões com dentes cerrados.

Ayako fez careta para ele.

– Ei, só estou dando minha opinião. Quer ouvir o que tenho pra dizer ou não? – Ela esticou o braço para lhe devolver o caderno. – Porque se acha que já sabe tudo, tudo bem, só continue o que está fazendo e esqueça o resto do mundo. Divirta-se.

Kyo balançou a cabeça.

– Se você parar para ouvir os outros de vez em quando, pode aprender alguma coisa.

– Sim, vovó. – Ele disfarçou a irritação que estava sentindo. – Por favor, continue.

Ela observou o mangá mais uma vez e falou:

– Como eu estava dizendo, gosto do seu estilo. Seu traço é adorável. Esse Sapo é ótimo, muito bom mesmo. Acho que a única coisa que está faltando é, bem... o artista. *Você.*

– Eu?

– Sim, você. – Ela coçou o nariz. – Você pegou o poema de Basho e o reinterpretou, e tudo bem. Mas não seria melhor basear seu trabalho na sua própria vida? Porque você não quer só contar o que Basho já contou, né? Você quer contar algo novo. – Ela olhou para Kyo. – Entendeu o que quero dizer?

– Acho que sim.

– Como assim, *acha*? – ela devolveu. – Ou você entendeu, ou não entendeu.

Kyo pegou o caderno e ficou com o rosto abaixado, olhando para o desenho. Ao analisá-lo de novo, o mangá lhe pareceu errado. Uma perda de tempo. Não era bom. Não valia a pena. Até mesmo Sapo, a caricatura de seu pai, sentado na banheira, o encarava de volta como se estivesse tirando sarro dele. Kyo sacudiu a cabeça, bravo, e parte de sua mente ordenou que ele rasgasse a página, amassasse a folha e a jogasse no lixo. Mais um fracasso. Era melhor não ter desenhado nada.

Mas Kyo resistiu ao forte impulso de ser destrutivo.

Em vez disso, murmurou baixinho para o jardim:

– Não entendo aquele poema idiota.

– O que disse? – Ayako perguntou, colocando a mão em volta da orelha. – Fale mais alto, não consigo te ouvir.

Diante da oportunidade de evitar a ira de Ayako, Kyo amenizou as palavras. Ele se virou para ela e falou num tom mais calmo:

– Ah, eu só disse que não entendo o poema.

– Como assim, não entende?

– Bem, não entendo por que ele é tão famoso, sabe? – Ele olhou para Ayako com uma expressão sincera. – Por que é que todo mundo o considera tão importante?

– Hum, não entendo muito dessas coisas, mas... – Ayako ergueu a sobrancelha. – Acho que Basho ficou famoso porque fez algo diferente.

– Diferente?

– É. Diferente de tudo o que veio antes.

– Diferente como?

Apesar do mau humor de sempre, Ayako estava calma e pensativa. Ela olhou para a chuva que caía em constantes linhas verticais, ouvindo o tamborilar da água batendo no telhado – gorgolejando e rodopiando nas calhas –, escorrendo da encosta para os bueiros. Coltrane se espreguiçou, estendendo as longas e afiadas garras para logo recolhê-las antes de voltar para a soneca.

– Bem, qual é a palavra sazonal do poema? – ela perguntou pacientemente, olhando para Kyo.

– Sapo.

– Certo. E que estação ela representa?

– Primavera.

– Certo.

– O que faz o sapo de Basho ser tão especial? Ainda não entendi.

– Bem... – Ayako apoiou o queixo na mão e o cotovelo na mesa. – Antes desse poema, todo haicai que citava sapos envolvia canto. Todo ano, os sapos fazem barulho na primavera, e todo mundo sabe disso. Assim, eles ganharam fama de barulhentos, que berram como se fossem cantores na poesia e na arte. É por isso que aquelas lindas pinturas antigas retratam sapos tocando instrumentos musicais, cantando de boca aberta.

– Sei – disse Kyo, soltando o ar devagar.

– Mas o sapo de Basho não canta, né?

– Acho que não.

– Então quando ouvimos sobre o sapo do poema no segundo verso, esperamos que ele cante. Mas Basho não deixa que isso aconteça, subvertendo as expectativas do ouvinte. Antes que você perceba, ele já pulou no lago, e tudo o que nos resta é o som baixinho da água. Nada de canção de sapo, apenas ondas frescas no velho lago.

– Então Basho quebrou as regras?

– Podemos dizer que sim. Ele fez algo diferente. Todos os outros poetas estavam fazendo sapos cantarem, mas o sapo de Basho é silencioso. Às vezes, o não dito é tão importante quanto o dito.

Kyo ficou quieto por um minuto.

– Inteligente.

– É, sim. E o verso final, "som de água", sugere na nossa mente as ondulações no lago silencioso, e até esse som, ou essa imagem, dura apenas alguns segundos. As ondulações também desaparecem gradualmente com o tempo.

Eles ficaram olhando para o jardim, deixando o som crepitante da chuva envolvê-los. As gotas acertavam o laguinho aos montes. Coltrane bocejou. Ayako suspirou.

– Assim como nós.

☯

– Venha, vamos.

Eles estavam observando a chuva de novo, desta vez de dentro da cafeteria.

Kyo guardou as coisas na mochila e olhou para fora, hesitante.

– Mesmo?

Ayako abaixou uma pilha de xícaras de café que estava segurando.

– Como assim, *mesmo*?

Kyo reprimiu um longo suspiro.

– É só que...

– O quê?

– Bem, olhei o aplicativo de clima no celular – ele disse, mostrando para Ayako as nuvens de chuva na tela. – E está dizendo que vai chover até meia-noite.

– Pff, aplicativo... Você faz tudo o que essa coisa te manda fazer?

– Não, mas...

– E daí? Quer que a gente fique aqui até meia-noite?

– Não, não estou dizendo isso – Kyo falou, colocando o celular no bolso. – Mas pensei que talvez fosse uma boa ideia pular a caminhada hoje e ir direto pra casa.

Ayako se remexeu, balançou a cabeça e continuou organizando as coisas.

– Por causa de uma chuvinha?

– Vamos ficar ensopados.

– Oooh, e o Pequeno Lorde Kyo não pode molhar os pezinhos, não é? – ela falou em tom de deboche. – O que vamos fazer se as meias imperiais ficarem encharcadas?

– Bem, a caminhada não vai ser divertida no meio da tempestade, né?

– Sei lá – Ayako devolveu. – Não vai? Você parece já ter decidido sem nem ter colocado os pés lá fora. Aliás, quem disse que tudo tem que ser *divertido*?

Ayako soltou as tiras do avental e o pendurou no gancho atrás da porta, pegou um antiquado sobretudo tonbi e vestiu-o por cima do quimono. Também pegou dois guarda-chuvas aleatórios no suporte.

Do lado de fora da cafeteria, ela baixou a veneziana de metal. Kyo tirou uma capa de chuva da mochila e a vestiu. A chuva caía sobre o telhado transparente de Perspex que cobria a rua comercial, e, quando Kyo olhou para cima, viu gotas d'água explodindo contra ele. Estremeceu diante da ideia de estar ao ar livre.

Pegou o celular do bolso de novo, abriu o aplicativo de clima e olhou consternado para a interminável fileira de ícones de chuva.

– Hummm.

– Guarde essa coisa e se mexa – Ayako falou.

Eles saíram do café, viraram à esquerda e seguiram pela rua coberta em direção à estação ferroviária. Depois, entraram numa pequena abertura à direita, que dava numa ponte que passava sobre os trilhos do trem. Kyo percebeu que Ayako tinha mudado a rota recentemente. Em vez das vielas sinuosas que atravessavam a encosta da montanha, agora eles seguiam direto por trás da estação, pela trilha íngreme que os levava até o topo da montanha, passando pelo antigo castelo à esquerda e pelo View Hotel à direita. O caminho era de paralelepípedos, com vários degraus, um corrimão robusto e antigas lâmpadas de ferro a gás para iluminar a escuridão.

Com os guarda-chuvas abertos e a chuva caindo, eles avançaram pela montanha.

Os músculos de Kyo queimavam enquanto ele subia a encosta. Das primeiras vezes que fizeram aquela rota, tiveram de fazer algumas paradas, e ele precisou se segurar no corrimão, ofegante. Naquele dia, embora estivesse melhor em termos de preparo físico, conseguindo acompanhar Ayako, a água escorria pelo concreto e suas meias já estavam encharcadas. A paisagem sob o guarda-chuva era cinzenta e miserável, e ele se concentrou no chão, detestando a caminhada.

Quando chegaram ao topo da montanha, seguiram lentamente pelo Parque Senkoji em direção ao mirante. As barracas de comida da temporada de hanami estavam fechadas com tábuas ou tinham sumido junto com as flores, e o lugar estava completamente vazio. Só Ayako era louca o suficiente para subir lá naquele tempo horrível.

Do alto da torre de observação, eles pararam por alguns minutos. Kyo dobrou o corpo para recuperar o fôlego. Seus tênis e meias estavam ensopados, e, por baixo da capa de chuva, sua camiseta estava molhada de suor. Para que servira aquele guarda-chuva? Pelo menos uma metade de seu short estava seca.

– Olhe – Ayako falou ao lado dele. – Ali.

Ele endireitou a postura e se virou para a avó. Ela estava apontando para algo no horizonte.

A chuva tinha se acalmado e Kyo seguiu a direção do dedo de Ayako. À distância, viu um buraco nas nuvens e o sol saindo. Raios de sol vazavam de trás das nuvens escuras de chuva, iluminando faixas do mar, fazendo-as cintilar, rodopiar e brilhar sob a luz.

– *Não se rende para a chuva* – Ayako citou o poema de Miyazawa Kenji. – *Não se rende para o vento.*

E, quando se apoiaram no corrimão molhado, viram um arco-íris duplo se formando no céu da cidade. A chuva tinha arrefecido completamente e o ar estava parado. Kyo enfiou a mão no bolso para pegar o celular e tirar uma foto, mas Ayako percebeu o gesto e falou sem desviar o olhar da paisagem:

– Não precisa disso, Kyo-kun – ela disse baixinho. – Não dá pra capturar essa sensação.

Ela bateu com o punho no peito.

Kyo deixou o aparelho cair no bolso molhado do short, apoiou as mãos no corrimão gelado e observou o cenário atentamente, assim como Ayako.

Eles ficaram em silêncio por alguns minutos, sentindo a brisa leve, enquanto o suave dourado do pôr do sol roçava suas bochechas.

– Ah... – Ayako suspirou.

Kyo viu os barcos flutuando devagar nas águas calmas, perdido em pensamentos.

– Vamos?

☯

Já em casa naquela noite, depois do banho, Kyo deixou o caderno aberto num desenho em que estava trabalhando desde a caminhada na chuva. Aproveitando que o neto estava no banheiro externo, Ayako entrou no quarto dele para dar uma espiada.

Pegou o caderno e observou o único quadro de uma tirinha que ele desenhara.

Ele mostrava Sapo sentado numa cadeira de costas para a janela com uma expressão infeliz no rosto, olhando para o celular fixamente. Na tela, o aplicativo de clima informava que estava chovendo. Mas, atrás dele, fora da sua linha de visão, havia um arco-íris colorido na janela. A cena era toda em preto e branco, exceto o arco-íris, o que o destacava ainda mais.

Ayako sorriu. Era perfeito.

Kyo voltou para o quarto.

– O que está fazendo?

– Estava olhando seu desenho, Kyo-kun – Ayako falou, alegre. – É maravilhoso.

– É particular. – Kyo arrancou o caderno dela grosseiramente. – A senhora não pode ficar mexendo nas minhas coisas desse jeito.

– Se é assim... – Ayako ajustou a postura para a guerra. – Esta casa é minha. Não fale comigo assim. Quem você acha que é?

– Não posso ter meus próprios pensamentos ou minhas próprias coisas?

Ayako não sabia o que fazer nem o que dizer; não era isso que pretendia com a conversa. Estava verdadeiramente impressionada com o desenho e queria dizer ao neto o quanto tinha gostado dele. Mas o garoto estava sendo mal-educado. Ela tinha de fazer uma escolha: devolver na mesma moeda ou recuar.

E ela não ia recuar. Não era seu estilo. Ninguém falava com ela daquele jeito e saía impune. Ela sempre estava no controle.

Então agitou um dedo para ele.

– Insolente!

Kyo ficou chocado: não só sentiu seu temperamento se exaltar rapidamente no momento em que viu Ayako espiando seu caderno, como percebeu a rapidez com que o bom humor da avó se transformara em raiva. Ela estava tremendo. Sua expressão era dura feito pedra. O que é que ele tinha feito? Não era páreo para ela. Mas agora estava preso ao princípio da questão: ela não devia ter mexido nas coisas dele sem perguntar. Mas como é que poderia fazê-la admitir isso?

– Peça desculpas – ela disse.

Kyo ficou em silêncio. Não conseguia falar, então olhou para o chão.

– Não vai pedir desculpas? Não tem nada pra dizer em sua defesa? – Ayako abaixou o dedo e colocou a mão no peito. Seus olhos eram machados de gelo. – Menino malcriado. Sua mãe te estragou, só que eu não aceito nenhuma dessas bobagens aqui. Esta é a minha casa, entendeu? Minha casa. Minhas regras. Ninguém fala comigo assim. Em nenhum lugar.

Ayako estava tremendo. Kyo a deixou despejar sua torrente.

Os dois estavam sendo arrastados. Ayako continuou, incapaz de parar:

– Você e esse seu egoísmo… essa criancice… você espera que todo mundo te reverencie, e o que você faz? Nada. Apenas segue a vida feito um vagabundo chato. Sonhando acordado enquanto os outros ralam duro pra te sustentar. Sem nem demonstrar a menor gratidão ou educação.

Kyo viu quando ela olhou para o sapinho de madeira na mesa e ficou ainda mais furiosa. Que moleque infantil! Ela já o tinha visto com aquele sapo à noite, antes de dormir. E continuou:

– Criança. É isso o que você é. Uma criança. – Ela parou e depois gritou: – Olhe pra mim quando estou falando com você! E me responda! Você é covarde? Cresça! – Então falou friamente: – Seja homem.

E saiu do quarto. Eles não trocaram uma palavra por vários dias.

Alguns dias mais tarde, Kyo estava saindo do cursinho a caminho da cafeteria quando finalmente decidiu ligar para a mãe. Ele parou e se sentou num banco ao lado de uma máquina de venda automática.

– Oi, mãe.

– Oi! Como você está? Como vão as coisas?

– Péssimas.

– O que aconteceu? São os estudos?

– Não... não é isso... é...

Ele suspirou.

– Sua avó? – a mãe sugeriu.

– Sim.

– Ah. – Ela respirou fundo. – Fale.

– Bem, a gente brigou outro dia, e agora ela não está falando comigo.

– Brigaram? O que aconteceu?

– Ela mexeu no meu caderno sem pedir... e bem, sei que não devia ter sido grosseiro com ela, mas fui, porque fiquei chateado por ela ter mexido nas minhas coisas, e... daí foi ladeira abaixo.

– Ah, Kyo-kun... – Ela suspirou tão alto no telefone que ele teve até de abaixar o volume para não irritar o ouvido. – O que foi que você fez?

– O que foi que eu fiz? Mas foi ela! Tentei conversar, pedir desculpas, mas ela está me ignorando totalmente. Ela age como se eu nem estivesse aqui.

– Sim, parece mesmo sua avó. – Ela fez uma pausa. – Vocês dois são tão teimosos.

– Teimoso, eu? Mas foi ela, mãe!

– Está vendo? Lá vai você de novo.

– Não sei se consigo aguentar isso. Estou com saudade de casa. Ela é terrível.

– Kyo, não fale isso.

– Bem, eu só fico irritado porque ela sempre acha que está certa, sabe?

A mãe não falou nada, e um estranho silêncio pairou entre os dois antes de ela continuar, relutante:

– Bem, o verão está chegando, não é? Talvez você possa passar uns dias aqui em casa durante o Obon. Quem sabe esse tempo longe um do outro não lhes faça bem?

A ideia de voltar para casa se alojou dentro de Kyo, e as emoções apertaram seu coração com força. Ele poderia ver os amigos, que também voltariam da universidade.

– Sim, quero ir pra casa.

– Quer dizer – ela começou a voltar atrás. – Vou estar de plantão atendendo pacientes, então talvez você fique sozinho, mas...

– Tudo bem. – Os pacientes vinham primeiro. Sempre.

– Estou pensando em visitar vocês no outono, de qualquer forma, quando o trabalho estiver mais calmo.

Kyo se animou um pouco diante da ideia.

– Se você conseguir tirar folga do trabalho...

– No outono. A gente pode visitar Miyajima e ver as folhas de bordo vermelhas. O que acha?

– Maravilha. Talvez ela seja mais boazinha com você aqui.

– As coisas têm sido sempre tão ruins assim entre vocês?

– Estava tudo bem antes da briga, mas agora ela nem me olha. É como se eu fosse um fantasma. Ela nem me chama mais pras caminhadas. Só me ignora.

– Você tentou pedir desculpas?

– Quando eu tento falar com ela, ela não olha pra mim.

– Tentou escrever?

– Escrever?

– Sim, um pedido de desculpas ou algo assim.

– Mas por que é que eu tenho que pedir desculpas? Por que é que eu tenho que bancar o adulto? Ela me chamou de criança, mas às vezes ela age feito uma bebezona.

– Sabe, Kyo-kun, sua avó não é uma pessoa ruim nem nada disso. Ela passou por muitas dificuldades na vida, já pensou nisso? Você tem que falar com ela com respeito. Não pode falar com ela como fala comigo. Ela é de outra geração. Eles faziam as coisas de outro jeito antigamente.

– Certo.

– Tente se desculpar… mesmo se tiver que escrever uma carta.

– Está bem.

– E, mesmo que você não concorde, no mundo dela sua avó nunca vai enxergar o que fez como algo errado. Se você pedir desculpas e se responsabilizar, tenho certeza de que ela vai te perdoar. Deus sabe que eu já tive meus conflitos com ela no passado. Mas ela perdoa e esquece. Ela não é uma má pessoa, Kyo-kun. Ela tem um bom coração.

– Talvez.

– Só tente. Veja o que pode fazer.

Kyo exalou o ar pelos lábios, refletindo.

– Está bem – ele disse.

A mãe soltou uma risadinha.

– Ótimo. Olhe, preciso ir. Meu bipe está tocando. Tchau, querido. Saudades.

Ele ouviu o bipe apitando no fundo.

Então sua mãe desligou antes que ele pudesse lhe dizer "Também estou com saudade".

Um grande nó se solidificou em sua garganta.

Ele sabia que a mãe queria que ele consertasse as coisas. Sua sugestão de que ele fosse para Tóquio não era genuína; seria inconveniente para ela. Mas a possibilidade de que ela os visitasse no outono o deixou animado. Enquanto isso, ele podia fazer as pazes com a avó, para que a mãe pudesse se concentrar no trabalho e nos pacientes sem nenhuma distração. Como tinha fracassado nos exames, era sua obrigação tornar a vida dela mais fácil. Mesmo que isso significasse pedir desculpas para a avó.

Kyo caminhou lentamente na direção do café, sem querer chegar.

●

Ayako quase cedeu algumas vezes.

Precisava ficar se lembrando de que estava punindo o garoto pela forma como ele tinha falado com ela. Mas, de vez em quando, quase se esquecia do que tinha acontecido, e as palavras se acumulavam na ponta da língua. Isso acontecia principalmente quando ele estava desenhando – queria lhe perguntar no que ele estava trabalhando, mas era orgulhosa demais para quebrar o silêncio. Em vez disso, aproveitava para espiar por cima do ombro dele, quando o neto não podia ver que ela estava olhando. Algumas vezes, Ayako tinha de se segurar para não comentar nada sobre o desenho. Ela parou de convidá-lo para as caminhadas, mas sentia sua falta. Era solitário estar desacompanhada de novo. Outra coisa que a fazia se sentir vazia era a ausência de Coltrane. Já fazia uma semana que ele não aparecia, e ela estava começando a se preocupar.

Sato e os outros clientes regulares notaram a frieza entre Ayako e Kyo, e não demorou muito para que se espalhasse pela cidade a notícia de que os dois não estavam mais caminhando juntos como antes.

– E aí, o que aconteceu com você e o garoto, Aya-chan? – Sato perguntou certa manhã. – Está dando um gelo nele?

Sato era o único cliente no café, então Ayako não tinha motivos para se preocupar. Mas estremeceu com a pergunta.

– Cuide da sua vida – ela retrucou.

Sato deu risada da secura dela.

– Estou falando sério, Aya-chan – ele insistiu. – Não acha que está sendo dura demais com o garoto?

– Ele precisa disso. Precisa aprender bons modos.

– Mas ouvi dizer que ele está indo bem no cursinho.

Ela ergueu a sobrancelha.

– Ah, é?

– Foi o que ouvi de um dos professores. – Ayako pareceu surpresa. – Ele é cliente da loja – Sato explicou, erguendo as mãos como se estivesse se defendendo de um perigo real: o olhar dela.

Ela continuou se movendo pela cozinha, levando as xícaras de um lado para o outro, nervosa, e depois trazendo-as de volta sem nenhuma razão. Estava inventando tarefas, pois não havia nada a fazer. Geralmente nessas horas ela preparava um café para si e se sentava ao lado de Sato para bater um papo decente, mas a menção ao garoto a deixara tensa.

Ele se inclinou para trás no banco.

– Sim, soube que ele está tirando notas boas. Está trabalhando duro.

Ela fez uma pausa e depois disse:

– Bem, é isso aí, não faz mais do que a obrigação.

– Pois é.

– Então talvez eu esteja sendo uma boa influência pra ele.

Sato deu risada de novo.

– Com certeza, em se tratando dos estudos.

Ele deu um último gole no café e se espreguiçou.

– Mas há muito mais na vida além dos estudos – ele acrescentou baixinho.

Ayako balançou a cabeça vigorosamente, franzindo o cenho.

– Cuide da sua vida, Sato. Boas maneiras e respeito são atemporais.

Ele riu mais uma vez.

– Pegue leve com ele, Aya-chan. Os tempos são outros agora.

Depois que Sato foi embora, Ayako ficou sentada no banco vazio e bebeu uma xícara de café sozinha.

Talvez estivesse sendo dura demais com o garoto. Talvez já o tivesse punido o suficiente.

Ela balançou a cabeça de novo.

Não pediria desculpas nem morta.

●

Na manhã seguinte, Ayako acordou cedo como sempre, e se deparou com uma carta na mesinha da sala. Olhou uma vez e depois mais uma enquanto passava, então foi conferir do que se tratava. O garoto devia tê-la colocado ali depois que ela apagara as luzes e fora se deitar na noite anterior. Ela pegou o papel, o abriu e leu:

Querida vovó,
Por favor, aceite minhas humildes desculpas pela forma como agi. Meu comportamento foi imperdoável. Nunca mais vou falar com a senhora daquele jeito. Sou eternamente grato pela bondade que me mostrou, e

*fui insolente e desrespeitoso ao responder daquele jeito. Peço desculpas
sinceras do fundo do meu coração pela minha atitude e peço, por favor,
que me perdoe.*
Atenciosamente,
Kyo

Obs.: Por favor, aceite este desenho como um presente.

Ela reparou numa folha mais grossa dobrada em cima da mesinha em
que encontrara a carta.

Era o desenho do Sapo de costas para o arco-íris.

O garoto tinha cortado o papel do caderno cuidadosamente e o assi-
nado no canto inferior direito em katakana: Hibiki. Devia ser o nome artístico que queria usar. Ayako sorriu. Hibiki – "eco" –, a leitura alternativa
do kanji do nome dele. Soava bem. Ela correu o dedo pela maravilhosa
expressão no rosto de Sapo. Deu um pulo de susto ao ouvir o garoto se
mexendo no quarto. Escondeu o desenho e a carta às pressas, enfiando-os
dentro do quimono, debaixo da faixa obi, e seguiu com a rotina matinal de
sempre. Foi fazer o café da manhã e se preparar para mais um dia.

○

Ela ainda não tinha falado com Kyo desde que ele lhe deixara a carta na
noite anterior.

Ele se perguntava se a estratégia tivera algum efeito. Aquela manhã,
ela continuou o ignorando, sem mencionar uma palavra sobre a carta ou
o desenho. Ele notou que os papéis não estavam na mesinha quando foi
tomar café, o que significava que ela devia tê-los pegado. A não ser que o
vento os tivesse levado… Não. Isso não podia ter acontecido.

Bem, ele tinha se esforçado. Tentara pedir desculpas. Agora a bola
estava com ela – se queria aceitar as desculpas ou não era decisão dela.
Kyo não podia fazer mais nada além de ir para o cursinho estudar. Mas,
naquele dia, achou difícil se concentrar no que o professor dizia.

O que faria no verão? Será que a mãe o deixaria ir para Tóquio?

Será que a avó falaria de novo com ele algum dia? Ou ele teria de passar o resto do ano vivendo em silêncio? As perguntas ansiosas borbulhavam dentro de seu corpo, e ele tinha dificuldade para enxergar o caminho à frente.

Alguns dias se passaram sem intercorrências depois que ele escrevera a carta. Kyo estava sentado à mesa onde sempre estudava depois do cursinho quando notou algo diferente na cafeteria. O que era? Tinha alguma coisa diferente ali. Até que ele viu.

Havia algo novo pendurado na parede, emoldurado. Seu desenho do Sapo.

Ele piscou, e o desenho continuou ali. Kyo não conseguiu evitar um sorriso, e depois se voltou novamente para os estudos. Estava tão concentrado que não percebeu os clientes desaparecendo. Também não percebeu a avó organizando a cozinha, e só voltou ao corpo quando ela finalmente falou com ele. Kyo ergueu a cabeça, distraído, sem entender o que ela tinha falado.

Estava parada, olhando para ele com expectativa.

– Como? – ele disse timidamente.

– Vamos – ela falou baixinho. – Vamos dar uma volta.

Kyo acordou de outro pesadelo, banhado em suor, segurando o sapinho na mão.

Olhou para a tela do celular – ainda eram apenas 4h. Seu coração estava batendo rápido e ele sabia que não conseguiria voltar a dormir de novo. Sentindo a boca seca, abriu a porta sorrateiramente e foi encher um copo de água na pia. Voltou para o quarto e se deitou no futon de novo.

Mas o pesadelo continuou rodopiando em sua mente e ele não conseguiu pegar no sono. Era cedo demais, apesar da luz da aurora lá fora. Ayako ainda não tinha acordado. Ele se levantou e foi até a mesinha, determinado a despejar o pesadelo no papel. Se conseguisse desenhá-lo, talvez pudesse enfrentá-lo na fria luz do dia, e as imagens deixariam de ter poder.

Pegou o lápis, segurou o caderno aberto com os dedos suados e começou a rascunhar os quadros grosseiramente o mais rápido que conseguia, enquanto a memória ainda estava fresca. Desenhou as ondulações na água, enquanto o corpo do pai desaparecia sob a superfície. Então fez-se uma quietude terrível; o silêncio engolia tudo. As ondulações começaram a se transformar num redemoinho, sugando Kyo para mais perto da água. Um close no rosto de Kyo lutando contra a imensa força das águas turbulentas, depois a mão esticada, tentando desesperadamente agarrar-se a algo sólido, conforme objetos desmoronavam e se quebravam sob seus dedos tensos. Mudança de perspectiva, agora de cima para baixo: seu corpo e braços torcidos se partiam e ele era puxado para baixo.

Com os pés tocando a superfície da água, acordava molhado de suor, segurando com força o sapinho, a boca seca de desidratação, desesperadamente sedento. Aquilo nunca tinha fim.

Ouviu Ayako se mexendo no quarto ao lado.

– Kyo? – ela falou, começando a mexer na cozinha. – Está acordado?

– Estou indo, vovó – ele respondeu.

Rasgou os rascunhos depressa e os escondeu no armário.

O calor do verão só tornava os pesadelos mais frequentes.

●

– Mas, Ayako, só estou dizendo que você não pode mantê-lo preso neste café o tempo todo.

Ayako, ignorando Sato, arregaçou as mangas do quimono de verão, jogou a louça na pia e começou a esfregá-la furiosamente.

– Não é uma pena? – ele continuou. – Ele veio até aqui e tem a oportunidade de aprender sobre suas raízes, sobre seus ancestrais. É a chance de ele ver o que Onomichi tem a oferecer. Quero dizer, tem toda a província de Hiroshima aí pra ser explorada, e você o mantém preso aos livros todos os dias. Me parece um pouco... – Sato seguiu falando tranquilamente, apesar da sobrancelha erguida de Ayako. – Bem, me parece um desperdício.

– Ele veio pra estudar. Não pra se divertir.

Sato balançou a cabeça, deu um gole no café e se virou para a parede.

Ficou a observando com atenção por alguns segundos, inclinando a cabeça para o lado. Abaixou a xícara, se levantou e se aproximou do desenho do Sapo, recém-emoldurado e pendurado na parede.

– Nossa, olá. O que temos aqui? – ele falou baixinho. – Isto não estava aqui antes, ou estava?

Ayako continuou esfregando as xícaras e os pires, enxaguou-os e colocou-os no escorredor para secar. Sacudia a cabeça enquanto fazia isso. Quem Sato achava que era, se metendo daquele jeito na vida dos outros? Que intrometido! Quanto atrevimento!

– Hibiki – Sato falou atrás dela. – Quem é Hibiki? Algum artista local?

– Hã? – Ayako virou a cabeça um centímetro à menção daquele nome.

– Ayako, quem desenhou essa ilustração na parede? – Sato perguntou mais alto. – A assinatura é de Hibiki. Quem é Hibiki?

Ela fechou a torneira, secou as mãos num pano e deu a volta no balcão, alisando o avental. Parou ao lado de Sato, pegou um leque na faixa obi e abanou o rosto furiosamente.

– O que achou? – ela perguntou para Sato timidamente, fechando o leque com agilidade por um segundo para indicar o desenho. A outra mão estava apoiada no quadril.

– Hummm… – Sato coçou a barba branca. – Bem…

Ayako abriu o leque de novo e se abanou, nervosa. Sato falou:

– Gostei. Gostei bastante. – Ele sorriu. – É muito bom, não acha? O artista é daqui? Nunca tinha visto o trabalho dele.

Ayako sentiu o peito se inflar de orgulho e abriu um sorriso. Uma coisa era ela achar a pintura de Sapo boa, mas ouvir elogios de alguém de fora da família era outra coisa. Melhor ainda, Sato ainda não havia relacionado a alcunha Hibiki ao neto dela. Se soubesse que Kyo era o autor da obra, Ayako não ouviria sua opinião sincera. Mas, se ele estava elogiando o desenho sem saber quem era o artista, bom, isso conferia alguma veracidade ao que dizia.

– Ayako? Quem é esse Hibiki? – ele perguntou de novo, virando-se para ela e estudando seu rosto. – E por que você está tão desconfiada? Não está respondendo às minhas perguntas.

– Desconfiada?! – Ayako disfarçou o sorriso com o leque depressa. E bufou. – Sim, Hibiki-san é um artista local. Estou surpresa por você nunca ter visto seu trabalho antes.

– É muito bom. – Sato observou a imagem mais uma vez, acenando a cabeça. – Adorei.

Depois, se virou para Ayako com os olhos arregalados.

– Pode me passar o contato dele?

Ayako parou de se abanar de repente, escondendo todos os traços de surpresa do rosto, e não conseguiu evitar a pergunta:

– Pra quê?

– Porque posso ter um trabalho pra ele.

– Claro. – Ela foi para trás do balcão, guardou o leque no obi e desviou o rosto enquanto falava: – Hibiki-san é um cliente regular. Posso agendar um encontro hoje, se quiser.

– Ele é cliente daqui?

– Sim.

Sato coçou a cabeça.

– Curioso eu nunca o ter visto antes.

Quando Sato saiu, prometendo passar no café mais tarde para encontrar o misterioso Hibiki, Ayako ficou cantarolando baixinho no ritmo do CD de jazz que estava ouvindo. Estava ficando animada. Balançou a cabeça – que vaidade besta! Por que deveria sentir orgulho ao ouvir a arte do garoto sendo elogiada? Aquilo não tinha nada a ver com ela, e fora apenas um comentário passageiro de Sato. Mas, de alguma forma, ela ficara feliz e seu dia tinha se iluminado. Estava muito mais bem-humorada que o normal.

Ayako estava ansiosa para Kyo chegar. Enquanto isso, ficou refletindo e trabalhando alegremente. Seus clientes regulares não deixaram de notar seu bom humor, mas, como tinham receio de estragar as coisas, ninguém se atreveu a perguntar o que havia acontecido.

Se Ayako estava genuinamente feliz, bem, isso já era o suficiente por si só. Seria tolice estragar tal raridade.

○

Kyo seguiu Sato obedientemente pelas ruas, sem saber para onde estava sendo levado.

Ao chegar à cafeteria aquele dia após o cursinho, não teve tempo de dizer nada para a avó; ela já foi o apresentando como "o artista local Hibiki" para o amigo. A princípio, Sato ficou incrivelmente surpreso, enquanto a avó dava risadinhas, cobrindo a boca com a mão. Depois os dois começaram a gargalhar, como se a coisa mais engraçada do mundo tivesse acabado de acontecer.

Kyo ficou perplexo.

– Kyo-kun, se estiver livre agora e se não for atrapalhar seus estudos, queria saber se posso tomar um pouquinho do seu tempo hoje à tarde – Sato disse. Em seguida, olhou para Ayako e falou: – Se estiver tudo bem pra você, Aya-chan.

– Claro. – Ela sorriu. – Só o traga de volta antes de fecharmos.

Assim, Kyo se viu atravessando o longo mercado coberto, afastando-se da estação, com o raro sorriso de Ayako ainda na mente. Sato caminhava ao seu lado assobiando "You Really Got Me", do grupo The Kinks, enquanto caminhavam.

– Sato-san? – Kyo falou.

– Sim, Kyo-kun?

– Queria saber se não se importa de me contar o que está acontecendo.

– Sim, desculpe, Kyo-kun! – Sato deu risada. – Não fomos muito legais com você. Acho que sua avó pregou uma pequena peça em mim, e acabamos tão empolgados que te deixamos no escuro. Perdão!

Conforme perambulavam pela cidade, Sato, assim como sua avó, ia atraindo a atenção dos transeuntes. Todo mundo acenava e o cumprimentava com um sorriso. Mas, ao contrário da avó, Sato devolvia os cumprimentos com um estoque infinito de jovialidade. Era simpático e acessível, contrastando totalmente com o caráter assustador e temível da avó.

– Kyo-kun, vi o seu desenho na parede da cafeteria – ele continuou, virando a cabeça para o garoto e dando uma piscadela. – Ou, melhor dizendo, o desenho do *artista local Hibiki-san*.

– Ah. – Kyo assentiu. – "O Sapo e o arco-íris."

– Sim, esse mesmo.

Sato puxou de leve o cotovelo de Kyo, e os dois entraram num beco que saía da rua principal e seguia para o litoral. Mas não foram até o mar. Sato parou no meio do beco, numa lojinha do lado esquerdo, e gesticulou.

– Aqui.

Kyo viu uma placa desbotada que dizia SATO CD's em preto e branco.

Tinha quase certeza de que aquele apóstrofo estava errado, mas não falou nada.

– Então… este é meu reino! – Sato falou.

Ele abriu os braços efusivamente, esperando a reação de Kyo.

– Parece adorável – respondeu Kyo, educado.

Sato ergueu a sobrancelha, estudando o rosto de Kyo com desconfiança antes de continuar.

– Não é nada de mais, acho. – Ele suspirou. – Mas é meu.

Sato abriu a porta, um sino tocou, e ele pegou a placa escrita à mão que havia pregado na vitrine da loja informando VOLTO EM 5 MINUTOS.

Kyo percebeu com certo choque que a porta tinha ficado destrancada enquanto Sato estivera fora. Então estreitou os olhos para os vidros e se perguntou se algum ladrão se daria ao trabalho de roubar uma loja tão suja.

– Entre, entre – Sato falou, segurando a porta para Kyo.

Eles entraram e Kyo foi imediatamente atingido por um forte cheiro de papelão, café e poeira. Depois de ajustar a visão ao lugar escuro, após o forte sol da rua, o rapaz ficou encantado com as centenas (talvez milhares?) de CDs alinhados nas paredes, prateleiras e estantes no meio da sala. Cartazes nas paredes anunciavam shows – geralmente em locais como Hiroshima e Fukuyama, mas também havia alguns mais antigos divulgando eventos em Onomichi e Mihara, que Kyo não conhecia ainda, mas sabia que ficava a duas paradas do trem para Hiroshima. Notou alguns cartazes escritos à mão:

PROCURA-SE BATERISTA PARA BANDA DE PUNK
BRITÂNICA
GUITARRA GIBSON À VENDA
GOSTA DE MÚSICA ELETRÔNICA DA ISLÂNDIA? JUNTE-SE
AO NOSSO CLUBE!

– Como eu disse, não é nada de mais, mas é meu império – Sato falou. – Quer beber alguma coisa?

– Estou bem, obrigado – Kyo respondeu.

– Tenho certeza de que tem uma caneca de café em algum lugar por aqui… – Sato coçou a cabeça. – Onde foi que coloquei…?

Ele foi até o outro lado do balcão e procurou embaixo de caixinhas vazias de CD, recibos e cartas, até encontrar uma caneca quase cheia de café claramente frio devido ao longo abandono. A caneca tinha um "I WANNA ROCK 'N ROLL ALL NIGHT!" impresso em inglês. Kyo ficou se perguntando de novo sobre a posição do apóstrofo.

Sato deu um gole pensativo no café velho antes de colocar os óculos de leitura e tirar da prateleira um dos muitos discos que estavam atrás do balcão numa estante alta. Tirou o vinil da capa com habilidade e colocou-o no toca-discos, posicionando a agulha no meio da primeira faixa. A capa do álbum era predominantemente branca, com uma pequena foto de dois homens apertando as mãos. Um dos homens estava em chamas.

– Gosta de Pink Floyd? – ele perguntou.

– Nunca escutei – respondeu Kyo.

– Como assim? – Sato piscou atrás da grossa armação dos óculos de leitura. – Isso é um crime. Ouça isto.

Um som atmosférico, semelhante ao de uma pessoa passando o dedo molhado pela borda de uma taça de vinho, ressoou através das enormes caixas de som instaladas nas paredes. Sato se preparou com dois lápis que pegou do balcão. Quando a batida começou, ele os tamborilou com entusiasmo na caneca de café.

– Não é bom? – Ele abaixou os lápis e passou a dedilhar uma guitarra imaginária.

– Sim – Kyo respondeu educadamente. – Então, hum… sobre o que queria falar comigo, Sato-san?

– Ah, sim! – Sato piscou de novo, abaixando um pouco o volume. – Basicamente, queria saber se eu poderia me envolver no seu, ah, como devo dizer? Nos seus *serviços artísticos profissionais*.

– Serviços?

– Sim – Sato continuou depressa, gesticulando para a sala. – Como pode ver, esta loja precisa de uma atualização. É bem escuro aqui dentro, e, bem, quero que seja mais fácil pros meus clientes descobrirem músicas novas. Se conectarem com elas. Estava me perguntando se você poderia trazer um pouco de vida pra este lugar com os seus desenhos. Nada muito elaborado, sabe. Só queria algo que trouxesse um pouco de personalidade pra cá.

– Com os meus desenhos?

– Sim! Sabe, algumas ilustrações. Qualquer coisa que gostar. Pra decorar.

– Ah, Sato-san… não sei…

– Olhe, sem pressão nem nada. – Sato esticou o braço com as mãos abertas e os dedos espalhados. – Não estou esperando muito... só algo divertido. Algo diferente. Este lugar poeirento precisa de algo novo. – Ele parou um instante e depois se dirigiu a um canto da loja. – Aqui, está vendo esses cartazes escritos à mão?

Ele apontou para os cartazes que indicavam as diversas seções da loja. Todos tinham sido escritos com a mesma canetinha preta, num papel velho e desbotado, e diziam coisas como:

ROCK   CLÁSSICO   PROMOÇÃO – METADE DO PREÇO!
ロック   クラッシック   セール・半額!

– Que tal se você produzisse só umas substituições pra esses cartazes? – Ele coçou a barba. – Você podia desenhar uns personagens ou só deixar as letras mais estilosas. Não faço ideia, vou deixar a parte técnica com você. O que acha?

– Não sei, Sato-san. – Kyo fez uma pausa. – Preciso ver com a minha avó.

– Acho que ela vai concordar, Kyo-kun. Mas claro que podemos falar com ela.

– Certo... – Kyo disse sem convicção.

– Se não tiver tempo nem vontade, tudo bem, sabe. Mas, se achar que pode fazer alguma coisa, eu ficaria muito grato. Posso te pagar em CDs ou fitas, quantas você quiser. – Ele sorriu.

– Ah, Sato-san – Kyo falou, corando. – É muita bondade sua, mas não acho que meus desenhos ficariam... bem... não acho que eles são bons o suficiente pra sua loja.

– Que bobagem! Não fale besteiras. – Sato parou para estudar o rosto de Kyo com atenção. Então deixou escapar, como se estivesse falando consigo mesmo: – Céus, às vezes você parece o seu pai, sabe?

Um silêncio constrangedor caiu sobre eles, enquanto a música tocava ao fundo, e Kyo foi preenchido por milhares de perguntas borbulhando pelo corpo. Sua mente tentou formular alguma frase, alguma pergunta... *Você conhecia meu...? Como você conheceu meu...? Quando você conheceu meu...? Vocês eram amigos...?* Mas, antes que pudesse juntar as palavras, mesmo que apenas em sua cabeça, de repente sentiu a presença familiar de alguém na loja.

Não estavam mais sozinhos.

Um miado baixinho veio do outro lado do balcão, na altura dos pés de Sato. O homem se virou para o chão e seus olhos se iluminaram.

– Oi, Mick! – O homem falou. – Que bom que você veio.

Então um gato preto com um olho só e uma mancha branca e redonda no peito saltou no balcão. Sato fez carinho nele e sorriu.

– Com licença, Sato-san, mas este não é... – Kyo murmurou. – Coltrane?

– Coltrane? É assim que você o chama? Eu o chamo de Mick, de Mick Jagger, porque ele tem um certo gingado. E *moves like Jagger*. Vive perambulando pela cidade. *Like a rolling stone*. – Sato então falou com o gato: – Ele vem aqui todos os dias pra ouvir música e ganhar chamego, né, Mick?

Kyo esticou a mão e deu uma coçadinha atrás da orelha do gato. Coltrane/Mick Jagger piscou, bocejou com vontade e se deitou de costas com cara de felicidade enquanto Kyo acariciava seu queixo e sua barriga.

– Ele definitivamente gosta de você – Sato disse. – Ele não costuma deixar as pessoas fazerem isso.

– A gente já se conhece – Kyo falou.

O rapaz deixou Sato na loja com a promessa vaga de pensar no que poderia fazer, e a ressalva de que não sabia se conseguiria ajudar. Sato foi simpático e amigável como sempre, e disse que não era para ele se preocupar se fosse trabalho demais. Só se ele tivesse "o desejo ou a inclinação", como falou com um sorriso afável.

Alguns dias depois, à noite, Kyo e Ayako estavam sentados na sala de casa ouvindo Debussy baixinho no aparelho de som. Apesar da música relaxante, o barulho constante das cigarras ainda podia ser ouvido lá fora.

Kyo passara a desenhar na sala, sentado à mesa kotatsu, e não mais no quarto. Gostava de ficar ouvindo as músicas que Ayako colocava para tocar à noite. Ela se sentava do outro lado, lendo um romance e curtindo a música, e às vezes parava para dar uma espiada por cima do livro nos desenhos de Kyo. Estava observando o neto enquanto ele esboçava a lápis uma coruja branca de óculos vestida de samurai, cortando a palavra "PREÇOS" ao meio com a espada. A coruja era a cara de Sato. Ayako deu risada.

– Qual é a graça? – Kyo perguntou sem erguer os olhos do trabalho.

– Hã? – a avó falou, pega de surpresa.

Kyo a encarou.

– Leu algo engraçado no livro? – Ele apontou a caneta para o volume que ela tinha na mão.

Ela voltou o olhar para o romance.

– Ah, sim.

Eles já tinham ido à casa de banho, mas Kyo estava todo suado de novo. Ayako estava perfeitamente confortável no yukata que usava para ir e voltar do sentô. De vez em quando, mexia os dedos restantes do pé debaixo da mesa, dentro das meias brancas. Kyo, por outro lado, estava desconfortável de calor. De vez em quando, pegava o leque da mesa ao seu lado e se abanava energicamente. Ayako se perguntou se não era a vigorosa movimentação que o deixava com calor.

– O que você tem? – ela perguntou, severa.

– Nada. – Kyo abaixou a caneta e ficou encarando a parede por um segundo, pensando se devia dizer algo.

– Vamos, desembucha. Está claro que tem alguma coisa te incomodando. Você passou a noite toda inquieto, resmungando. Não consegue ficar parado um minuto sem se mexer. Como é que vou me concentrar no livro com todo esse barulho que você está fazendo?

Kyo não sabia como mencionar o assunto. Não havia ar-condicionado na casa e ele achava as noites insuportáveis. Ficava se revirando no futon, arrancando completamente o lençol fino que usava para se cobrir. Estava dormindo em cima de uma toalha, porque suava muito durante a noite. No moderno apartamento de Tóquio onde morava com a mãe, cada quarto tinha um ar-condicionado, que sempre ligavam durante o verão.

Mas a casa de Ayako não tinha tal luxo, e ele achava as noites abafadas de Onomichi insuportáveis e opressivas. Quando pegava no sono, tinha sonhos estranhos, como aquele mais recorrente que tentara desenhar, mas também outros, como um em que ele perseguia Sato para lhe fazer perguntas sobre o pai, só que Sato se transformava em coruja e fugia. Então Kyo ficava observando de longe enquanto Coltrane começava a perseguir a velha coruja, completamente alheia à própria destruição iminente, não importando quão alto Kyo a chamasse.

Tudo isso estava deixando os nervos de Kyo consideravelmente à flor da pele naqueles dias, e ele estava tendo dificuldade para se concentrar nos estudos. Mas ali, encarando o olhar severo de Ayako, não sabia como articular nenhum desses pensamentos e sentimentos. Como poderia explicar a causa de seu problema?

– É que está quente demais aqui, vovó.

Ayako bufou.

– Claro que está quente, estamos no verão.

– Eu sei, mas…

– O que estava esperando?

– É só que não estou acostumado com esse calor. Aqui é mais quente que em Tóquio.

– Bah, não tanto assim.

– É muito úmido. E a senhora não tem ar-condicionado.

– Desperdício. Faz mal pro corpo. – Ayako balançou a cabeça.

– Mas estou tendo dificuldade pra dormir, vovó.

– Pfff. Besteira, garoto. Você só é fraco. Vai se acostumar.

– Mas, se não consigo dormir, fica difícil me concentrar no cursinho. – Kyo voltou a abaixar a cabeça.

Ayako ergueu a sobrancelha.

– Ah, é?

Ela colocou o livro aberto na mesa e observou o rapaz com atenção. Kyo tinha voltado a desenhar e estava absorto na tarefa.

– Está fazendo esses desenhos pro Sato-san? – Ayako perguntou.

– Estou experimentando umas coisas. – Kyo franziu o cenho. – Mas estou detestando tudo.

– Eu acho... – ela começou, mas depois pensou melhor. – Bem, você não liga pro que eu acho.

– Não é verdade. – Kyo levantou a cabeça. – Ligo, sim.

– Bem, do que já vi dos seus desenhos... – Ayako continuou. – Das caricaturas em que ele é uma coruja-das-neves... Acho que são brilhantes. Ele vai adorar.

O peito de Kyo se encheu de orgulho. Mas ele ficou quieto.

Ayako ficou em silêncio antes de falar de novo.

– Kyo? – ela finalmente disse.

– Sim?

– Como vão os estudos?

– Bem.

– Defina "bem". Não sei o que isso significa.

– Ah, tudo certo. – Ele coçou o nariz com a caneta. – Na verdade, está tudo ótimo.

Ayako o examinou.

– O que seus professores dizem?

– Eles parecem satisfeitos.

– Quão satisfeitos?

Kyo sorriu e pegou o celular no bolso.

– Espere um segundo.

– O que você tem aí? Vive mexendo nessa coisa infernal.

Kyo vasculhou a galeria até encontrar uma foto.

– Aqui.

Ele passou o aparelho para Ayako com a foto aberta na tela.

Ela segurou o celular, temendo que seu toque o estragasse, e observou a foto atentamente. Era uma lista de nomes e notas, impressa em pedaços de papel branco e presas a um mural na parede.

– O que estou vendo, Kyo?

Ele se sentou ao lado dela e deu zoom na foto, explicando:

– É o quadro de líderes que divulgam toda semana pra mostrar nossas pontuações no cursinho. Assim, podemos ver como estamos indo. Enfim.

Ele ampliou a lista, percorrendo a foto até chegar ao topo.

– Aqui, sou eu. – Kyo apontou para o segundo nome.

– Espere. – O coração de Ayako deu um salto. – Isso significa que você está em segundo lugar entre todos os alunos do cursinho?

– Sim.

– Kyo! – Ela deu um tapinha no braço dele. – Por que diabos você não me contou isso? Que maravilha!

– Sei lá. – Ele deu de ombros, pegando o celular e guardando-o no bolso, com o rosto vermelho.

Então deu a volta na mesa e se sentou de novo na frente do caderno para continuar trabalhando no desenho. Ayako o encarou.

Segundo lugar. Era fantástico. Ayako devia contar para a mãe dele.

– Ainda assim… – ela brincou, projetando a mandíbula para a frente. – Segundo lugar?

– Hã? – Kyo falou, erguendo os olhos.

Ela inclinou a cabeça, fingindo escárnio.

– Por que não o primeiro?

Kyo refletiu com cuidado e decidiu responder com um provérbio, no estilo dela:

– *Saru mo ki kara ochiru*. Até o macaco cai da árvore, não é, vovó? – ele disse alegremente. – Não é isso que a senhora diria?

– Cuidado com a língua.

Os dois riram.

Kyo continuou provocando-a, brincalhão:

– Quem sabe se a senhora colocar ar-condicionado no meu quarto, eu fique em primeiro.

– Hah! – Ayako gargalhou. – Sem chance.

Kyo continuou:

– É sério, por que a senhora não tem aparelhos eletrônicos aqui? Não tem nem TV.

– Tenho meu aparelho de som e um telefone – Ayako falou, agora com um sorriso, gostando da discussão. – E meus livros.

– A senhora deveria ter uma TV.

– Pra assistir àquelas porcarias que passam? Não, muito obrigada.

– A senhora pode conectar a TV a um PlayStation ou Nintendo Switch pra jogar videogame.

– PlayStation?! – Ayako praticamente cuspiu a palavra. – Nintendo Switch?! Videogame?! Você não precisa de TV pra jogar, meu rapaz.

– Pros melhores jogos, precisa, sim.

Kyo continuou desenhando e gracejando.

– Acho que a senhora está com medo de perder pra mim, vovó.

Ayako examinou o garoto com um sorriso no rosto e os olhos úmidos. Ela levou a mão ao queixo, perdida em pensamentos. De repente, bateu o punho na mão.

– Vamos ver – ela falou, erguendo o dedo.

Então se levantou da mesa e começou a vasculhar um armário. Kyo ergueu a cabeça do desenho para observá-la caçando alguma coisa lá no fundo. Fechou o caderno, deixou-o de lado e colocou a caneta em cima dele.

– Aqui – ela falou com a cabeça dentro do armário. – Sabia que estava aqui em algum lugar.

Ela voltou segurando um grande tabuleiro debaixo do braço e dois potes, um em cada mão – um branco e outro preto.

– Se quer jogar... – ela disse, dispondo os potes na mesa. Assoprou a poeira do tabuleiro antes de abri-lo e posicioná-lo no kotatsu. – Aqui está.

– Go? – Kyo perguntou com um sorriso, estudando o tabuleiro cheio de quadradinhos. – Beleza, estou dentro. Qual a senhora quer, branco ou preto?

– Preto – Ayako falou, colocando o pote de pedras pretas à sua frente e entregando o pote branco para ele.

– Não é justo – Kyo reclamou. – O preto tem vantagem.

Ayako abriu um sorriso malicioso.

– A vida não é justa.

Kyo analisou o tabuleiro atentamente, abrindo a tampa do pote e pegando uma das pedrinhas brancas. Ficou segurando-a, pensativo. Então fez uma pausa.

– Quais são as regras mesmo?

Ayako deu risada.

Quando Hayashi-san, um dos clientes regulares de Ayako, entrou na cafeteria na manhã seguinte, uma ideia brotou na cabeça dela. O homem tinha uma loja de eletrônicos de segunda mão algumas portas abaixo no shotengai. Enquanto preparava seu café (com creme e dois cubos de açúcar), perguntou a ele se poderia lhe entregar um item mais tarde. No começo, Hayashi ficou surpreso com o pedido, mas concordou rapidamente. Assim, quando Ayako e Kyo voltaram da caminhada pela montanha, encontraram um pacote na frente do genkan. Ela tinha deixado a porta destrancada, assim como a maioria dos moradores da cidade fazia.

– O que é isso? – Kyo perguntou, tirando os sapatos e olhando a estranha caixa com os dizeres HAYASHI ELETRONICS no topo.

– Ah, uma coisa pra você.

– Pra mim?

– Sim, pra *você*. – Ela bufou. – Pra quem mais seria? Agora entre. Pegue a caixa e a leve pra dentro, pois não vamos passar toda a eternidade aqui no genkan. Tenho coisas pra fazer, sabe.

Kyo pegou a caixa e a levou para o quarto.

Ayako ficou sentada na sala, fingindo não ligar para os sons de papelão sendo rasgado que vinham do quarto do garoto. Com o canto do olho, ela o viu tirando um ventilador da caixa. Depois, ouviu um longo suspiro e se ocupou na cozinha, fingindo preparar o jantar. Notou passos suaves atrás de si e escutou a voz do neto, trêmula de emoção.

– Obrigado, vovó.

Ayako o ignorou e continuou lavando os vegetais na pia, disfarçando o sorriso.

七

Uma estranha luz verde iluminava o cadáver dessecado da Cúpula da Bomba Atômica contra a escuridão do céu noturno. O sol tinha se posto na cidade de Hiroshima e as ruas estavam repletas de pessoas prestando homenagem a todos os que tinham perdido a vida muitos anos atrás. A lua emanava uma luz fraca, ocasionalmente obscurecida por nuvens passageiras. Bondes passavam fazendo barulho nos trilhos das pontes, e os faróis dos carros que passavam pontilhavam as estradas com seu movimento lento, como vaga-lumes perambulando pela cidade. As margens do rio estavam tomadas de pessoas em oração.

Ayako e Kyo estavam lado a lado na ponte, observando o cenário.

A Cúpula assomava sobre as águas escuras do rio, onde lanternas de papel flutuavam, acesas pelas pessoas que participavam do ritual. Centenas e centenas de lanternas coloridas – vermelhas, amarelas, rosa, laranja e azuis – oscilavam suavemente com a corrente, fluindo pela estrutura vazia do edifício cinza e oco, cujas paredes de tijolos expostos estavam iluminadas por holofotes verdes.

Em 6 de agosto de 1945, uma bomba atômica detonou no ar bem acima daquela Cúpula, destruindo a cidade de Hiroshima e seus habitantes, ceifando muitas vidas num clarão de chamas. Os sortudos que não pereceram acabaram com cicatrizes irreversíveis, os corpos envenenados e doloridos pelo resto de suas lamentáveis vidas. A pele derretida – descascada – era um lembrete constante e brutal da tragédia.

A própria Cúpula da Bomba Atômica, anteriormente um edifício público, permaneceu em pé, mas apenas como uma casca esquelética do que tinha sido antes. Enquanto os escombros da cidade fantasma eram removidos ao longo do tempo, a Cúpula da Bomba Atômica foi reforçada com vigas de ferro e mantida como um lembrete das atrocidades que os seres humanos podem cometer uns contra os outros, quando querem. A moderna Hiroshima surgiu das cinzas da antiga cidade e virou um lugar vibrante e jovem, mas a concha fantasmagórica da Cúpula da Bomba Atômica continuava ali, de pé e em silêncio, para que ninguém se esquecesse do que tinha acontecido.

☯

Mais cedo naquela noite, na estação de trem de Onomichi, Kyo ficou resmungando.

– Por que estamos indo a Hiroshima mesmo?

– Você vai ver quando chegarmos.

Alguns dias antes, tinham planejado encontrar a mãe de Kyo em Hiroshima e voltar para passar a noite em Onomichi antes de ela retornar a Tóquio no dia seguinte. No entanto, ela recebera uma ligação de emergência do trabalho minutos antes de embarcar no trem-bala e cancelara a viagem em cima da hora. Ayako foi compreensiva com a nora, mas se sentiu um pouco mal pelo rapaz – Kyo murchou depois de ouvir a notícia. Ficou apático e irritado, e Ayako decidiu pegar um pouco mais leve com ele, mas só um pouco. Ficou pensando em como poderia distraí-lo e trazer leveza para a atmosfera.

– E por que estamos pegando o trem lento? – Ele continuou reclamando. – Vamos demorar um século! Uma hora e vinte minutos! Se tivéssemos pegado o trem-bala da estação Shin-Onomichi seria muito mais rápido.

– Ah. – Ayako abriu um sorriso malicioso. – Agora você quer pegar o trem rápido? O que aconteceu com o senhor "Vou Pegar o Trem Local de Tóquio até Onomichi"? O que aconteceu com aquele jovem que conheci?

Kyo balançou a cabeça, mas um leve sorrisinho fez os cantos de sua boca se curvarem. Ela o pegara. Ele olhou pela janela e observou a cena noturna. Casas passavam sonolentas do lado de fora enquanto o trem atravessava uma cidadezinha atrás da outra. Ayako estava lendo um livro chamado *Black Rain*.

Kyo estava inquieto, sacudindo a perna sem parar. O walkman estava sem pilha e ele não tinha tido tempo de comprar outras antes de embarcar. Não trouxera nada para ler e penara para desenhar mais cedo, desde que soube que a mãe não viria mais. Estava tentando desenvolver um projeto mais longo de mangá, mas naquele instante estava agitado demais para pegar o caderno.

Ayako fez cara feia para aquela perna ofensiva e nervosa. Continuou lendo o livro, mas aquela inquietude a distraía.

– Quer parar com isso? – ela falou após um tempo, com uma voz bondosa e os olhos no livro.

– Desculpe. – Kyo parou de balançar a perna por um minuto, depois começou a tamborilar os dedos na janela, ausente.

Depois de um tempo, ela fechou o livro e o guardou na bolsa, soltando um suspiro.

– O que você tem hoje? – Ayako perguntou, sabendo que ele estava daquele jeito por causa da mãe.

Kyo deu de ombros, sem querer admitir a verdade.

– Nada.

– Não trouxe nada pra ler?

– Não, esqueci.

– Por que não desenha alguma coisa?

Ele suspirou.

– Esse é o problema.

– Como assim?

O rapaz franziu o cenho.

– Tentei desenhar algo mais cedo e não consegui.

– Não conseguiu?

– Só fiquei encarando a página em branco e não veio nada.

Ayako permaneceu em silêncio por um instante.

– Isso já aconteceu antes?

– Não. Estou trabalhando numa história mais longa. Comecei bem, mas, quando tentei avançar hoje, não veio nada. Não soube como continuar a história.

Ayako bufou.

– Então com o que está preocupado?

– E se eu não conseguir mais desenhar?

Ela foi incapaz de segurar a risada.

– Tão melodramático.

– A senhora poderia ser um pouco mais empática – Kyo falou, magoado.

Ayako colocou as mãos na perna dele.

– Desculpe, é só que, bem… isso só aconteceu um dia, né?

– Como assim?

– Você tentou desenhar um dia e não conseguiu.

– Isso.

– Relaxe um pouco.

Kyo esfregou o rosto, frustrado.

– Mas como é que vou criar toda uma história se estou tendo dificuldade até de colocar a caneta no papel? – Ele suspirou. – Tudo me parece inútil. Talvez eu desista.

Kyo olhou pela janela de novo. Qual era o problema de verdade?

Ele não conseguia responder. Nunca tinha passado por isso antes. Sempre que se sentava para desenhar, algo saía sem que ele nem percebesse. Mas, naquele dia, sentiu a página o encarar de volta. Era a brancura da folha, acima de todas as coisas, que o perturbava. Aquele vazio parecia estar debochando dele. Kyo tentou sombrear algumas partes só para eliminar aquela palidez terrível, mas, cada vez que a caneta pairava sobre um canto, ele decidia que aquela seção não seria sombreada e passava para a seção seguinte, enquanto a mesma coisa acontecia em seu cérebro sem parar. A caneta continuava imóvel e ele sentia o braço resistindo ao movimento quando tentava colocá-la no papel. Um medo o dominou. Ele virou a página e tentou de novo, mas foi tudo igual – a brancura zombando dele.

Kyo até folheou os velhos desenhos do caderno para dar uma olhada nos que já tinha finalizado. Teve a ideia de talvez copiar alguns esboços antigos, linha por linha, para sentir que estava criando algo. Mas, quando viu aqueles rascunhos, sentiu apenas repulsa. Eram toscos e terríveis. Detestou tudo. Foi tomado por uma sensação de fracasso que apertava o coração e dilacerava o estômago. Um fracasso colossal e devastador.

Então decidiu que não adiantava nada ficar remoendo aquela angústia e começou a ler os mangás de seus artistas favoritos, o que serviu para distrair sua mente por um tempo. Mas, aos poucos, enquanto lia aquelas obras que tanto amava e admirava, a mesma sensação de fracasso começou a se espalhar e pulsar por seu corpo de novo. Nunca seria tão bom quanto aquelas pessoas.

Pensamentos giravam e se retorciam em torno de sua cabeça, mas ele não conseguiria se expressar para Ayako de maneira sucinta. Não era articulado o suficiente para elaborar os sentimentos que estava experimentando na mente e no corpo e traduzi-los em palavras. Seu modo de expressão era o desenho, e, agora que não conseguia desenhar, sentia-se duplamente frustrado. Duplamente idiota.

Mas também tinha medo de que, independentemente do que dissesse a Ayako, ela o ridicularizasse.

Uma ideia sombria lhe ocorreu: seriam esses os tipos de pensamento que passavam pela cabeça de seu pai antes de morrer? Dizem que uma imagem vale por mil palavras, então o que acontece com uma pessoa visual que perde a fé na própria capacidade de visualizar coisas? Milhares de palavras de expressão são perdidas. O desejo de criar lhe pareceu algo perigoso.

Era melhor ser um mecânico do corpo – um médico –, como sua mãe queria.

Assim, não haveria decepções.

Ayako ficou olhando para o garoto.

Pelos ombros curvados e a expressão abatida, dava para perceber que havia algo errado. Ele parecia estar carregando uma tristeza profunda dentro de si. Isso a fez pensar em Kenji, e antigas feridas reabriram. Ela se lembrou de todas as vezes que o vira daquele jeito e quisera fazer alguma coisa para amenizar sua dor e seu sofrimento. Mas nunca sabia o que fazer nem o que dizer. Especialmente porque Kenji – ou Kyo – nunca dizia o que estava acontecendo.

E ela tinha outras coisas na cabeça. Aquele era um dia estranho para Ayako. Todo ano, ela ia a Hiroshima para ver as lanternas flutuando pelo rio ao lado da Cúpula da Bomba Atômica. Costumava fazer isso com a mãe desde que era criança. Após a morte dela, continuou a tradição com o marido, até perdê-lo também. Depois o filho.

Era a primeira vez que tinha companhia em muitos anos, e era uma experiência completamente diferente. Por dentro, tentava lidar com a enorme dor que carregava para poder participar da cerimônia. Mas agora Kyo estava lá, com a mente em outras coisas, e ela tinha dificuldade para saber o que pensar, dizer ou sentir. Os problemas do neto lhe pareciam pequenos e insignificantes, especialmente se comparados ao lançamento da bomba atômica. Mas eram imensos para ele. Kyo estava incomodado. Em silêncio, Ayako refletiu sobre o que dizer. O que sabia sobre mangás? Ela mesma nunca tinha tentado desenhar. Mas sabia de algumas coisas. Sabia bastante de fracasso. De luto. De trabalho duro e conquistas. E entendia tudo o que havia para entender sobre não desistir. Talvez algumas coisas que aprendera com a própria vida, com as experiências que tivera, pudessem ajudar o garoto. Ela só precisava traduzi-las numa linguagem que ele entendesse.

Ela finalmente falou.

– Kyo?

– Sim, vovó?

– Não fique pensando demais nas coisas. Relaxe. Amanhã é um novo dia. Hoje, você pode estar tendo dificuldade, achando que não consegue fazer nada, mas esse dia vai terminar, como sempre. O sol vai se pôr, a lua vai nascer. E amanhã vai ser um novo dia. Um novo começo, uma oportunidade de ver a vida com novos olhos.

Kyo ficou ouvindo sem se mexer, apenas encarando o chão.

– Alguns dias, você vai pegar a caneta e se sentir um herói invencível, e vai conquistar tudo o que se propuser a fazer. Às vezes, até mais do que se imaginava capaz. – Ayako olhou para baixo, estudando os dedos remanescentes, mas seus olhos estavam vidrados, como se ainda estivesse vendo os dedos que havia perdido. – Outros dias, você vai pegar a caneta e ela vai ficar estranha na sua mão. Tudo vai parecer errado: a luz vai estar forte demais; a sombra, escura demais. Cada pincelada ou movimento que você fizer com a caneta vai lhe parecer um erro.

Ela olhou Kyo de novo antes de continuar, e ele ergueu a cabeça para ela.

– Mas a vida é assim, Kyo. Tem altos e baixos. – Ela sorriu. – *Yama ari tani ari*. Há montanhas e há vales.

Kyo assentiu.

– Montanhas e vales.

– Você não vai conseguir criar uma história toda num único dia. Vai levar vários dias, meses ou até anos. Pode ser que você demore a vida toda e nem a termine.

– Certo.

– Mas o importante é persistir, pegar a caneta e desenhar uma coisinha por vez. É assim que se conquista algo grande. Não é com um passo gigante, mas com dez mil passinhos.

Ayako percebeu que seus olhos estavam marejados. Aquilo não ajudaria em nada. Que bobagem se emocionar com algo tão trivial. Por sorte, o trem estava chegando à estação de Hiroshima; nenhum dos dois percebeu, de tão absortos que estavam na conversa.

– Chegamos – ela falou, apontando para a placa na plataforma. – Venha logo. Sem enrolação.

☯

Eles desembarcaram com a massa de outros passageiros. As ruas estavam movimentadas aquela noite por causa da cerimônia memorial, mas Kyo ainda não sabia disso. Seu peito se apertou ao ver a multidão.

– Nossa – ele deixou escapar enquanto se dirigiam para o bonde na frente da estação. – Quanta gente.

Ayako deu risada.

– Nunca imaginei que alguém de Tóquio fosse dizer isso sobre Hiroshima. Não é uma cidade tão grande, né? Pensei que você fosse o garotão da cidade.

Kyo corou.

No tempo que passara na cidadezinha de Onomichi, Kyo se surpreendeu com a rapidez com que se acostumou ao ritmo suave do lugar. Havia tanto espaço em relação ao número de moradores. Outro dia mesmo, quando fora com Ayako para o Festival de Fogos de Artifício de Sumiyoshi, ficara surpreso com a multidão de pessoas perto da água ao longo da costa para assistir aos fogos de artifício que dançavam e brilhavam no céu acima do mar. Eles compraram yakitori em uma barraca yatai e assistiram ao espetáculo dos fogos. Kyo até usara um jinbei azul para combinar com o yukata de Ayako. E, naquela ocasião, até Onomichi parecera lotada.

Ele preferia a paz e a tranquilidade.

Como poderia se acostumar com toda a agitação de Tóquio de novo?

Será que estava se tornando um caipira? Se sim, ainda não podia admitir isso para si mesmo.

Eles embarcaram num bonde com destino ao Parque da Paz, e foi então que Kyo percebeu para onde estavam indo e por quê. Verificou a data no celular e fez a conexão no mesmo instante. Ayako viu o garoto mexendo no aparelho e, de alguma forma, sentiu seu comportamento mudar. Ela se perguntou o que havia de errado. Talvez ele tivesse recebido alguma mensagem da mãe.

Não falaram muito no bonde, assim como os outros passageiros. Kyo começou a perceber uma sensação sombria por toda a cidade, que estava preparada para a cerimônia. Desceram e caminharam devagar e em silêncio pelo parque, enquanto o sol se punha. Rezaram no memorial do fogo e depois foram ver os milhares de grous de origami feitos em homenagem a Sasaki Sadako.

Ayako e Kyo pararam lado a lado na ponte e ficaram olhando o cenário.

Kyo nunca tinha visto a Cúpula da Bomba Atômica antes. Havia lido sobre ela nos livros escolares e visto imagens na TV, e claro que sabia o que acontecera. Mas era outra coisa ver os efeitos da devastação de perto. Perguntas borbulhavam dentro de si – coisas que ele queria verbalizar para Ayako, mas não sabia se devia.

Ele se virou para a avó.

– A senhora… – ele começou, mas parou de falar de repente.

– Sim – ela respondeu, sabendo exatamente o que ele ia lhe perguntar.

– Meu pai. Seu bisavô.

– O que aconteceu?

– Não sei direito. Só sei o que minha mãe me contou. Eu era recém--nascida. – Ela falou com a voz um pouco trêmula.

– Vovó, a senhora não tem que…

– Ele trabalhava na cidade. – Ela fungou e continuou: – Vinha todos os dias de Onomichi.

Ayako olhou para o chão.

– Aquele dia, ele não voltou pra casa.

Eles permaneceram imóveis enquanto a música fluía suavemente ao redor.

– Sinto muito, vovó.

– Deixa disso. – Ela balançou a cabeça e falou com um tom severo: – Não precisa.

Kyo ficou em silêncio, sem saber o que dizer.

Então eles ouviram um grito à esquerda. Era um rapaz, berrando alguma coisa.

Os dois viraram a cabeça na direção da voz e ouviram outro grito, desta vez mais de perto.

– Kyo! É *você*!

Os transeuntes estavam começando a girar a cabeça para olhar quando surgiu um jovem correndo na direção deles. Kyo o reconheceu.

– Quem é esse maluco? – Ayako perguntou baixinho conforme ele se aproximava, sem perceber que Kyo estava com um enorme sorriso no rosto.

– Um dos meus velhos colegas de Tóquio, vovó. Ele se chama Takeshi. Não sei o que está fazendo aqui, mas é um cara legal. Um dos meus melhores amigos.

– Vou acreditar em você – Ayako falou quando Takeshi chegou, se segurando para não falar que ele parecia um babaca.

Takeshi tinha um rosto redondo, imponente e honesto, e a frieza de Ayako logo derreteu. O jovem sorria abertamente para os dois enquanto recuperava o fôlego.

– Eu *sabia*... que era... você! – Takeshi falou, ofegante. – Pensei ter te visto antes no meio da multidão, mas levei um tempo pra ter certeza.

– Sim, sou eu – Kyo falou, sorrindo. – Vovó, este é Takeshi. Takeshi, esta é minha avó.

Takeshi logo endireitou a postura e fez uma grande reverência para

Ayako, adotando o registro mais formal que ela tinha ouvido em um bom tempo.

– É uma honra conhecê-la – ele disse em tom sincero.

Ayako devolveu o cumprimento e a reverência. Era difícil não gostar de uma alma tão simples.

– Então, o que está fazendo aqui? – Kyo perguntou.

– Eu? Eu estudo na Universidade de Hiroshima – Takeshi falou, mostrando os dentes e batendo neles com a unha. – Odontologia.

– Impressionante – Ayako comentou.

Kyo ouviu a palavra e pensou no que ela significava.

Ele é impressionante, Kyo. Você, não. Por que você não consegue ser impressionante?

Takeshi abanou a mão timidamente, mas continuou falando naquele tom educado com Ayako.

– Só estou no primeiro ano. — Então se virou para Kyo: – Não sabia que você estava em Hiroshima. O que está fazendo por aqui?

– Estou morando em Onomichi com minha avó – Kyo murmurou. – Viemos só visitar a cidade pro memorial.

– Onomichi? – Takeshi falou, sorrindo tanto para Kyo quanto para Ayako. Em seguida, perguntou diretamente para ela: – Não é aquele lugar onde filmaram *Era uma vez em Tóquio*, de Ozu? Morro de vontade de conhecer!

– Isso mesmo. – Ayako assentiu e sorriu, sentindo o orgulho cívico tocado por aquele jovem encantador. – Você está bem-informado. Tem que ir nos visitar.

– Será uma honra – respondeu Takeshi, acenando a cabeça animadamente. Ele ficava olhando de Ayako para Kyo para que nenhum dos dois se sentisse ignorado. – Enfim, estou aqui com alguns colegas da universidade. – Ele apontou para um grupo de pessoas à distância.

– Ah, legal! – Ayako falou.

– Sim – Takeshi soltou. – Estamos fazendo uma reuniãozinha esta noite. Somos parte do mesmo clube na universidade.

De repente, ele deu um salto, como se tivesse sido atingido por um raio.

– Por que não se junta a nós, Kyo?

Kyo olhou para Ayako, já sabendo que ela não ia permitir.

– Ah... Takeshi, quanta consideração, mas não acho que...

– Parece ótimo – Ayako falou antes que Kyo pudesse terminar a frase.
– Kyo, não seja mal-educado. Aceite o convite.

– Mas, vovó... – Kyo disse, surpreso. – Temos que pegar o trem de
volta pra casa.

– Sou perfeitamente capaz de pegar o trem sozinha, Kyo. – Ela olhou para
Takeshi, revirando os olhos. – Tem certeza de que quer a companhia *dele*?

Takeshi deu risada.

– Isso, vamos, Kyo. Não seja chato. Você pode passar a noite em casa,
no dormitório, ou pegar o último trem pra Onomichi. O que for melhor.

– Fique com seu amigo, Kyo – a avó disse com firmeza. – Vou ficar
bem pegando o trem sozinha. – Depois acrescentou, baixinho: – Você me-
rece um pouco de diversão.

– Certo – Kyo falou, virando-se para Takeshi. – Tem certeza de que
não tem problema?

– Claro que não! – Ayako e Takeshi falaram em uníssono.

●

Ayako ficou observando o garoto desaparecer na multidão com o amigo.
Ele parou para olhar para trás uma vez e acenou para ela antes de ser
engolido pelas pessoas. Ela acenou de volta e ficou sem saber como interpretar a expressão que viu no rosto do neto. Qual era a emoção por
trás daquele olhar? Por trás daquela boca melancólica, daqueles olhos cin-
tilando à luz baixa da noite? Tristeza? Mas por quê? Ela pensou que ele
ficaria feliz de passar um tempo com pessoas da idade dele, espairecer um
pouco. Estava parada no meio da aglomeração, atordoada. O garoto tinha
ido embora, e ela estava mais uma vez sozinha com seus pensamentos.

Talvez estivesse projetando a própria tristeza no rapaz.

As palavras de Sato andavam rodopiando em sua mente, de que a estadia de Kyo em Onomichi era uma oportunidade de aprender sobre seus
ancestrais. Ela tinha pensado que o levar para conhecer o Memorial da

Paz era um começo, então o colega da escola apareceu fortuitamente. Kyo devia estar entediado, tendo apenas a companhia de uma velha por tanto tempo. A velha e o jovem... Eles eram eternamente diferentes. Mas um não podia existir sem o outro.

Ela deu uma última olhada na silhueta da Cúpula da Bomba Atômica, fez uma reverência e juntou as mãos em oração antes de se virar e sair da ponte, abrindo caminho devagar entre a multidão.

No bonde que ia para a estação ferroviária de Hiroshima, Ayako ficou pensando em tudo o que tinha acontecido desde que o garoto fora morar com ela. Dava para ver que ele tinha mudado – estava claro.

Alguns domingos atrás, ela começara uma rotina nova, levando o garoto até a casa de Jun e Emi, que os dois estavam reformando. Além do projeto de Sato, Ayako tentava integrá-lo à cidade, fazendo com que ele ajudasse o jovem casal. No caminho, ele protestou um pouco.

– O quê? Eu só vou lá trabalhar de graça?

Ayako suspirou diante daquela mentalidade típica de Tóquio.

Ali no interior, favores eram uma mercadoria que possuía uma forte taxa de câmbio. Mas ela não tinha tempo de explicar isso a ele.

– Você vai fazer um bom exercício! É bom pra cabeça também.

Alguns domingos depois, Ayako estava passeando, e Kyo obviamente havia terminado a tarefa do dia na obra, porque ela o encontrou sentado em uma pedra escarpada no topo da montanha, olhando para a água, equilibrando um bloco de desenho nas pernas cruzadas, à sombra das árvores.

Ela ficara surpresa, estudando sua aparência de longe. Ele estava de regata, e ela notou a transformação de seu corpo. Parecia mais saudável e em forma do que quando chegara na primavera. Tinha desenvolvido músculos nas pernas devido às caminhadas diárias. Seus braços estavam mais fortes – por ajudar Jun e Emi na obra.

Estava se tornando um jovem robusto.

No entanto, seu rosto ainda escondia alguma coisa – uma tristeza residual que ele trouxera consigo de Tóquio.

Ele se parecia tanto com o pai. De verdade.

E era isso que preocupava Ayako.

O bonde fazia barulho pelos trilhos e Ayako se balançava para frente e para trás suavemente no ritmo dos sacolejos. As mesmas perguntas ficavam vindo em sua mente.

Será que desta vez estava fazendo melhor?

Ou fracassaria de novo?

Ela tentou afastar esses pensamentos enquanto embarcava no trem rumo a Onomichi.

Sentou-se sozinha à janela e pegou o livro, mas acabou se distraindo com outras coisas. As palavras do romance simplesmente fluíam sem serem absorvidas.

Aos poucos, seus olhos se desviaram da página para a janela, e ela ficou encarando a escuridão da noite, ocasionalmente vendo uma silhueta fantasmagórica de si mesma.

Uma forma vazia encarando-a de volta.

○

Kyo já tinha bebido três copos de cerveja no izakaya e estava um pouco bêbado. A sala rodopiava gentilmente à sua volta, e ele se esforçava para se concentrar no que a garota ao seu lado estava dizendo.

– Então você é tipo um ilustrador, né?

– Meio que isso... mas não exatamente...

– Os desenhos dele são incríveis – Takashi interveio, inclinando-se para a frente. – Mostre seu caderno pra ela, Kyo.

– Legal – a garota falou.

Um cara sentado do outro lado da mesa fumando um cigarro olhava para Kyo com desconfiança.

Kyo vasculhou a mochila, procurando o caderno. Não queria mostrá-lo para ninguém, mas Takeshi se esforçava para encher a bola de Kyo, e ele não queria decepcioná-lo ou parecer ingrato. Seu humor tinha melhorado um pouco e, apesar de estar desacostumado, estava entrando no espírito da festa, cercado pelos universitários, comendo e bebendo. Dando risada e se divertindo. Ele se juntara ao grupo discretamente, mas

Takeshi, todo sociável, o apresentou a todo mundo como seu "amigo ilustrador de Tóquio".

Kyo ficou um pouco desconfortável com a alcunha.

O cara sentado à sua frente também o deixava desconfortável.

Depois que se despedira da avó no Parque da Paz, uma espécie de tristeza o dominou ao pensar em deixá-la sozinha. Quando se voltou para olhar para ela, ficou chocado com a imagem: viu uma idosa fraca e sozinha na ponte. Não era mais aquela versão forte e feroz que conhecia. Sua avó parecia ter envelhecido dez anos naqueles poucos passos que os separavam. Quando a viu daquele jeito, levemente curvada no quimono, acenando para ele com aquela terrível luz verde da Cúpula da Bomba Atômica ao fundo, Kyo foi dominado por um forte desejo de estar com ela. Podia ter dado uma desculpa para Takeshi e voltado para casa com a avó a fim de garantir que ela chegasse bem. Mas ouviu os gritos alegres de Takeshi, dizendo-lhe que se apressasse, senão acabariam se perdendo na multidão, e se arrastou com relutância para longe dela, acompanhando o velho amigo.

– Nossa, como é que vai, cara? – Takeshi logo abandonou o japonês formal que estava usando na frente da avó de Kyo. – Não fazia ideia de que você estava aqui!

– Pois é, tudo certo – Kyo murmurou.

– Kyo… você perdeu peso! Está todo sarado, cara. – Ele fez uma pausa, sem saber se continuava ou não. – E você, hum… pegou um pouco do sotaque de Hiroshima, não?

– É mesmo? – Kyo falou, chocado. – Não tinha percebido.

– Sem problemas, cara. – Takeshi deu risada. – Na verdade, acho o dialeto bem legal. Queria falar assim, mas acho que iam pensar que estou tirando sarro, sabe?

Eles avançaram rapidamente até os amigos de Takeshi, reunidos numa rodinha.

– Então, a gente está no mesmo clube. Vamos pra um izakaya.

– Ótimo. Que clube?

– Esqueci, estou participando de tantos… Talvez seja o de badminton? – Takeshi deu risada diante da expressão surpresa no rosto de Kyo. Ambos sabiam que ele não fazia o tipo atlético. – Enfim, tem várias gatinhas no grupo, não se preocupe.

– Ah… – Kyo falou, sem graça.

Takeshi bateu na testa, como se tivesse acabado de se lembrar de algo.

– Ah, merda! Você ainda está com a Yuriko?

Kyo balançou a cabeça.

– Não, a gente terminou.

– Sinto muito, cara.

– Tudo bem. Pra ser sincero, estou meio aliviado. Fico feliz se ela estiver feliz.

– O que aconteceu? Se não se importar de falar.

– Tudo desandou quando eu não passei no vestibular pra medicina. – Kyo pareceu taciturno. – Eu não era mais parte do plano de vida dela. De algum jeito, sentia que estava atrasando a Yuriko. Sinceramente, também não sei se era o plano que eu queria.

– Complicado, cara. – Takeshi acenou a cabeça. – Sei que você passou uma barra na primavera. – Ele deu um soquinho no braço de Kyo. – Mas você não respondeu a nenhuma das minhas mensagens!

– Foi mal… – Kyo respondeu. – Eu…

– Não esquenta – Takeshi falou, percebendo a agitação do amigo. – Pra falar a verdade, desde que comecei a universidade, não tenho mantido contato com nenhum dos caras da escola. Me sinto mal, mas ando bem ocupado. Sei como as coisas são. Mas amigos são sempre amigos, né?

Kyo assentiu, mas não falou nada. Não andava ocupado a ponto de não conseguir responder às mensagens dos amigos. A verdade era que sentia vergonha do fracasso, e não queria arrastá-los para baixo consigo. Então se escondeu de todos, até que as mensagens pararam e ele ficou completamente isolado. Recentemente, passara a curtir a vida em Onomichi – esse não era o problema –, mas sentia falta de conviver com pessoas da mesma idade, de compartilhar aquela gramática fácil com os colegas.

– Você vai pra casa no Obon? – Takeshi perguntou. – Quem sabe a gente não se encontra quando todo mundo estiver em Tóquio?

– Ah, valeu, mas pensei em ficar com minha avó em Onomichi.

Kyo ainda não tinha mencionado o assunto com a mãe nem com a avó. Ele nem sabia se era isso mesmo que queria fazer, ou se estava usando aquilo como uma desculpa para evitar a velha turma de Tóquio. Não queria ser uma pedra no sapato deles. Estavam todos felizes com a nova vida e ele vivia para baixo – um ronin-sei que não tinha nenhum motivo para se alegrar. Fora impossível para Kyo encontrar os amigos depois do vestibular.

Takeshi fez uma pausa a alguns metros de distância do grupo.

– Beleza, está pronto? – ele perguntou.

– Claro.

– Vou tentar te apresentar pra mais gata – Takeshi brincou. – Só me fala de qual você gostou mais.

– Nah – Kyo disse, abanando a mão no ar timidamente. – Vamos só botar o papo em dia. É bom te ver de novo.

○

Todos percorreram a cidade ao longo do Hondori – a longa e movimentada rua comercial coberta de Hiroshima. Ela deixava o pequeno shotengai de Onomichi no chinelo. Ali, na cidade grande, havia uma multidão de jovens da idade de Kyo, todos curtindo a noite. Foi um contraste muito estranho para Kyo ver todas aquelas pessoas festejando depois da atmosfera sombria do Memorial da Paz.

Andar pela movimentada e vibrante Hiroshima era quase como estar de volta a Tóquio – estava cercado por emoção. Táxis, bondes, assalariados, secretárias, estudantes, cafés, bares, restaurantes, livrarias, centros de jogos, cafeterias de mangá, de gatos, de *cosplay*… Hiroshima contava com praticamente tudo o que Tóquio tinha a oferecer. As infinitas possibilidades se abriam para ele mais uma vez. Em Onomichi, ele não tinha escolha – não havia nada para fazer, exceto desenhar, estudar, trabalhar na obra com Jun e Emi ou conversar com a avó enquanto jogavam Go ou passeavam. Mas ali, na cidade grande, andando pelas ruas com pessoas de sua idade, ele reconheceu a velha liberdade crescendo em seu corpo.

O grupo se enfiou num izakaya perto de Hondori, e Kyo se viu conversando com uma garota que queria ver seus desenhos. Vasculhou a mochila um pouco bêbado, tentando encontrar o caderno. Mas o cara do outro lado da mesa ainda fumava e olhava para Kyo com uma expressão de desprezo.

– Achei – Kyo falou, pegando o caderno.

A garota arrancou-o de sua mão e começou a folheá-lo rapidamente.

– Uau! – ela disse, observando os desenhos. – São incríveis!

Kyo sorriu e dispensou o elogio educadamente.

– Não são nada de mais, apenas rascunhos.

– Kawaii. Esse sapo é tão fofinho! Adorei a coruja e o tanuki!

O cara à frente deles deu uma olhada nos esboços e depois encarou Kyo.

– Você estuda o quê? – ele perguntou.

– Ah, não estou na universidade – Kyo respondeu.

– Então é um ilustrador profissional? – Ele fitou Kyo diretamente nos olhos.

– Não exatamente.

– Você tem um site?

– Não.

– Uma conta no Instagram?

– Tenho, mas não posto nada lá. Estou tentando passar menos tempo no celular.

– Já publicou alguma coisa?

– Não.

– Então perdoe minha grosseria… – O cara apagou o cigarro. – Mas como é que você pode se chamar de ilustrador?

Kyo não sabia responder a uma pergunta tão direta.

Ficou pensando no que dizer.

A garota tinha parado de folhear o caderno e ficou olhando de Kyo para o cara intenso do outro lado da mesa. Takeshi estava conversando com outra pessoa.

– Não me chamo de ilustrador – ele enfim respondeu.

– Então o que você é? – O cara cruzou os braços. – Você trabalha?

– Sou um ronin-sei – Kyo falou.

O cara abriu um sorriso malicioso.

– Deve ser difícil – a garota disse para Kyo, devolvendo o caderno e dando tapinhas em seu pulso. – Mas seus desenhos são muito bons. – Ela lhe deu um sorriso simpático.

O cara se inclinou para trás presunçosamente e acendeu outro cigarro.

– Pra ser ilustrador, tem que ter presença na internet – ele continuou, desta vez falando com a garota, como se Kyo não existisse. – Também me interesso por ilustração.

Com a sensação de não estar mais no próprio corpo, Kyo observou o cara pegar o celular e abrir uma rede social com vários milhares de seguidores. As imagens eram altamente estilizadas, repletas de cores berrantes. Kyo engoliu em seco.

– Legal! – a garota exclamou, esquecendo-se de Kyo. – Espere, qual é seu perfil? Vou te seguir.

O cara soletrou o nome de usuário, e Kyo ficou observando em silêncio enquanto ela o procurava no celular. Ela percorreu as imagens soltando gritinhos para os desenhos. Kyo bebeu sua cerveja, que agora tinha um gosto amargo e estava quente.

Sentiu uma vontade opressora de ir embora. Dar o fora dali. Se afastar daquele grupo ao qual não pertencia. Colocou dinheiro na mesa para pagar as bebidas e comidas, se levantou, pegou a mochila e estava quase na porta quando Takeshi o alcançou.

– Ei, cara! Pra onde está indo?

Kyo colocou a mão no ombro do amigo, tentando demonstrar calma. Estava verdadeiramente grato ao amigo.

– Ah, vou pegar o último trem pra casa – Kyo falou. – Obrigado.

– Tem certeza de que vai dar tempo? – Takeshi pegou o celular para verificar o horário. – Está tarde, cara. É melhor ficar aqui comigo. Não precisamos ficar muito, deixa eu dar uma olhada no cronograma do trem. Hi-ro-shi-ma… – Ele mexeu no celular, falando em voz alta enquanto digitava. – O-no-mi-chi.

– Tudo bem, cara. – Kyo queria aproveitar a oportunidade de ir embora enquanto Takeshi estava distraído no celular. – Obrigado por me convidar, foi ótimo. – Ele pegou os sapatos no armário da entrada e os calçou depressa. – Falo com você depois, beleza? É melhor eu ir ou vou perder o trem.

Kyo se virou e seguiu rapidamente para a porta.

Ouviu Takeshi gritando atrás de si:

– Espere, Kyo! Você já perdeu o trem!

Kyo saiu na rua e disparou do izakaya o mais rápido que pôde.

A cidade o engoliu.

八

Ayako atendeu o telefone no quarto toque.

Estava tomando o café da manhã no dia seguinte à cerimônia memorial quando o telefone começou a tocar. A princípio, ficou um pouco surpresa. Abaixou os palitinhos, engoliu o pedaço de peixe que estava mastigando e se levantou para dar um jeito naquele aparelho, que perturbava sua paz debaixo da capa de tecido bordado.

Quem poderia ser àquela hora da manhã?

– Moshi moshi? – ela falou, um pouco hesitante.

– Alô, estou falando com Tabata Ayako-san? – perguntou a voz crepitante de um homem de meia-idade do outro lado da linha.

– Sim, é ela. Quem fala?

– Sou o oficial Ide. – Ele fez uma pausa, talvez para conferir um efeito dramático à declaração. – Da polícia da cidade de Hiroshima.

Ayako não conseguiu deixar de levar a mão à boca aberta.

Ela congelou, incapaz de dizer alguma coisa.

– A senhora é a avó de Tabata Kyo-kun?

– Ele está bem? – ela perguntou entre os dedos.

– Sim, sim. – A voz do policial assumiu um tom mais leve. – Ele está bem. Por favor, não entre em pânico. Ele parecia um pouco perdido esta manhã, então o pegamos e o trouxemos para o koban. Pode vir buscá-lo hoje?

– Com certeza, senhor. Chego o mais rápido que conseguir. Pode me passar o endereço?

– Certamente. Tem uma caneta?

O oficial Ide recitou o endereço da guarita policial, que ela anotou cuidadosamente num bloco de papel que deixava ao lado do telefone. Estavam prestes a desligar, mas Ayako não se conteve e fez mais uma pergunta.

– Oficial?

– Sim?

– Ele se meteu em confusão? Fez alguma coisa errada? – ela perguntou, nervosa. Depois, acrescentou: – Está seguro?

– Está tudo bem – ele disse amigavelmente. – Por favor, não se preocupe, Tabata-san. Ele só estava um pouco, hum... vamos dizer, *desorientado* quando o encontramos de manhã. Estava no Parque da Paz, perto da ponte. Alguns policiais foram lá conversar com ele, e ele foi agradável e educado. Mas ficamos um pouco preocupados quando ele nos contou que tinha dezenove anos e pensamos que ele não deveria estar, hum, tão *desorientado* daquele jeito às cinco da manhã. Só queremos garantir que ele chegue em casa em segurança. Mas...

Ele parou de falar de repente e Ayako não aguentou esperar.

– O quê?

– Hum... acho que vou te contar mais coisas quando a senhora chegar, mas ele parecia um pouco, hum, vamos dizer, relutante de que entrássemos em contato.

– Sério?

– Sim. – Ide deu risada. – Não diga a ele que te contei isso, mas acho que ele tem muito mais medo da senhora do que de nós.

O rosto de Ayako ficou vermelho, meio de raiva, meio de constrangimento.

– Obrigada – ela falou friamente. – Vejo o senhor em breve, oficial Ide. Vou dizer umas palavrinhas ao rapaz quando chegar. Ele vai desejar que o senhor o tivesse prendido e jogado fora a chave.

Ide deu outra risada, só que desta vez de nervoso.

Ela desligou o telefone, pediu um táxi para a estação Shin-Onomichi e foi se arrumar para sair. Depois que se vestiu, se deu conta de repente de que não poderia abrir o café. Ligou para o celular de Sato e perguntou se ele podia colocar uma placa na porta informando os clientes de que estava resolvendo uma emergência pessoal e que a cafeteria não abriria aquele dia.

– Pode deixar, Aya-chan – Sato disse. Depois perguntou, preocupado:
– Mas está tudo bem?

– É o garoto. – Foi tudo o que conseguiu dizer.

– O que aconteceu?

– Ele vai ver só.

– Pegue leve com ele – Sato disse.

– Cuide da sua vida. E não esqueça a placa!

Ela desligou e seguiu para a rua principal, onde tinha combinado de encontrar o taxista. A estação Shin-Onomichi, onde o trem-bala parava, era longe demais para que fosse andando, e os becos que davam na casa de Ayako, apesar de serem tranquilos para bicicletas ou motos, eram estreitos demais para carros. Ela atravessou as vielas às pressas.

Pegaria o trem-bala para a cidade.

○

Kyo ficou vagando por Nagarekawa, o bairro noturno.

Ele se sentou no balcão de cada barzinho, pedindo apenas cerveja no início, depois passando para uísque, conversando melancolicamente com os bartenders sobre qualquer coisa.

– Sabe de onde vem a palavra "uísque"? – um bartender lhe perguntou depois de Kyo pedir a bebida.

– Da Escócia?

– Sim, mas sabe o que significa?

– Não. O quê?

– Vem das palavras gaélicas "uisge beatha", que significam "água da vida".

Kyo estudou o líquido âmbar no copo com olhos bêbados. Água da vida. Água podia significar vida. Mas também podia significar morte.

Foi cambaleando de bar em bar. Observou os felizes foliões no Mac Bar dançando ao som de Bob Marley e de "Blister in the Sun", da banda Violent Femmes, enquanto todos cantavam em uníssono o refrão: "Let me go on!". Depois seguiu para o Barcos e viu uma multidão diferente dançando ao som de outro tipo de música, mais parecido com hip-hop e blues do que com o indie do Mac. Ele entrava num lugar, pedia uma bebida e ficava observando o ambiente por um tempo, depois saía e seguia para o próximo. Em todos os espaços, ficava apenas observando as pessoas, sem nunca participar – ele não pertencia. As luzes coloridas dos clubes cintilavam e piscavam, iluminando o copo da bebida que estivesse segurando no momento. O baixo dos alto-falantes machucava seus ouvidos, e ele ficava vendo garotos e garotas de sua idade dançando uns com os outros, todos parecendo felizes e contentes. Mas sua mente estava ocupada com o mesmo pensamento ricocheteando em seu crânio: como é que poderia se encaixar naquilo?

Saiu do clube e se viu num barzinho que servia cerveja e gyoza. Pediu uma porção e cerveja, mas só conseguiu beber metade antes de adormecer no balcão. O dono o acordou para dizer que estava fechando o estabelecimento, e Kyo continuou cambaleando pelas ruas enquanto o sol nascia. Teria de pegar o trem de volta para Onomichi em breve, mas não fazia ideia de onde estava nem qual era o caminho até a estação.

As lavanderias estavam entregando toalhas limpas nas *soaplands* – casas de banho para adultos – por onde passava e recolhendo enormes sacos de toalhas sujas para limpar e lavar para os próximos clientes. Ele viu um homem sair aos tropeços de um dos bordéis e foi tomado pela tristeza. Suas pernas doíam de tanto andar. Bolhas se formavam em seus pés, mas ele seguiu cruzando todos aqueles sex shops decadentes e serviços de acompanhantes do bairro noturno, agora inundado pela luz cinzenta da manhã, até que finalmente conseguiu voltar para a orla do Parque da Paz. Atravessou a primeira ponte e olhou para as águas calmas e os barcos atracados, para o sol quente que espreitava pelas frestas dos edifícios espalhados pelo horizonte. A cidade era linda à luz da manhã. Se seu celular tivesse bateria, teria tirado uma foto.

広島 – Hiro Shima – Ilha Comprida.

Era isso que os caracteres significavam, e, naquele instante, vendo todas as pontes que atravessavam os vários rios que cortavam a cidade e dividiam o terreno em uma ilha, ele percebeu por que ela tinha esse nome. Continuou caminhando pelo Parque da Paz, seguindo para a mesma ponte onde estivera na noite anterior com a avó.

Kyo parou no meio da ponte e ficou observando a Cúpula da Bomba Atômica. Ela estava diferente, iluminada pelo brilho laranja do sol.

Quanto mais pensava no assunto, mais ficava imaginando a bomba caindo na cidade. Na noite anterior, ele a imaginara destruindo e matando todas aquelas pessoas que dançavam nas casas noturnas, todas as pessoas que rezavam nas margens do rio. Era difícil visualizar todas aquelas vidas variadas e vibrantes encontrando a morte instantânea. Como é que o resto da humanidade podia funcionar sabendo que seres humanos eram capazes de fazer coisas tão terríveis uns com os outros? Como era possível continuar vivendo? Ele começou a pensar no que o pai devia ter testemunhado como fotógrafo de guerra. Não era de espantar que tivesse feito o que fez.

Kyo sentiu uma escuridão crescendo dentro de si enquanto olhava para a água.

Estava calma. Ele queria sentir o que o pai sentira.

Pelo visto, morte por afogamento provocava uma sensação incrível.

Encantadora e convidativa, sua frescura contrastava com o calor do dia.

Colocou a mochila no chão.

Subiu na barreira de pedra da ponte.

E pulou.

Tibum.

●

Ayako se sentou no trem-bala desejando que ele se movesse ainda mais rápido do que já se movia.

Rápidas também eram as perguntas correndo em sua mente. O que estava acontecendo? Será que estava perdendo o controle da situação? Como foi que o garoto acabara sob custódia policial? Será que errara ao deixá-lo sair com o amigo na noite anterior? Qual era a coisa certa a fazer?

Ela ficou mexendo a perna nervosamente, mas, quando um trabalhador sentado em sua fileira a encarou com desdém, ela parou.

Então começou a tamborilar os dedos na janela.

O homem fez a mesma cara feia para os dedos dela, mas, quando viu que lhe faltavam alguns, desviou os olhos para o próprio jornal, com medo. Estava acostumada com as pessoas pensando que ela era da yakuza;

no começo, ficava irritada, depois passou a achar engraçado que homens de todas as idades se acovardassem diante dela. Naquela manhã, porém, estava preocupada demais com o garoto para se importar com isso.

Ayako desembarcou na Estação de Hiroshima, desta vez saindo do Shinkansen pelo outro lado da estação. Havia muitos táxis do lado de fora, e ela entrou pela porta aberta do primeiro carro disponível e leu para o motorista o endereço do posto policial que o oficial Ide lhe passara pelo telefone.

No táxi, ensaiou a bronca que daria no rapaz.

Era isto. A gota d'água.

○

Alguns policiais pescaram Kyo da água logo que ele mergulhou, e sem muita gentileza.

– Que porra você está fazendo? – o mais novo gritou para Kyo, arrastando-o para a margem do rio enquanto ele tossia e cuspia. – Seu idiota de merda. Por que fez isso? Tem problema na cabeça?

– Você está muito encrencado, garoto – disse o oficial mais velho, fazendo uma careta.

Eles o colocaram na traseira da viatura, jogaram a mochila ao seu lado e o levaram até o koban, o posto policial, mais próximo. Ele deixou o banco do carro todo molhado com as roupas encharcadas.

Os policiais empurraram Kyo para fora do carro e para dentro do pequeno koban.

Atrás de uma mesa, havia um homem corpulento de rosto bondoso. Seu cabelo era curto nas laterais e mais longo no topo, e ele tinha mania de esfregar o rosto com a mão quando estava pensando. Seus antebraços eram enormes, pareciam dois presuntos presos ao osso e cobertos por uma pele elástica.

– Sente-se aí, imbecil – o mais novo falou para Kyo, apontando para uma cadeira do outro lado da mesa do policial sênior.

Kyo estava ficando sóbrio depressa, mas ainda estava extremamente bêbado e enlameado. Ele notou o policial sênior estremecendo diante da linguagem grosseira usada pelo mais jovem.

– Achei esse cara nadando no rio da Cúpula da Bomba Atômica, oficial Ide – o mais velho disse para o chefe.

– Eu não estava nadando – Kyo falou de um jeito teimoso.

– Então o que estava fazendo lá, idiota? – o mais novo perguntou, sem paciência. – Se afogando?

O oficial Ide encarou fixamente Kyo.

– Você caiu?

Kyo não sabia o que dizer, então falou a verdade:

– Não, eu pulei.

– Por que você pulou? – Ide perguntou, inclinando-se para a frente na cadeira.

– Não sei. – Kyo olhou para os pés. Ele sabia, mas não queria dizer. Estrava tremendo.

Ide fez uma pausa, estudando o trêmulo rapaz, com ar reflexivo.

– Yahata – Ide falou para o policial mais velho. – Vá procurar nos achados e perdidos umas roupas secas.

– Sim, senhor – Yahata falou.

Kyo e Ide ficaram sentados em silêncio enquanto o policial mais novo murmurava "idiota" baixinho de tempos em tempos.

– Fujikura – disse Ide abruptamente –, dá um tempo, pode ser?

Yahata voltou com um conjunto esportivo cinza e uma toalha, entregando-os para Kyo de forma polida. Kyo foi para a sala ao lado para se secar e se trocar, e quando voltou com as roupas molhadas embrulhadas com cuidado na toalha, Ide falou rapidamente com os dois policiais, com ar de autoridade.

– Vocês dois, peguem essas roupas molhadas e as coloquem na secadora da lavanderia. Tragam quando acabar.

– Nós dois? – o policial mais jovem perguntou, perplexo.

– Sim, vocês dois – Ide confirmou. – Podem ir.

Os homens saíram do koban, deixando Ide e Kyo sozinhos se encarando. Kyo estava constrangido e ficou olhando ao redor da sala. Numa parede, havia um mapa detalhado da região; em outra, cartazes explicavam que fazer tal e tal coisa era crime. Numa parede diferente da dos cartazes educativos, havia anúncios de PROCURADO com fotos de criminosos durões e as quantias oferecidas por informações que levassem à prisão deles. Kyo se perguntou se, caso saísse correndo pela porta naquele instante, seu rosto logo estaria ali. Quanto ofereceriam por alguém que pulou num rio?

– Então... – Ide disse, cruzando os braços.

Kyo ergueu o olhar e viu que ele sorria amigavelmente.

– O que tem a dizer?

– Sinto muito.

Ide abriu um sorriso largo.

– É um bom começo.

Ele se sentou um pouco mais para a frente, pegando uma caneta e um pedaço de papel.

– Agora que estamos sozinhos, antes de tudo, onde você mora?

– Onomichi. Com minha avó.

– Você vai me dizer o nome, endereço e telefone da sua avó. Vou ligar pra ela e pedir pra que venha te buscar.

– Sim, senhor – Kyo falou, e depois se questionou por que o chamara de "senhor".

– Depois – Ide continuou –, você vai me dizer exatamente por que pulou no rio às cinco da manhã.

Kyo se remexeu no lugar e, após um tempo, suspirou.

– Posso te contar tudo, oficial Ide – ele soltou com a voz trêmula. – Mas, por favor, não conte pra minha avó que eu pulei no rio. Ela vai me matar.

– Não posso fazer uma promessa tão específica assim. Posso ter que dizer a ela que te tiramos da água. Isto é, se ela chegar antes das suas roupas secarem. – Ele deu risada. – Mas, se você quiser conversar, vou ouvir sua história e prometo que não vou contar a nenhuma outra alma o que me disser. A não ser que tenha infringido alguma lei. Sou um homem de palavra, então pode confiar em mim.

Kyo ainda estava um pouco bêbado; não tinha nada a perder.

– Oficial Ide, nunca contei pra ninguém, mas sempre soube que meu pai se suicidou em Osaka quando eu era só um bebezinho. Ele era um fotógrafo de guerra bem famoso, e eu meio que só presumi que ele ficou traumatizado com todas as coisas que viu e fotografou. Ele tomou um monte de remédio e depois um monte de álcool, e pulou no canal de Dotonbori e se afogou. Sei que vai parecer meio idiota e o senhor provavelmente não vai acreditar em mim, mas juro que eu não estava tentando cometer suicídio como ele...

– Então o que estava fazendo?

– Sei lá, acho que só estava tentando entender o que ele experimentou antes de morrer... Eu não o conheci, e pensei que, se fizesse o que ele fez, talvez pudesse me sentir mais próximo dele. Mas não quero morrer, prometo.

A última frase não era totalmente verdadeira.

Na realidade, Kyo já tinha pensado em acabar com a própria vida antes. Várias vezes. Imaginara diversas possibilidades. Cortar os pulsos na banheira. Se enforcar. Se intoxicar com gás dentro de um carro. Pular de um prédio. Se jogar na frente dos veículos. Tomar uma montanha de comprimidos. Mas o afogamento exercia sobre ele um fascínio especial. Diziam que era uma alternativa fácil. Mas e se as coisas dessem errado e ele acabasse tendo que passar o resto da vida feito um vegetal?

Ele era covarde demais para realmente fazer alguma coisa, então só ficava pensando. Morria de medo da dor. Só que a própria vida era dolorosa. Esse era um enigma que ele não conseguia resolver. Mas nunca verbalizara essas ideias. Mesmo agora.

Contudo, Kyo começara a falar com o oficial Ide de um jeito que jamais tinha falado com ninguém na vida, nem com os amigos da escola ou a ex-namorada. Tampouco com a mãe. Ele mantinha os pensamentos sobre o pai firmemente enterrados no fundo de si. E, por algum motivo, aquele policial aleatório lhe pareceu muito mais acessível e aberto que qualquer um de sua família já se mostrara. Todas as coisas que queria conversar com a mãe, com a avó, com os amigos, todas essas coisas sobre as quais não conseguia falar jorraram de sua boca numa torrente.

– Meu pai se afogou. Posso lidar com isso, e consegui aceitar que essa foi a forma que ele escolheu de encerrar a própria vida. Mas o que mais me deixa chateado até hoje é que ninguém da minha família nunca conversou comigo sobre isso. Reconstruí o que sei agora a partir de trechos de informações que ouvi dos meus parentes ao longo dos anos. Mas nunca tive alguém com quem eu pudesse falar sobre ele. Alguém com quem eu pudesse me sentar pra ouvir histórias dele, sabe, pra saber que tipo de pessoa ele era, o que ele gostava de fazer.

Quando terminou de falar, ele enxugou as lágrimas das bochechas e finalmente ergueu a cabeça para olhar para o oficial Ide, que não o interrompeu e continuou em silêncio. Kyo não sabia interpretar sua expressão – seria medo? Quem sabe compaixão? Ide se mexeu na cadeira, e Kyo viu preocupação atrás de seus olhos. Uma cor em suas íris que não estava ali antes.

Mas Kyo não lhe contara tudo. Não lhe contara dos pensamentos mais sombrios e dolorosos sobre desistir da vida de uma vez. Esses ficavam enterrados lá no fundo. Se os mantivesse ali, talvez pudesse se convencer de que a vida valia a pena.

●

Ayako chegou ao koban e entrou com o coração aos pulos.

O garoto estava sentado na mesa de um policial gordinho, e os dois estavam bem à vontade, aos risos, segurando palitinhos e comendo lámen instantâneo. Eles se calaram assim que Ayako cruzou a porta, abaixando o macarrão e os palitinhos. A expressão do garoto foi tomada pela vergonha, e ele olhou para os pés. O policial atrás da mesa, ao notar a mudança no comportamento dele, se levantou depressa e fez uma reverência para Ayako.

– A senhora deve ser Tabata-san – ele disse. – Sou Ide. Nos falamos no telefone mais cedo, mas é um prazer conhecê-la pessoalmente.

– Lamento muito pelos problemas que meu neto causou – Ayako falou, curvando-se o máximo que conseguia para indicar constrangimento.

– Por favor, não precisa pedir desculpas. – Ide abanou a mão. – Todos estão em segurança.

– Você. – Ayako se virou para o rapaz e falou ferozmente: – Como é que pode ficar sentado aí dando risada? Peça desculpas imediatamente ao oficial Ide por ter causado toda essa confusão.

– Desculpe – Kyo disse.

– Ah, por favor – Ide falou. – É meu trabalho. E ele foi uma excelente companhia esta manhã. Tivemos uma boa conversa, não é? – Ide se virou para Kyo. – Vá em frente, como falamos antes.

Kyo assentiu, ficou de pé e fez uma reverência para Ayako.

– Minhas sinceras desculpas por fazer a senhora se preocupar, vovó. Nunca mais vou fazer isso. Foi imprudente e irresponsável me comportar desse jeito. Por favor, me perdoe.

Ide estava sorrindo para os dois. Uma raiva incandescente ferveu dentro de Ayako.

Por que é que esse policial gordo não levava a situação a sério?

– Você – ela disse para Kyo. – Lá fora, agora. Vamos embora.

Kyo pegou a mochila e saiu do koban.

Ayako foi atrás dele e já estava quase na porta quando ouviu a voz de Ide atrás de si:

– Hum, Tabata-san?

– Sim? – Ela se virou para ele, que continuava parado atrás da mesa.

– Posso dar uma palavrinha com a senhora?

– Certamente.

– Eu, hum… não quero passar por cima de ninguém, por assim dizer.

– Oficial Ide. – Ayako estava muito cansada. – Por favor, diga o que tem a dizer.

– É só que, bem… o garoto me contou umas coisas. – Ele coçou o queixo nervosamente. – Que eu prometi não contar a ninguém.

– Peço desculpas pelo fardo que ele se tornou.

– Não, não. – Ide balançou a cabeça. – Não é isso. Ele é um bom garoto.

– Depois de pegar dois táxis e um trem-bala de Onomichi pra buscá-lo num koban, não tenho a melhor das opiniões sobre ele no momento, senhor.

– Sim, pois é… – Ele se atrapalhou com as palavras. – Certo. Mas…

– Desculpe, não quero ser mal-educada, mas o que é que o senhor quer me dizer?

Ayako ficou parada de braços cruzados, batendo o pé no chão.

Ide deu um passo para trás.

– Não sei, Tabata-san.

– O senhor não sabe?

Ide suspirou.

– Acho que o que estou tentando lhe dizer é: por favor, pegue leve com ele. Ele é um bom garoto, não é como certos marginais que temos por aqui. Ele é honesto e decente, e muito educado. A senhora e sua família deveriam se orgulhar. Ele tem muitas coisas para lhe dizer, e eu o encorajei a falar. Mas acho que também existem muitas coisas que ele gostaria de ouvir da senhora, sabe, sobre o pai, quero dizer, seu filho.

O rosto de Ayako ficou vermelho e seu corpo todo começou a tremer.

– Isso é tudo, oficial?

– Desculpe, Tabata-san – Ide falou, fazendo uma reverência. – Talvez eu tenha passado do limite.

– Tenha um bom dia.

Ela se virou e foi embora, antes que dissesse algo desagradável a um oficial da lei.

●　○

Eles ficaram sentados no trem lento em silêncio.

Ayako se sentia aliviada por Kyo estar bem e vivo. Quando recebera a ligação de manhã, foi tomada por um déjà-vu. Tinha recebido uma ligação parecida de um policial de Osaka vários anos atrás. Também estava aliviada por ele não ter se encrencado de verdade, por assim dizer. Tinha perdido um dia inteiro naquele estresse de ir buscá-lo, o que a deixara muito irritada, mas, no final das contas, sua raiva estava sendo substituída por algo diferente. A postura do garoto havia mudado – ele parecera ávido ao olhar para ela. Faminto. Talvez o oficial Ide tivesse lhe falado algo que mudara seu comportamento. Ela ainda não tinha dito uma palavra para o garoto; eram raras as ocasiões em que ela não sabia que atitude tomar.

Ele parecia arrependido, mas não falava muito, além dos poucos pedidos de desculpas que dissera baixinho enquanto ela comprava as passagens do trem. Ainda assim, algo a irritara naquele policial idiota. Quem ele pensava que era para oferecer conselhos não solicitados sobre assuntos familiares? Para falar de seu Kenji daquele jeito? Para ter a menor noção do sofrimento e da dor que ela teve de superar na vida? E o que o fazia pensar que ele tinha qualquer direito de lhe dizer como tratar o garoto? Quanta insolência! Se ela quisesse puni-lo, bem, era problema dela, não dele!

Kyo também tinha um monte de coisas passando pela cabeça. Relembrou a conversa que tivera com o oficial Ide e ficou refletindo sobre o que falaram. Alguns conselhos que Ide lhe dera ainda o deixavam com medo: *Fale com ela. Faça as perguntas que você precisa fazer. Não fique guardando esses pensamentos e sentimentos. Isso não vai ajudar ninguém.* Quando estavam sozinhos e Ide lhe dissera essas coisas no koban, tudo lhe parecera simples. Kyo se sentiu inspirado a mudar a relação com a avó. A falar com ela francamente sobre o pai que nunca conhecera, e também a descobrir mais sobre ela e seu quase encontro com a morte. Ele queria saber como ela se sentiu, sozinha naquela montanha gelada. Queria saber o que a levara a seguir os passos do marido na Montanha da Morte. Será que fora dominada pelas mesmas ações que Kyo experimentara ao pular da ponte como seu pai? Talvez houvesse algo de depressivo e suicida na família que não podia ser consertado. Mas naquele momento, sentado ao lado da avó em ebulição, toda aquela conversa lhe pareceu absurda. Como é que poderia abordar qualquer assunto que fosse com ela? Já tinha sido bastante difícil pedir desculpas pelo incômodo que causara, que dirá lhe fazer perguntas complexas sobre a história da família que ele sabia que jamais deveria perguntar (e que provavelmente a deixariam ainda mais furiosa). O que ele deveria fazer? Como deveria agir?

Eles não falaram nada durante o resto do trajeto.

● ○

Os dias se passaram, e entre eles persistia um silêncio esquisito.

Não era como o gelo que Ayako dera em Kyo antes – ainda se falavam sobre coisas básicas. Os dois se comunicavam, mas havia um certo mal-estar entre eles, e Ayako temia que, se conversasse com o garoto sobre qualquer assunto sério, perderia o controle de si mesma. Ela descobriu que sua raiva se dissipou rapidamente, mas as palavras do oficial Ide ainda a atormentavam. Kyo também não tinha coragem de lhe fazer as perguntas que queria, como o oficial lhe sugerira. Chegou perto de lhe dizer algo várias vezes, mas recuou em todas. Era realmente um covarde. Um fracasso.

Kyo se comprometeu verdadeiramente com a ideia de ficar com a avó durante o Obon, em vez de voltar para Tóquio. Discutiu os planos com a mãe no telefone, e ela ficou satisfeita com a decisão. Ele queria que ela respondesse com emoção, mas seu simples "tudo bem" o fez pensar que ela estava aliviada.

Ele fez um desenho de Coltrane, o gato, e o deixou no kotatsu da sala para Ayako.

Pensou em escrever "Coltrane" abaixo da ilustração, mas depois percebeu que não era necessário. Estava óbvio. Ayako o agradeceu sem entusiasmo, e mais uma vez emoldurou o desenho e o pendurou na parede.

Kyo queria desesperadamente que as coisas voltassem ao normal.

Mas era como se estivessem se distanciando.

● ○

Na manhã do Obon, Ayako acordou Kyo cedo.

Eles tomaram café da manhã em silêncio e depois ela o conduziu para fora da casa. Caminharam por um beco que Kyo não conhecia, e ele se perguntou aonde é que ela estava indo. Até que chegaram a um pequeno cemitério, repleto de minissepulturas e cercado por um velho muro de pedra. Havia um templo na parte de trás. Kyo vira o cemitério algumas vezes em suas caminhadas pela cidade, mas nunca tinha entrado.

Ayako pegou um balde de madeira com uma alça longa e começou a enchê-lo de água. Claro que Kyo já vira esse tipo de balde antes, pois já tinha ido a um cemitério semelhante para visitar os túmulos da família em Tóquio com a mãe e os pais dela. Mas nunca tinha estado naquele cemitério em particular, e nunca fizera aquele ritual com Ayako.

Ela lhe deu o balde cheio de água e ele a seguiu, carregando-o até o túmulo. Ela havia levado uma bolsa cheia de comidas e bebidas para dispor na base do túmulo como oferenda para os mortos.

No túmulo da família, Kyo viu os nomes de seus ancestrais. O nome do pai estava ali, gravado na pedra: TABATA KENJI. Ayako e Kyo primeiro purificaram as mãos com a água do balde antes de lavar e limpar o túmulo, usando o copo de cabo longo para derramar água na pedra. Ainda era cedo e não estava calor, mas as cigarras já emitiam seu canto contínuo e poderoso.

Uma pontada de eletricidade percorreu Kyo enquanto ele despejava água sobre o túmulo do pai.

Eles lavaram o túmulo em silêncio e dispuseram pequenas latinhas de cerveja Asahi, laranjas mikan e doces para os mortos.

– Bem, não vai falar com eles? – Ayako lhe perguntou.

Kyo parou para pensar no que queria dizer ao pai e ao avô e a todos ancestrais que não conhecera e jamais conheceria. Como nunca tinha falado com eles antes, não sabia o que dizer. Refletiu um pouco antes de soltar:

– Queria ter te conhecido – ele falou baixinho. – Queria ter conhecido todos vocês. E queria saber mais sobre você...

Ayako olhou para Kyo e foi tomada de emoção.

Quão insensível ela fora por nunca contar nada sobre Kenji àquele pobre garoto.

Kyo observou Ayako, que desviou o olhar para o túmulo e começou a falar como se ele não estivesse ali.

– Você era um fotógrafo tão talentoso, de verdade. – Sua voz embargou. – Mas, nossa, como eu te pressionei. Como a gente brigava, né, Kenji?

Ela abaixou a cabeça, e Kyo se afastou do túmulo para que ela não parasse de falar. Ela continuou:

– Ainda me culpo pelo que aconteceu, Kenji. Eu nunca devia ter deixado você levar seu talento fotográfico pra guerra. Pra toda aquela violência. Você deve ter visto coisas terríveis. Eu devia ter deixado você ir pra montanha, como o seu pai. Devia ter encorajado sua paixão pela natureza. Mas fiz o que fiz porque me preocupava com você, Kenji. Você sabe disso, né? Eu tinha medo de te perder pras montanhas, como perdi seu pai. E claro que você fugiu pra um lugar muito mais perigoso só pra me desafiar. Mas eu nunca devia ter parado de falar com você. Estava tentando controlar as coisas. Pensei que, se eu não falasse mais com você, você pararia de correr atrás das balas no campo de batalha. Pensei que estava fazendo a coisa certa.

Kyo notou uma lágrima escorrendo pelo rosto de Ayako.

– Me desculpe, Kenji. Falhei com você.

Kyo se aproximou da avó. Queria esticar o braço para tocá-la e dizer que estava tudo bem. Mas não conseguiu encostar nela.

Ela suspirou. Kyo expirou.

☯

Eles juntaram as mãos em oração.

E voltaram para casa em silêncio.

Ayako *vs.* A Montanha:
Parte dois

Apesar de Kyo estar extremamente curioso a respeito do que acontecera com a avó na montanha, não tinha coragem de lhe fazer perguntas. Parte dele tinha medo de que ela reagisse mal ao ser questionada sobre o passado, e, se revelasse que sabia do álbum de recortes de jornal, poderia parecer que ele tinha bisbilhotado as coisas dela, o que não era verdade. Fora Coltrane quem derrubara o álbum da estante. Mas Ayako nunca aceitaria que falassem algo de Coltrane.

Kyo também se sentia estranho ao pensar que talvez tivesse de mencionar que descobrira as fotografias do pai, e temia que ela se fechasse ainda mais e ele nunca ouvisse nenhuma das histórias que ela tinha trancado dentro de si.

Então continuou frequentando o cursinho e desenhando sozinho, sem saber como agir com a informação que descobrira por acaso.

Só que, às vezes, o destino intervém.

Àquela altura, fazia meses que Kyo estava ajudando Jun e Emi com a reforma.

O hostel funcionaria numa linda casa geminada que ainda não tinha janelas nem portas. Na primeira vez que estivera lá, era domingo e Ayako o arrastara sem que ele soubesse o que estava acontecendo, apenas que ela queria que ele ajudasse o casal. Quando ela foi embora, Kyo descobriu que gostava de estar ali, e Jun e Emi o bombardearam com perguntas sobre o cursinho, se ele estava curtindo morar em Onomichi, se tinha tido chance de explorar outras partes da província de Hiroshima. Era fácil conversar com eles. Ele não tinha tido oportunidade de conhecer pessoas de sua idade – ou perto disso (além da recente noite fracassada em Hiroshima) –, e era um alívio papear aberta e casualmente daquele jeito.

Eles entraram no hostel pelo jardim, que abrigava ferramentas elétricas, uma bancada e madeira. No caminho, explicaram a Kyo que precisavam dele para o trabalho pesado que Emi, com a gravidez avançada, não poderia mais realizar. Então ele e Jun foram limpar um dos cômodos e lixar as tábuas do piso, enquanto Emi fazia alguns pequenos trabalhos de carpintaria, parando ocasionalmente para apoiar a mão na barriga ou oferecer conselhos. Antes de começarem a trabalhar, Jun inseriu um CD num pequeno aparelho portátil e eles ouviram um grupo de hip-hop chamado Tha Blue Herb, do qual, por acaso, Kyo também era fã. Ele gostava do exercício físico e das brincadeiras. Enquanto trabalhavam, conversavam sobre as músicas que ouviam, os programas de TV que gostavam de assistir e os games que jogavam.

Certo domingo, estavam lixando as tábuas do chão quando Kyo falou:

– Então… O que você anda jogando?

– Ah… não tenho mais tempo de jogar nada – Jun respondeu.

– Ele está ocupado demais. – Emi estreitou os olhos para Jun. – E vai ficar mais ocupado ainda quando for pai. Trazendo o pão pra casa e tal.

– Mas sempre vai ter um lugar no meu coração pra Mario Kart no Super Nintendo – Jun disse, piscando para Kyo.

– Nunca joguei esse. Só o do Switch.

– Foi um pouco antes do seu tempo, né? – Jun comentou.

– Está vendo? Ele está ficando velho – Emi sussurrou para Kyo, dando risada.

Eles se sentaram para descansar e beber chá verde, que Emi serviu de uma garrafa térmica, despejando-o em três copos de isopor. Ela também tirou três bolinhos momiji manju da bolsa, que eles comeram com o chá.

– Então… – Jun falou, parando para dar um gole na xícara fumegante. – Como estão indo as coisas com a sua avó?

Kyo ficou pensando por um momento talvez longo demais, o que fez Emi dar risada.

– Ela é meio assustadora, né? – Kyo falou, nervoso.

Jun e Emi assentiram, sorrindo.

– Um pouco – Emi disse. – Mas ela tem um coração muito bom. E é isso que importa.

– Ela sempre nos apoiou – Jun falou, enxugando a testa com o dorso da mão. – Sempre que precisamos de ajuda ou conselhos, ela se mostrou disponível.

Kyo fixou o olhar nos chinelos.

– Hum... – ele começou. Depois ficou se perguntando se devia continuar.

– O que foi? – Emi perguntou.

Ele balançou a cabeça, mas não conseguiu se segurar.

– Vocês sabem o que aconteceu com ela lá em cima da montanha?

Ambos ficaram em silêncio e trocaram um olhar desconfortável.

Até que Jun falou:

– Não sabemos muita coisa, Kyo. Somos relativamente novos em Onomichi e tudo o que ouvimos são boatos.

Emi assentiu.

– Isso. Não sei se podemos dizer exatamente o que aconteceu com sua avó. Alguém como Sato-san pode saber melhor.

Kyo olhou para as tábuas de madeira do chão.

– Mas por que não pergunta pra ela? – Emi sugeriu. – Tenho certeza de que ela te contaria tudo. Não é como se fosse segredo nem nada disso, a cidade inteira sabe que ela quase morreu no Monte Tanigawa. Não é segredo.

Jun concordou, depois inclinou um pouco a cabeça, como se estivesse refletindo profundamente.

– E acho que... – ele acrescentou, falando quase consigo mesmo. – A única pessoa que sabe de verdade o que aconteceu lá na montanha é a sua avó.

Emi começou a empilhar os copos que usaram para tomar o chá e pegou as embalagens do momiji manju. Ela saiu pelos fundos para jogar o lixo fora.

– Então, Kyo – Jun disse com uma voz claramente mais leve. – O que acha de montar uma exposição de arte aqui?

O rapaz olhou em volta, confuso.

– Aqui?

Ele estudou as paredes sem reboco e visualizou seus trabalhos pendurados ali.

– Sim – Emi falou, voltando para a sala. – A gente estava pensando...

Quando finalmente abrirmos o hostel, que tal montarmos uma exposição dos seus trabalhos? Vimos as ilustrações no café da sua avó e adoramos. O que acha de expor suas artes mais recentes? Podemos convidar uns amigos e organizar uma festa pra comemorar a inauguração do hostel. Vai ser divertido!

Eles olharam para Kyo cheios de expectativa.

– Ah… – O garoto hesitou. – Parece ótimo e tal, mas não sei se tenho algo que eu queira expor…

– Sem pressão – Jun falou gentilmente. – Só se você estiver interessado.

Kyo abriu um sorriso amarelo – por dentro, ele era só dúvidas.

Flo: Outono

– Tem certeza de que vai ficar bem sem mim? – Flo perguntou, passando a mão no pelo macio de Lily.

A gata, obviamente, não respondeu nada.

Lily estava dormindo no colo de Flo, totalmente alheia às emoções complexas que Flo estava sentindo. O peito da gata se movia para cima e para baixo lentamente, no ritmo de seu ronco. Com os olhos bem fechados, a cabecinha de Lily estava aninhada na curva do braço de Flo. Como sempre, Flo ficou encantada com a maciez do pelo comprido da gatinha enquanto lhe fazia um carinho gentil.

Esforçando-se para não perturbar o sono tranquilo de Lily, Flo ergueu a cabeça e olhou para o mochilão do outro lado do apartamento. Fez uma lista mental de todas as tarefas que já tinha feito em preparação para a viagem – a mais importante era providenciar roupas de cama e banho para Ogawa, que estava vindo cuidar da gatinha enquanto Flo estivesse fora. Ogawa fora sua professora de japonês nos tempos em que morava em Kanazawa, quando se mudara para o Japão para trabalhar no Programa JET tantos anos antes, dando aulas de inglês em escolas japonesas. Ogawa já vinha para Tóquio de qualquer jeito para visitar uns amigos, então o arranjo foi perfeito. Flo espalhara Post-its ansiosos com instruções por todo o apartamento e escrevera uma longa carta para Ogawa descrevendo em detalhes como e quanto alimentar Lily nesse período.

Flo mexeu o braço de leve para verificar as horas. Lily resmungou. Flo tinha de sair logo para pegar o trem. Mas, naquele instante, com a barriga quente de Lily no colo, a ideia de deixá-la no apartamento lhe pareceu idiota.

Será que era loucura ir até Onomichi só para encontrar Hibiki? Seria mesmo o melhor jeito de usar seu tempo?

Lily ajeitou a cabeça no braço de Flo, se aconchegando.

⁂

Nos últimos meses, Flo vinha tentando febrilmente fazer contato com o autor de *Som de água*, conhecido apenas como Hibiki. Ela pesquisara sobre o livro na internet e descobriu que tinha sido publicado alguns anos antes. Só havia algumas resenhas on-line – a maioria era positiva, mas encontrou algumas negativas também. Havia um consenso de que o livro não era muito conhecido no Japão.

Depois, pesquisou o nome do autor no Google. Com um pseudônimo enigmático como "Hibiki", foi difícil encontrar informações sobre ele. A maioria dos resultados trazia algo relacionado ao famoso uísque produzido por Suntory, que tinha o mesmo nome. A palavra também significava "eco", o que só confundia as pesquisas.

O melhor plano de ação seria contatar diretamente a editora: Senkosha. O primeiro resultado foi um site duvidoso que continha um e-mail para o qual Flo escreveu na mesma hora. Infelizmente, ele voltou informando que havia um erro. Endereço não encontrado. Depois que acessara o site pela primeira vez, ele saíra do ar, e agora a página revelava que havia um erro de domínio 404. Por sorte, ela tinha anotado o endereço da empresa Senkosha que estava na parte inferior do site. E notara que ficava em Onomichi – assim como a história do livro. Flo tinha juntado as peças do nome da editora – o "Senko" de Senkosha era uma referência ao Templo Senkoji de Onomichi, o Templo das Mil Luzes. Imaginou que o livro devia ter sido publicado por uma pequena editora da cidade, ou que se tratasse até de uma autopublicação. Estava praticamente convencida de que o autor era morador de Onomichi. Afinal, o romance em si era ambientado lá; tudo isso fazia sentido para ela.

Ali, porém, o rastro sumia. Ela pensou em desistir – era melhor falar logo com seu editor para lhe dizer que não estava conseguindo contato com a editora nem com o autor do livro. Mas só de pensar nisso seu sangue gelava. Não fora nada profissional da parte dela começar a traduzir um romance e mandá-lo para avaliação sem ter obtido permissão primeiro. Grant ficaria bravo com ela por ter desperdiçado seu tempo. Talvez ela nunca mais recebesse um trabalho dele.

Foram Kyoko e Makoto que sugeriram que ela fosse a Onomichi para procurar a editora e encontrar Hibiki.

– Você precisa ir! – os dois falaram em uníssono no izakaya.

– Você não pode desistir assim! – Kyoko insistiu.

– Mas isso pode estragar a minha tradução – ela argumentou. – A realidade pode entrar em conflito com o trabalho que já fiz.

– Nada a ver! A realidade só vai enriquecer sua escrita – Kyoko disse.

E foram eles que pagaram a passagem do trem-bala até Onomichi. Flo ficou impressionada com o gesto, e bastante constrangida também. A passagem não era extraordinariamente cara, mas ela não ficava à vontade de aceitar. Tentou recusar a oferta inúmeras vezes, mas, assim como tentara se livrar dos jantares no izakaya durante a primavera sem sucesso, não foi páreo para a força de Kyoko enfiando a passagem em sua mão. Flo ficou secretamente grata pelo pontapé inicial deles, algo que não teria feito sozinha – precisava de um empurrãozinho. Makoto tinha até preparado uns cartazes para Flo com um QR Code e uma grande chamada que dizia:

– Vamos lá, Flo-chan! – Ele apontou para o cartaz com o cigarro. – Teste com o seu celular!

Flo escaneou o código com relutância, e foi levada para um site que Makoto fizera. Era um layout simples que dizia em inglês e japonês: "Você é Hibiki? Por favor, entre em contato". Ele inseriu o e-mail de Flo e incluiu a imagem de um gato preto caolho.

– É Coltrane – Makoto falou timidamente. – Você já me falou dele. Não sei se ele é assim, mas pensei que isso poderia ajudar o verdadeiro Hibiki a saber que é algo relacionado ao livro.

– Ah, Makoto… – Flo disse, começando a chorar.

– É bem idiota, né? – Kyoko riu com desdém. – Ele imprimiu uma centena desses panfletos bestas. E não faço ideia de por que ele escreveu em inglês e japonês no site.

– Só estou tentando ajudar!

– Você é um imbecil. – Kyoko balançou a cabeça. – O que é que Flo vai fazer com cem panfletos?

Flo deu risada, e logo em seguida explodiu em lágrimas.

– O que houve? – A expressão de Kyoko murchou.

– Não precisa aceitar os panfletos, Flo-chan – Makoto disse. – Me desculpe se criei trabalho extra pra você.

– Não. – Flo sacudiu a cabeça, tentando esconder o constrangimento. O muro que ela mantinha erguido em volta de si ruiu por um momento, e ela se sentia terrivelmente exposta. Mas nem Kyoko nem Makoto pareciam incomodados. – Obrigada. A vocês dois. Vocês são os melhores.

Eles sorriram de orelha a orelha.

▲▲

Na estação de Tóquio, Flo verificou o celular. Tinha recebido uma mensagem de Ogawa.

Flo-chan,
Cheguei no seu apartamento – encontrei a chave sem problemas.
Lily ficou miando sem parar pra mim, então lhe dei uns petiscos.
Espero que não tenha problema.

Faça uma boa viagem pra Onomichi, e obrigada por me deixar ficar aqui com Lily. Vamos cuidar bem uma da outra. Divirta-se, e nos vemos na sua volta.

Ogawa

Lily claramente estava em boas mãos, o que deixou Flo aliviada. Seu dedo ficou pairando sobre o ícone do Instagram no celular. Ela e Yuki estavam se falando menos nos últimos meses, mas Flo tinha lhe escrito dizendo que estava indo para Onomichi. A mensagem ainda não tinha sido lida. Flo fez cálculos mentais para descobrir que horas seriam em Nova York e se Yuki estaria acordada ou não. Yuki passara a postar cada vez mais fotos com a mesma garota – quase no mesmo ritmo com que a frequência da conversa diminuía. Flo não tinha coragem de perguntar se elas estavam namorando.

Ergueu a cabeça do celular para verificar os horários de partidas.

Seu Shinkansen sairia em breve.

Ela pensara em pegar o trem local até Onomichi e passar uma noite em Osaka como Kyo fizera, mas a gentileza de Kyoko e Makoto lhe poupou o incômodo. Ficava exausta só de pensar em passar todo aquele tempo no trem. O dinheiro que tinha economizado na passagem seria usado para pagar sua hospedagem.

Colocou o mochilão no ombro e seguiu para os portões.

▲▲

Fazia um tempo que Flo não pegava o trem-bala.

Ela o usava mais antes de se mudar para Tóquio. Quando morava em Kanazawa, passava bastante tempo viajando pelo Japão. No início, sem dúvida um lado seu se ressentira por ter de viver na província. Nos fins de semana e feriados, ela pegava o trem-bala para cidades maiores como Osaka, Fukuoka e Tóquio, sentindo inveja dos colegas do JET que moravam em comunidades tão vibrantes. Nessas cidades, havia lojas que vendiam comida estadunidense. Restaurantes que trabalhavam com culinária de outros países. Festas, museus e galerias de arte. Bibliotecas com livros em inglês. Livrarias com livros em inglês. E até clubes do livro em inglês. E mais importante: eram comunidades em que estrangeiros eram bem-vindos.

Mas foi só quando se mudou para Tóquio a trabalho que percebeu o que tinha perdido numa comunidade pequena feito a que tinha em Kanazawa. O Japão rural lhe dera mais oportunidades de mergulhar na língua e na cultura – não eram muitas as pessoas que falavam inglês no interior. Ela viu sua habilidade linguística progredir enquanto seus amigos que moravam em cidades grandes se mantiveram estagnados, firmemente apegados aos seus círculos de estrangeiros em busca do senso de pertencimento. Conforme traduzia *Som de água*, Flo com frequência acenava a cabeça positivamente para a experiência de Kyo de se mudar da cidade para o interior. Eram mundos muito diferentes.

Ela olhou para as nuvens cinzentas na janela – estava nublado demais para ver o Monte Fuji.

Estava chuviscando lá fora, e, apesar de ser outono, sua estação favorita, o cenário era melancólico e sombrio. Ficou observando as gotas d'água escorrendo pelo vidro, pensando em como furtara uma frase de *Guerra e paz* na tradução de *Som de água* – "Gotas pingavam". Ela a pegara da tradução de Pevear e Volokhonsky, que lera durante o verão.

Mas será que alguém conheceria seu trabalho? Não se ela não conseguisse entrar em contato com o autor, isso era certo.

Àquela altura da viagem, os edifícios de vidro metálico de Tóquio tinham sido substituídos por arrozais varridos pelo vento e casinhas de cidades-satélites menores que rareavam conforme o trem se afastava da cidade. Flo pegou sua cópia de *Trajetória em noite escura*, de Shiga Naoya, de que estava gostando muito. Lentamente, enquanto lia, percebeu que sua empolgação se transformava em exaustão, e seus olhos ficavam tensos de cansaço. Programou um alarme no celular e recostou a cabeça no assento, fechando os olhos, saboreando a sensação da alta velocidade do trem-bala, acelerando feito um avião prestes a decolar. Acabou pegando no sono e teve um sonho curto, mas intenso – nele, ela perseguia Coltrane pelas vielas sinuosas de Onomichi, lutando para subir uma montanha sem nunca parecer avançar, sempre dez passos atrás de Coltrane, até que finalmente virou uma esquina e se deparou com os cadáveres frios e imóveis de Ayako e Kyo jazendo no chão. Tentou acordá-los, mas eles não se mexiam.

Despertou assustada com o alarme.

Também estava chovendo em Fukuyama.

⁂

Enquanto fazia baldeação para o trem local em Fukuyama, Flo começou a ficar nervosa. Dúvidas sobre a realidade iminente brotavam: estava chegando em Onomichi. Pensou se não teria sido melhor nem ter ido. Ver aquele lugar antes de terminar o texto com certeza atrapalharia o trabalho. Poderia até estragar a tradução. Mas como conseguiria autorização para traduzir o romance se não entrasse em contato com a editora ou com o autor?

Sua mente voltou-se para a jornada de Kyo assim que pisou no trem local da JR West, com a faixa azul na lateral que o garoto notara. O vagão chacoalhava e tinia nos trilhos, e, quanto mais se aproximava de Onomichi, mais ela pensava que poderia estar cometendo um erro. Da janela do trem, dava para ver o Mar Interior de Seto, que naquele dia parecia tão sem graça quanto metal, enquanto os céus escuros lançavam sombras sobre as águas.

A opacidade de tudo aquilo era como aquele trecho do livro de Mishima Yukio, *O pavilhão dourado*, que ela lera na universidade muitos anos antes de chegar ao Japão. O livro era obscuro, e ela não se lembrava perfeitamente dele, mas o sentimento permanecia consigo depois de todos aqueles anos. Seu professor no Reed College havia requisitado a leitura para uma aula sobre Literatura Japonesa do Século XX, a única disciplina que o departamento de Literatura oferecia sobre o Japão. Ela não gostava de várias coisas em Mishima, tanto no livro quanto no que lera sobre o autor. Assistira ao filme sobre ele dirigido por Paul Schrader e ficara ainda mais confusa. Mishima cometera seppuku, o ritual suicida do samurai, no topo de um edifício do governo… nada daquilo fazia sentido. Por que um escritor faria isso? Por que alguém com tanto talento e tantas razões para viver jogaria a vida fora daquele jeito? Ela pensou em Kenji de novo, jogando fora a vida e o talento como fotógrafo – por que ele fizera o que fez? Haveria algum sentido nas ações de algumas pessoas? Egoistamente, ela pensou nos próprios momentos sombrios, quando teve ideias similares.

Deixando o autor e sua vida de lado, o trecho d'*O pavilhão dourado* em que estava pensando era aquele em que o monge que narra o livro fica obcecado com o prédio do templo e entra num caso de amor ciumento com o inanimado Templo Dourado. A história era toda baseada num monge real que tinha mesmo colocado fogo no templo do Pavilhão Dourado de Kyoto. Mas o que realmente chamara a atenção de Flo foi quando o monge viu o templo de verdade pela primeira vez. Antes dessa cena, ele só tinha lido sobre o lugar e o visto em fotos, mas nunca na vida real. Quando vê a construção, já tinha criado uma imagem em sua cabeça: a imagem perfeita. Então, ao se deparar com o templo real, ele fica decepcionado – o dia está cinzento e nublado, e ele parece plúmbeo e sem vida. O monge fica consternado, sentindo que perdeu seu amor.

Então, de repente, surge um buraco entre as nuvens, e a construção é banhada pelo sol. O templo dourado começa a cintilar e brilhar, e a fênix no telhado parece voar alto com as asas estendidas. Assim, o monge fica encantado com a verdadeira glória do templo que tanto amava.

Naquele instante, essa cena perturbava Flo.

E se ela, assim como o monge, tivesse construído na mente uma Onomichi que não existia? E se a realidade não correspondesse à imagem que tinha criado? Pior, e se ela se apaixonasse pela cidade, assim como o monge se apaixonara pelo templo? Ela tinha de voltar para a vida de Tóquio.

Mas o pensamento mais aterrorizante de todos era:

E se, mesmo encontrando Hibiki (quem quer que ele fosse), ele lhe dissesse não?

Bem nessa hora, um buraco surgiu entre as nuvens, revelando fragmentos de céu azul. O castelo de Onomichi assomava logo acima, na encosta da montanha. Numa tentativa de se distrair, ela tirou uma foto com o celular e a publicou no Instagram.

尾道に着いたよ。Acabei de chegar em Onomichi!

Makoto curtiu instantaneamente e escreveu: "頑張れ! Boa sorte!".
Yuki estava on-line – Flo viu quando verificou suas mensagens –, mas não curtiu a publicação. Ela suspirou. Tinha publicado a foto basicamente para chamar a atenção dela, o que não funcionara. Seu coração bateu forte no peito.
– Onomichi. Próxima parada, Onomichi. As portas vão se abrir do lado direito.

▲

Mar Interior de Seto. Cinzento e nublado, varrido pelo vento e enferrujado. Ela estava mesmo ali.
Á água se estendia à sua frente, e ela inevitavelmente pensou em como Kyo devia ter se sentido ao chegar. Nenhum Tanuki conferiu sua passagem – as catracas automáticas deviam ter sido instaladas recentemente. Sua impressão da cidade não foi a mesma de Kyo – ela lhe pareceu viva. Era mais silenciosa que Tóquio, claro, mas havia pessoas circulando para lá e para cá.
Ali estava, assim como no livro, cercado pela montanha, pela estação

de trem, pela galeria comercial – o shotengai, uma palavra que ela lutou para traduzir, finalmente optando pelo longo e trabalhoso "shotengai, o mercado coberto". Deu uma volta na grama lentamente, sem saber o que fazer primeiro.

Viu a estátua da escritora feminista Hayashi Fumiko, aquela que Kyo achara brega. Mais uma vez diferente de Kyo, Flo não achou a estátua nada brega. Nunca tinha lido Hayashi Fumiko, mas sabia que Yuki era fã da autora.

Então tirou outra foto e a publicou, num esforço para chamar a atenção da ex.

HAYASHI Fumiko (1903–1951). Escritora feminista. Frequentou a Escola Secundária Onomichi Higashi!

Tudo era exatamente como ela imaginava, mas um pouco mais estranho. Tinha visto fotos do lugar, só que nada se comparava a estar ali na vida real, sentindo a suave brisa marítima no rosto, vendo as nuvens pairando sobre a baía e ouvindo o murmúrio silencioso dos transeuntes nos ouvidos.

A primeira coisa que precisava era fazer check-in na pousada para guardar o mochilão. Depois poderia sair para explorar.

⸪

A pousada era uma antiga casa geminada à beira-mar, reformada para receber visitantes. O casal que cuidava do lugar era bem simpático, exatamente como Flo imaginava Jun e Emi. Flo ficou se questionando ansiosamente se devia perguntar seus nomes, certa de que eram eles, mas também com medo de que não fossem. Claro que não podiam ser – a vida e a literatura nunca estavam relacionadas tão diretamente assim. Certo? E havia algo naqueles dois que não combinava com os personagens do livro. Eles pareciam mais sisudos e sérios. Enquanto subia as escadas para o quarto, Flo finalmente os ouviu se chamando por outros nomes, e não pôde deixar de sentir o coração murchar um pouquinho.

O quarto era ótimo pelo valor que tinha pagado. Tinha vista para a estrada costeira e o Mar Interior. Flo ficou parada diante da grande janela por um tempo, observando a água.

Estava mesmo ali.

⁙

Depois de um curto descanso, Flo pegou a sacola com os panfletos que Makoto fizera para ela e começou a zanzar pela cidade. Antes de mais nada, pretendia conferir o endereço da editora Senkosha. Depois que o e-mail que enviara voltou, ela tentou ligar para o telefone disponível no site, mas se deparou com a mensagem: "esse número não existe". Não estava esperando muito naquele dia, mas seguiu para o endereço que tinha anotado, agarrando-se firmemente a um fiapo de esperança. De vez em quando, parava para colar o panfleto em algum quadro de avisos ou poste, enquanto tentava absorver o máximo que podia da cidade.

Conforme caminhava, ficou com vontade de voltar às seções anteriores do livro para revisar a tradução. Já reconhecia aspectos do lugar presentes no texto e, ao ver a versão real de algo antes abstrato, pensou em palavras e frases melhores para as descrições. A viagem com certeza ajudaria com a precisão da tradução. O problema é que, se não conseguisse encontrar Hibiki, não haveria mais nenhum leitor além dela para apreciar a obra.

Depois de subir uma colina surpreendentemente íngreme, chegou ao endereço da Senkosha. Ficou confusa. No local onde deveria estar o edifício da editora, havia um prédio comercial abandonado, com portões fechados e um aviso informando que ele seria demolido em breve.

Flo ficou imóvel, com o coração batendo rápido.

Aquilo não podia estar certo. Talvez tivesse anotado o endereço errado. Verificou o mapa no celular. Não, era isso mesmo. Era para ser ali. Mas não havia nada.

Felizmente, havia um koban do outro lado da rua, então ela foi até lá para perguntar. Lembrou-se do contratempo de Kyo em Hiroshima que o fez acabar no koban com o oficial Ide. Foi difícil traduzir a palavra "koban". Se excluísse a palavra e escrevesse apenas "posto policial", tinha a sensação de que eliminaria parte da cultura japonesa. E "posto policial" também era meio *Doctor Who* demais. Os koban eram pequenas casinhas que abrigavam apenas um policial e ofereciam suporte para a comunidade, deixando os crimes graves para as delegacias maiores. A maioria das pessoas procurava o koban para relatar itens achados e perdidos ou pedir informações, assim como ela estava fazendo agora.

Lá estava ela no modo tradução de novo! Flo balançou a cabeça para voltar a si e entrou no koban. O policial atrás da mesa congelou no mesmo instante, desconfortável.

– D-d-desculpe – ele gaguejou em inglês, abanando a mão. – Inglês, não. Desculpe.

– Tudo bem – ela falou rapidamente em japonês. – Eu falo japonês.

O policial soltou um suspiro de alívio e sorriu.

– Ufa! Você me deixou preocupado. Eu era terrível em inglês na escola. Reprovei em todos os exames. – Ele deu risada antes de continuar: – Preciso dizer: seu japonês é maravilhoso.

– Vai ser rapidinho – ela disse, ignorando o elogio e pegando o bloco de notas com o endereço da editora. – Estou procurando este endereço, mas acho que devo ter vindo ao lugar errado. Só encontrei um prédio abandonado prestes a ser demolido.

– Ah, sim, senhorita – ele falou, assentindo. – Acho que você não veio ao lugar errado. O endereço está certo. Aquele era um prédio comercial até uns meses atrás, mas a última empresa que alugava o escritório deve ter saído de lá, e agora o prédio foi condenado pelo conselho e está prestes a ser demolido. Vão reformá-lo em breve, provavelmente pra virar uma loja de conveniência, um salão de pachinko ou algo assim.

– Sei. – Flo mordeu o lábio. – O senhor por acaso não conhece a editora Senkosha?

– Senkosha? – ele disse, esfregando o queixo. – Tem certeza de que não é Senkoji? É o templo lá em cima. – Ele apontou para a montanha.

– Deixa pra lá. Obrigada – Flo falou.

– De nada, senhorita. Aproveite a estadia!

⁂

Ela não conseguia pensar em ninguém para quem pudesse ligar, e precisava muito falar com alguém para espairecer. Imediatamente. A desolação ameaçava dominá-la de novo. Ligou para Ogawa, que por sorte atendeu logo.

– Flo-chan? Você está bem? – Ogawa falou. – Lily e eu estávamos de conchinha. Ela é *adorável*. Sabia que ela fica mamando o cobertor roxo?

– Ogawa-sensei…

– Sim? – Ela se virou para a gata, que estava miando. – Lily! Não posso te dar atenção agora *e* falar com sua mãe ao mesmo tempo. Por favor, seja paciente. – Então se voltou para Flo: – Flo-chan, o que houve?

– Desculpe, Ogawa-sensei, mas não sabia pra quem ligar.

– O que aconteceu, Flo-chan?

Parada ao lado de uma máquina de venda automática, Flo ficou olhando para as vitrines antigas das lojas da cidade. Pensou em Kyo e se perguntou se aquela seria a mesma máquina de quando ele ligara para a mãe. Todas aquelas cenas que tinha traduzido… todas aquelas palavras… Flo suspirou e se esforçou para não colapsar.

– Como está Lily?

– Está bem! Estamos bem, Flo-chan. Aconteceu alguma coisa?

Flo não sabia nem por onde começar. Sua única pista não servira para nada. Apesar do desespero inicial de se conectar com alguém, agora lhe parecia muito mais fácil – e menos incômodo para os outros – só erguer o muro e não deixar Ogawa saber o que estava acontecendo de verdade.

– Não, estou bem. Só estava preocupada com Lily.

– Ah, ela está ótima! Aproveite pra se divertir enquanto estiver aí – Ogawa falou gentilmente. – Não é sempre que você tira folga.

Flo não teve coragem de lhe dizer que não estava de folga. Tinha ido até ali para procurar Hibiki. Esse era o único motivo daquela viagem, e agora que a esperança tinha se esvaído, ela foi tomada pelo desespero.

– Ah! – Ogawa soltou, como se tivesse acabado de se lembrar de algo importante. – Espero que não se importe, Flo-chan, mas me adiantei e comprei um presente pra você na internet. Vai chegar aqui no seu apartamento de Tóquio.

– Presente?

– Sim – Ogawa disse, hesitante. – Espero que não pense que estou me intrometendo, mas percebi que você estava sem espaço pros seus livros, então comprei uma daquelas estantes chiques que todo mundo está elogiando. Ela tem formato de cobra e os módulos podem ser combinados para fazer uma estante maior. Um designer japonês que teve a ideia, mas ela se tornou popular no mundo todo.

Flo não conseguiu deixar de sentir vergonha das pilhas de livros que espalhara pelo apartamento. Que bagunça deixara para a pobre professora!

– Ah, Ogawa-sensei. Não precisava…

– Por favor, Flo-chan. Não foi nada.

Elas se despediram e desligaram o telefone. A última coisa que Ogawa disse foi: "Tem certeza de que está tudo bem, Flo?". Mais uma vez, Flo insistiu que estava tudo bem. Tudo ótimo.

Eu é que devia ser a japonesa fechada. Você devia ser a estadunidense aberta e tranquila que fala sobre os próprios sentimentos com facilidade. É exaustivo, Flo. Você me deixa exausta. A voz de Yuki ecoou em sua cabeça.

Flo não tinha ideia do que fazer. Então perambulou sem pressa pelo shotengai até encontrar uma cafeteria que se parecia com a de Ayako, aproximadamente no lugar que imaginou ser o correto. O café era antigo, com uma decoração que lembrava a da era Taisho. Madeira polida.

Chique e um pouco europeu. Ela se sentou a uma mesa e foi servida por um homem magro de meia-idade que usava uma camisa branca sem gravata e elegantes calças pretas. Ao trazer o café de Flo, ele elogiou seu japonês. Ela agradeceu e então notou um quadro pendurado na parede. Levantou-se e foi observá-lo de perto.

Ali estava.

O Sapo.

Ele estava vendo a previsão do tempo na TV enquanto um arco-íris surgia no fundo, assim como no desenho de Kyo. No canto de baixo, havia uma assinatura em katakana: Hibiki.

O homem notou que ela estudava o desenho, e Flo ergueu os olhos para ele.

– Esta é a cafeteria de Ayako? – Flo perguntou sem rodeios.

Ele coçou o queixo.

– Ayako?

– Sim, uma senhora que não tem alguns dedos. Foi o neto dela que desenhou isto?

O homem pareceu confuso.

– Acho que não entendi.

– Quem é Hibiki? – Flo perguntou.

– Não sei... – ele falou, soltando uma risada desconfortável. – Só estou cuidando do café pra uma amiga. Ela tem esse lugar há uns cinco anos. Acho que o comprou de um casal de idosos que queria se aposentar.

Flo recuou.

– Ah, sei.

Ela voltou para a mesa e ficou bebendo seu café. Mas não conseguia tirar os olhos do desenho. A diferença era que, na versão de Kyo, o sapo estava olhando para um smartphone, e não para a TV. Seus olhos vasculharam a parede procurando alguma ilustração de Coltrane, o gato, mas não encontrou nada.

Deve ser aqui, pensou consigo mesma. *Eles devem ser reais.*

⏶

Flo tentou tirar Hibiki da mente e se esforçou para aproveitar a estadia em Onomichi. Sua passagem de volta era só no domingo, então tinha bastante tempo. Ficou surpresa ao ter uma boa noite de sono. No primeiro dia, deu uma volta pela cidade procurando em todo canto pela loja de CDs de Sato, mas não encontrou nada remotamente parecido. Por outro lado, encontrou uma loja que vendia materiais de arte com um gato na placa – tirou uma foto e a publicou no Instagram.

猫画材屋さん – Loja gateira de materiais de arte

Mais uma vez, Yuki não curtiu a publicação. Só que Flo percebeu que agora isso a chateava menos. Era engraçado – por algum motivo, estava se sentindo mais distante da ex, mais calma. Talvez fosse por causa da imersão que estava vivendo ao desbravar a cidade que passara tanto tempo explorando na mente. Agora publicava fotos para manter Kyoko, Makoto e Ogawa atualizados, e não mais na esperança de que Yuki lhe desse uma dose de dopamina com sua curtida.

De noite, perambulou pelas vielas estreitas e se perdeu nas ruas que ziguezagueavam a encosta da montanha. Ainda não estava com vontade de subir até o cume onde ficava o Senkoji – o Templo das Mil Luzes. Planejava deixá-lo para o último dia, pois o tempo estaria melhor.

Para jantar, foi a um aconchegante izakaya e deixou que o garçom lhe sugerisse os pratos, aproveitando os preços mais baratos e os ingredientes mais frescos do que Tóquio tinha a oferecer. Aos poucos, começou a curtir as férias e esquecer os estresses que a esperavam na cidade.

商店街にある居酒屋。美味しかった。
Um izakaya do shotengai. A comida estava deliciosa.

No dia seguinte, acordou cedo e pegou um trem para Hiroshima. Caminhou pelas ruas, comeu okonomiyaki num restaurante que Kyoko e Makoto lhe recomendaram, viu a Cúpula da Bomba Atômica e rezou para os mortos. Depois, seguiu para a ilha de Miyajima. Tirou fotos das folhas vermelhas de outono, alimentou os cervos com biscoitos e viu o sol se pôr atrás do famoso portal torii flutuando na água. Ali na ilha, fez questão de comprar quatro caixas de momiji manju – o mesmo bolinho que Kyo comera com Jun e Emi. Ela planejava dar as caixas para Kyoko, Makoto e Ogawa como omiyage, lembrancinhas de viagem, e ficar com uma para si. Observando os bordos japoneses, pensou nas opiniões que compartilhava com Ayako em relação às folhas do outono e à sakura. Mas havia algo a incomodando profundamente.

Ainda queria desesperadamente apresentar Ayako e Kyo para falantes do inglês. Achava que seu trabalho estava bom. Queria terminar o que começara.

E queria encontrar Hibiki.

∴

No último dia em Onomichi, Flo seguiu para o topo da montanha para visitar o Templo das Mil Luzes. Enquanto caminhava, esbarrou em várias coisas que a lembravam de Ayako e Kyo.

猫の細道! 本当に存在してる!
Beco dos Gatos! Ele realmente existe!

Passou um tempo no Beco dos Gatos fazendo carinho nos felinos e tirando fotos. Publicou uma que Makoto, Kyoko e Ogawa curtiram na mesma hora. Ao verificar o aplicativo depois de trinta segundos, para sua surpresa, viu que Yuki tinha deixado um comentário:

Muito feliz de ver que você está se divertindo!

Flo abriu um sorriso irônico.

Gato dorminhoco. Fato: a palavra para "gato" em japonês é "neko", que se acredita ter vindo das palavras "criança dormindo".

Enquanto subia os degraus de pedra, viu um gato preto. Por um instante, seu coração parou. Poderia ser Coltrane? Então notou que ele tinha dois olhos. Não era ele. Tirou outra foto e a publicou mesmo assim.

黒猫 – gato preto

Ainda mais estranho foi quando ela passou por um cemitério. Devia ser o cemitério que Kyo e Ayako visitaram juntos, onde Kenji fora enterrado. Flo procurou por toda parte algum túmulo em que se lesse TABATA, mas não conseguiu encontrar nenhum.

Perambulou pelo Parque Senkoji, imaginando quão deslumbrante ele devia ficar com as cerejeiras em flor. Será que tudo seria melhor se Yuki estivesse ali? Talvez não, Flo pensou consigo mesma enquanto passeava sem pressa. Não era o que estava sentindo naquele momento. Queria compartilhar o que via pela cidade não apenas com uma parceira, nem mesmo só com Kyoko, Makoto e Ogawa. Aquele lugar era lindo! Queria compartilhá-lo com o mundo! Que pena que não encontrara Hibiki – não conseguiria autorização para apresentar Onomichi ao mundo dos falantes de inglês. Flo sentiu sua responsabilidade com ainda mais força: como tradutora, ela devia servir como ponte entre culturas – conectando todos aqueles que não conseguiam se comunicar entre si. Saber que havia um obstáculo em seu caminho, que a ponte estava sendo murada, a frustrava e a entristecia profundamente.

Ao chegar ao topo da montanha, tirou uma foto e já a estava publicando quando pensou ter ouvido um som à sua esquerda.

Virou-se e viu duas pessoas: uma senhora magrinha de quimono parada ao lado de um garoto de cerca de dezenove ou vinte anos com roupas casuais. Observou-os contemplando o Mar Interior de Seto. Estavam perdidos na conversa. A senhora estava falando, e o garoto apenas escutava.

Então eles se voltaram para ela.

Eram inconfundíveis.

Mas, enquanto os observava, eles começaram a se esvanecer lentamente até virarem nada. E agora ela enxergava através deles. Piscou e eles não estavam mais ali. Nunca estiveram, apesar do desejo de Flo.

Era só um truque de sua mente.

Outono

秋

九

O verão esmoreceu e, com o tempo, o frescor do outono começou a se instalar na cidade.

As manhãs e as noites aos poucos foram ficando mais amenas, com a temperatura e a umidade em constante declínio. Era mais fácil dormir à noite, mas Kyo e Ayako acordavam tremendo ao saírem de baixo das cobertas. As folhas do bordo japonês perto do lago do jardim de Ayako começaram a assumir um glorioso tom de vermelho.

As lojas de conveniência também acompanhavam as estações: os alimentos quentes que tinham praticamente desaparecido das prateleiras durante o verão voltavam lentamente. Convidativos nikuman, pãezinhos de carne fumegantes, oden e *corndogs* estavam de volta ao balcão, atraindo o cliente friorento com um lanchinho quente. As máquinas de venda automática trocavam a parede de anúncios azuis de bebidas geladas por anúncios vermelhos de bebidas quentes.

Enquanto os estudantes e universitários aproveitavam a emoção das férias de verão – visitando as praias próximas, indo a festivais, viajando com a família –, Kyo continuou frequentando o programa rígido e estruturado do yobiko em que estava matriculado. As aulas seguiram sem parar durante todo o verão e outono. Os vestibulares seriam no inverno, e esperava-se que Kyo e os outros ronin-sei se esforçassem ao máximo no precioso tempo que lhes restava.

Por causa disso, o verão foi bem monótono para Kyo.

Ele passava os dias estudando no cursinho e as tardes trabalhando nos desenhos. Aos domingos de manhã, ajudava Jun e Emi na obra, e de tarde ficava livre para perambular pela cidade a seu bel-prazer.

Ayako andava mais ocupada que o normal.

Com as férias de verão, turistas de todo o país e do mundo iam conhecer a pitoresca cidade de Onomichi. Seu pequeno café ficava lotado de viajantes, que se espalhavam pelas ruas na esperança de comer alguma coisa ou tomar alguma bebida em estabelecimentos mais tradicionais. Por conta disso, Kyo começou a achar que estava ocupando um espaço valioso na cafeteria – sua mesa poderia ser usada por clientes pagantes.

Assim, Ayako e Kyo chegaram a um novo acordo, fruto do período agitado e da dedicação incessante de Kyo: ele passaria a estudar em outro lugar à tarde. Ayako sugeriu a biblioteca local. Kyo concordou.

Ao longo do tempo que passaram juntos, Ayako passou a confiar mais nele. O garoto estava tirando boas notas. Deixá-lo estudar na biblioteca e ter mais controle do próprio tempo era uma oportunidade para que ele crescesse. Poderia estudar se quisesse. E, se quisesse tirar uma folga, também poderia.

Ela não o obrigaria a fazer mais nada.

Em dias particularmente movimentados do verão, ele até a ajudava na cafeteria anotando os pedidos dos clientes e atuando como garçom. Ayako não permitia que ele chegasse perto durante a preparação do café ou da comida, mas ficou extremamente agradecida pela ajuda naqueles dias mais atribulados. Kyo gostou de bater papo com clientes de todo o Japão – ele lhes perguntava de onde vinham e lhes dava informações que acumulara rapidamente durante seu tempo em Onomichi.

Ayako ficava especialmente grata pela ajuda quando recebia clientes gaijin. Ela entendia inglês, mas tinha vergonha de falar. Quando estava na escola, o inglês era estudado como o latim, como se fosse uma língua morta: as sentenças eram destrinchadas e analisadas apenas gramaticalmente. Teve poucas oportunidades de praticar o idioma. Kyo, por outro lado, se beneficiou de uma abordagem totalmente diferente na escola. Teve aulas de inglês com um nativo durante todo o ensino fundamental e médio. Não tinha dificuldade nenhuma de entender os pedidos dos estrangeiros que frequentavam o café. Ayako ficou extremamente agradecida, até orgulhosa, ao vê-lo falando fluentemente com aqueles estrangeiros – chegando ao ponto de brincar e fazer piada com eles.

No entanto, quando as multidões diminuíam, ela o dispensava, insistindo teimosamente que não precisava de ajuda e que ele deveria se concentrar nos estudos, e não ficar à toa com ela ali no café.

Na verdade, Ayako tinha decidido que o rapaz precisava de mais liberdade. Ela não estaria ali para atormentá-lo para sempre, dizendo-lhe o que fazer. Ele tinha de aprender a ser independente, a cuidar de si mesmo.

Ironicamente, Kyo não tinha vontade de relaxar nos estudos. Tinha estabelecido uma rotina agradável, e preferia ficar sentado em silêncio na biblioteca estudando a ficar zanzando pelas ruas sem nada para fazer – como fizera no ano anterior. A biblioteca era um ótimo lugar para estudar e trabalhar em suas artes em paz, sem ninguém o perturbando. No fim do dia, ele encontrava Ayako depois que ela fechava o café e eles subiam a montanha juntos.

Na primeira vez que foi à biblioteca, Kyo ficou surpreso ao ver um rosto familiar trabalhando atrás da mesa.

A esposa do chefe de estação Ono, Michiko, ergueu a cabeça assim que ele entrou.

– Kyo-kun!

– Ah, Michiko-san!

Ela lhe explicou como a biblioteca funcionava e o guiou pelas poucas estantes de livros que havia ali, dizendo coisas como "Não chegamos nem aos pés da biblioteca de Hiroshima, somos bem pequenininhos!".

Ela o conduziu pelas prateleiras, apontando as diferentes seções: ficção, não ficção, história, ciência, história da arte e, claro, mangá – Kyo ficou empolgado ao ver que eles tinham exemplares de *Ayako*, de Tezuka Osamu, e até os dois livros da autobiografia de Yoshihiro Tatsumi, *A Drifting Life*, que ele pegou emprestado imediatamente. Depois, Michiko mostrou a Kyo uma sala de leitura que contava com pequenas mesas com divisórias de madeira, onde ele poderia se sentar para trabalhar sem que ninguém o perturbasse.

E assim Ayako e Kyo começaram a ter rotinas separadas.

Mas estavam sempre pensando um no outro.

○

Num dia no início do outono, Kyo estava na biblioteca trabalhando nos desenhos quando foi arrancado de sua intensa concentração.

– O que está fazendo? – um homem perguntou a algumas mesas de distância.

Kyo ergueu a cabeça instintivamente, pensando que estavam falando com ele.

Então viu um homem de meia-idade se dirigindo a uma garota da idade de Kyo, que lia um livro de costas para ele.

Ele tinha uma aparência unguenta. Seu cabelo era oleoso. Seu rosto era oleoso. Suas roupas pareciam oleosas. Tudo nele escorria. Ele tinha uma barba grisalha, cabelos ralos e estatura mediana. Usava uma capa de chuva velha e imunda, apesar de não ter caído uma gota de chuva naquele dia (também não choveria mais tarde).

Quanto à garota, Kyo só conseguiu ver sua nuca, mas ela usava roupas que ele considerava exageradas para Onomichi – jeans e uma elegante blusa estampada na paleta do outono. Nas costas da cadeira havia um fino casaco verde com capuz de pele. Ela estava imóvel com o livro aberto, fitando a página em silêncio, como se não tivesse ouvido o homem. Kyo não enxergava seu rosto, mas podia ver seu cabelo castanho-claro preso num rabo de cavalo e seu pescoço comprido e atraente. Sua postura dizia que ela não tinha se perturbado com a interrupção.

Kyo se dividiu entre se concentrar nos desenhos e discretamente observar a dupla.

– O que está lendo? – o homem perguntou para a garota mais uma vez.

Lentamente, ela pegou um marcador de páginas todo decorado na mesa, colocou-o no livro e o fechou.

– Um livro – ela respondeu. – Bem, estou tentando ler um livro.

Havia algo de familiar naquela voz, Kyo percebeu. De onde a conhecia?

– Que tipo de livro? – ele retrucou, erguendo a voz a uma altura aceitável para uma biblioteca.

– Ficção – ela disse baixinho.

– Afe, desperdício de tempo – ele falou. – Por que ler ficção? É tudo mentira mesmo.

– Mentira?

– Sim, todos os escritores de ficção são mentirosos. – O homem parecia extremamente satisfeito com o pronunciamento, recostando-se no assento e cruzando os braços.

– Como assim, mentirosos?

A garota colocou o livro na mesa e alimentava pacientemente a conversa com o estranho. Kyo tinha certeza de que a conhecia, só não se lembrava de onde.

– Bem, eles vivem inventando coisas que não são verdade – o homem respondeu em voz alta, gesticulando animadamente para a biblioteca. – É isso que mentirosos fazem. É melhor ler um livro de história ou ciência. Não perca seu tempo com mentiras.

A garota ficou em silêncio por um instante, pensando antes de falar.

– Desculpa, mas não concordo.

– Oh?

– Bem, acho que o senhor está confuso sobre o conceito de mentira. Mentira é algo que não é verdade, dito intencionalmente por alguém para enganar o ouvinte, em geral para obter algum tipo de benefício.

– Escritores de ficção ganham dinheiro com a escrita, não? Eles se beneficiam disso.

Ela o ignorou e continuou aprofundando a linha de raciocínio que estava expondo antes de ser interrompida:

– Já a ficção é totalmente diferente. É um contrato tácito firmado entre o escritor e o leitor. A própria palavra "ficção" implica que *tudo* o que se lê é inventado, e tanto o escritor quanto o leitor sabem disso. Não tem enganação nenhuma. E ambos suspendem a descrença para que...

– Pfff. Bobagem.

– Como assim, "bobagem"? Não concorda com o que estou dizendo? – Kyo ficou surpreso ao notar que seu tom era de interesse genuíno, e não de exasperação.

– Está falando bobagem. Livros de não ficção, como de história, ciência e tal, são escritos em busca da verdade e dos fatos. Ficção é só um monte de mentira. Nada na ficção se baseia na verdade.

– Bem, como é que o senhor sabe o que é verdadeiro e o que é falso?
– Ela inclinou a cabeça. – O senhor acredita em tudo o que está escrito numa obra de referência simplesmente porque te disseram que é verdade? Não acha que as pessoas são capazes de escrever mentiras num livro de não ficção?

– Burra – o homem falou, balançando a cabeça. – Garota burra.

Kyo estava ouvindo e observando a conversa toda, refletindo sobre o que estava sendo discutido. Mas uma parte dele sentia vergonha. Ele queria se aproximar e falar para aquele estranho de meia-idade parar de assediar a pobre garota que estava tentando ler. Porém, quanto mais ouvia suas respostas calmas e ponderadas, mais percebia que ela não estava com medo – estava totalmente no controle do que dizia, nem um pouco intimidada pelo esquisitão. Se aquele homem questionasse suas ilustrações, Kyo teria desistido e apenas concordado com o que ele dissesse, na esperança de que o homem o deixasse em paz para que ele pudesse seguir desenhando, dizendo algo como "Sim, sim. Mangá é uma perda de tempo. Besteira. Uma completa besteira. Concordo. Detesto!". Mas a pobre garota… estava só tentando ler e aquele homem estava lhe tomando tempo e energia. Havia algo fundamentalmente grosseiro se desenrolando ali.

Se Kyo interferisse, não seria paternalista com a garota, que obviamente tinha a situação sob controle? Ou isso era apenas uma desculpa para ficar de fora?

Mesmo assim, o homem continuava falando alto, e estavam numa biblioteca.

A mente de Kyo estava agitada com argumentos e contradições, mas ele não fez nada. Ficou só ouvindo.

– E aí, você tem namorado? – o homem perguntou.

– Acho que não é da sua conta, senhor.

– Mal-educada. Com esse tom, provavelmente não tem.

Kyo estava quase se levantando para dizer que a deixasse em paz, mas, antes que pudesse fazer algo, Michiko já estava atrás da dupla. E logo lançou seu ataque bibliotecário com força total contra o unguento:

– Por favor, Tanaka-san – ela disse educadamente. – Já falamos sobre isso antes! O senhor não pode vir aqui perturbar os outros. As pessoas vêm aqui pra se concentrar. O senhor não pode entrar e começar a conversar com qualquer um. Afinal, isto é uma biblioteca.

– Mas... mas...

– Sem mas. – Michiko ergueu o dedo. – Sente-se e leia em silêncio ou vá embora. Não queremos chamar o policial Ando de novo, né?

A garota que estava lendo guardou o livro na sacola de pano, que tinha uma ilustração de um gato preto e branco. Ela pegou a sacola e se levantou.

– Está tudo bem – ela falou com delicadeza, fazendo uma reverência para o homem e Michiko. – Eu já estava de saída mesmo. Peço desculpas pelo incômodo.

Ela seguiu depressa para a porta e, antes de sair, se virou brevemente para olhar a sala. Seus olhos se fixaram em Kyo e, nesse instante, ela sorriu.

Ele teve certeza absoluta de que a conhecia. Mas de onde?

E o que aquele sorriso lhe dizia? Será que ela tinha achado aquele homem engraçado? Será que estava tirando sarro de Kyo por ser covarde a ponto de não interferir?

Aquele sorriso o marcou.

Ao ver aquele rosto com clareza pela primeira vez, sentiu o coração dar um solavanco. Ficou vermelho na hora. Era a garota do trem. A que ele abandonara em Osaka. Ayumi.

Ele olhou para o papel em que estava trabalhando.

Quando ergueu a cabeça de novo, ela tinha ido embora.

Kyo começou um novo desenho na mesma hora, tentando desesperadamente registrar o rosto dela antes que se esquecesse.

Mas as linhas e os tons de preto e branco lhe escaparam.

– Pode me contar mais sobre quando a senhora conheceu meu avô?

Ayako ergueu os olhos da mesa e estudou a expressão de Kyo com ainda mais atenção do que como vinha estudando o tabuleiro de Go. A partida que estavam jogando estava bem equilibrada e ela tinha de se concentrar.

O garoto estava ficando cada dia melhor.

– Quando conheci seu avô? – ela repetiu. – Por que quer saber?

– Não posso perguntar?

– Pode. Mas eu posso não lhe contar. – Ela tossiu e balançou a cabeça. – Já te contei. Nos conhecemos na universidade. A gente participava do clube de alpinismo.

Kyo ficou segurando a pedra branca na mão e enfim a colocou no tabuleiro.

Ayako suspirou, esticou o braço e virou a pedra que ele tinha acabado de posicionar para o outro lado.

– Ah – ele falou, desanimado. – Coloquei errado de novo?

– Sim. Senão por que eu faria isso?

Ele olhou para outra pedra.

– Os dois lados me parecem iguais – ele falou baixinho. – Não consigo ver a diferença.

– Não consegue, né?

Estavam sentados no kotatsu da sala de estar. Kyo e Ayako tinham estabelecido uma rotina noturna naquele outono: sentar com as pernas debaixo da mesa aquecida para jogar Go. Quando as manhãs e as noites ficaram mais frias, Ayako pegou uma colcha grossa no armário, ergueu o topo da mesa e posicionou a colcha na moldura, prendendo-a com o tampo depois.

Sato tinha trazido uma grande sacola cheia de laranjas mikan de seu pomar, e havia várias delas dispostas numa tigela na mesa. Depois, Jun e Emi, com a barriga enorme, apareceram na porta com uma grande sacola de caquis. Kyo ficou surpreso com a troca de mercadorias que acontecia espontaneamente na cidade, e mais uma vez percebeu que a dinâmica ali era totalmente diferente da frieza e do isolamento de Tóquio. Ali em Onomichi, os moradores nunca paravam de dar e receber presentes de produtos sazonais que cultivavam em suas hortas – arroz, batatas, laranjas, limões, caquis. Também havia produtos artesanais que as pessoas faziam, como cerâmicas e objetos de madeira. Todos cuidavam uns dos outros.

Kyo tinha a hipótese de que não era possível se deitar na sarjeta nessas cidadezinhas – mesmo se você quisesse – sem que, poucos segundos depois, alguém viesse lhe perguntar se você estava bem. No entanto, já vira moradores de Tóquio passando reto por pessoas sangrando nas ruas. Isso jamais aconteceria ali, e Kyo sentia uma espécie de orgulho em relação à cidade crescendo dentro de si. Ele respeitava o povo de Onomichi e secretamente se considerava um deles agora.

De vez em quando, Kyo e Ayako acabavam discutindo sobre alguns assuntos. Ela gostava de provocá-lo e antagonizá-lo quando era a vez dele nas partidas de Go. Kyo levou um tempo para perceber que, enquanto pensava na próxima jogada, ela começava algum debate complicado com a intenção de distraí-lo. Era uma estratégia cruel e malandra que Ayako desenvolvera ao longo dos anos, a verdadeira arte do jogo: distrair o oponente e vencer a todo custo. Ser ardilosa quando necessário.

Uma conversa recente se deu da seguinte forma:

Ayako: Vai votar nas eleições de amanhã?

Kyo: Eu não voto.

A: Como assim, não vota?

K: Eu não voto.

A: Como é que você pode dizer uma coisa dessas?

K: Não acredito em política.

A: Você não *acredita* em política? Que burrice!

K: Por quê?

A: Bem, você *acreditando* ou não, ela está aí e existe!

K: Mas as coisas nunca mudam. Não importa em quem a gente vote. Políticos são todos mentirosos.

A: É por isso que você tem que votar!

K: Não faz sentido.

A: Faz, sim. Você tem que votar pra manter os políticos mentirosos alertas.

K: Mas eles vão continuar mentindo, não? Então qual é o sentido?

A: Garoto egoísta. Pessoas morreram lutando pelo seu direito de votar! As mulheres não podiam votar!

K: Bem, eu não sou mulher, mas morreria pelo meu direito de *não* votar.

A: Que ridículo. Você não deveria poder andar de ônibus. Nem frequentar os parques. Nem participar da sociedade por não votar. E não devia ter direito de reclamar de nada!

K: Beleza. Não quero reclamar de nada. Só me deixe em paz, pode ser?

A: Garoto acéfalo. Paspalho. Pateta.

K: De qualquer forma, eu não deveria *poder* reclamar? Foram vocês que nos meteram nessa confusão em que estamos. Não é culpa de vocês que as coisas acabaram do jeito que estão? As pessoas que votam são as culpadas.

A: Vai logo, faça sua jogada! Você está encarando esse tabuleiro há horas!

K: Bem, eu seria bem mais rápido se a senhora não estivesse aí discursando sobre política!

Eles ficavam horas discutindo assim, sem chegar a lugar algum, apenas assumindo pontos de vista opostos para se exaltarem com um assunto ou outro. Divertiam-se com os debates, além da própria partida de Go. Kyo aos poucos foi percebendo a tática suja de Ayako e começou a empregar as mesmas técnicas contra ela.

Era a vez de Ayako de fazer a jogada.

– Posso te perguntar uma coisa, vovó?

– O quê?

– Bem… Como é que a senhora soube que o vovô era a pessoa certa? Sabe, depois que vocês se conheceram.

Ayako ficou parada segurando a pedra preta entre os dedos e o espiou através dos cílios. O que é que ele queria dessa vez?

– Como assim? – ela perguntou, dando um gole na água.

– Tipo… – Kyo apoiou o queixo na mão e o cotovelo na mesa e olhou para a escuridão na janela. – Como é que a senhora soube que estava apaixonada por ele?

Ayako observou a expressão de Kyo. Parecia genuína.

– Por quê? – ela perguntou, analisando o tabuleiro.

– Só queria saber.

– Hum... – Ela ficou olhando para uma das pedras brancas de Kyo que queria capturar. – É difícil dizer. O que eu admirava no seu avô? Bem, eu admirava a paixão dele. Na época da universidade, compartilhávamos um interesse em comum: nós dois tínhamos um amor imenso pelo montanhismo. Eu nunca tinha conhecido alguém que tivesse uma conexão tão forte com as montanhas como eu... com a sensação de estar ao ar livre, à mercê e às graças da natureza. Poucas pessoas entendem esse sentimento, o motivo de um alpinista arriscar a vida para sentir essa conexão. Mas, acima de tudo, ele me respeitava. Era um bom homem.

– Mas e se vocês tivessem interesses diferentes? Significaria que eram incompatíveis?

Ayako mordeu o lábio. Olhou rapidamente para a foto do marido no butsudan. Ele sorria para ela em preto e branco. Kenji também sorria ao seu lado, como se ambos a incentivassem a continuar. Ela encarou o garoto.

– Não necessariamente. Acho que a paixão que alguém sente por algo que é importante. Eu e seu avô... – Ayako hesitou. – E até mesmo seu pai no começo, antes de se envolver com a fotografia... éramos muito apaixonados pelas montanhas. Reconheço essa paixão em nós três. – Ela tossiu com força. – Enfim, estou desviando o foco... não é exatamente sobre a coisa pela qual somos apaixonados, mas sim o fato de *sentirmos* e *compreendermos* a paixão. Várias pessoas por aí não têm sonhos nem ambições, só querem ir pro trabalho e ir pra cama toda noite, e isso as faz feliz. E não tem absolutamente nada de errado com isso, sabe, pessoas diferentes têm prioridades diferentes. *Junin toiro*, como diz o antigo provérbio: dez pessoas, dez cores. Mas, quando você conhece alguém que se importa profundamente com algo da mesma forma que você, sei lá, tem algo de atraente nisso. Não acha? Principalmente quando se trata da mesma paixão que a sua.

– Então foi a personalidade dele?

– Sim. Mas ele também era bonito, só que de um jeito rústico. – Ela apontou para a foto do marido e, enquanto Kyo se distraía, ficou observando o tabuleiro. Ele tinha de ter cometido algum erro que ela poderia aproveitar. – Por que está me fazendo essas perguntas pessoais? – De repente, Ayako viu uma abertura. Uma pedra branca esperando para ser capturada. Levaria várias jogadas, mas... – Conheceu alguém?

Kyo ficou visivelmente abalado quando ela virou o jogo contra ele. Era óbvio. Ela o tinha nas mãos agora.

Bem onde ela queria.

– Não sei... – Ele não sabia se queria mostrar as cartas naquele momento.

– Está sendo muito vago. Você conheceu alguém ou não conheceu.

– Eu vi alguém e senti algo, mas...

– Mas o quê?

– Como posso ter certeza do que são esses sentimentos?

– Bem, do que você gostou nela? Da aparência? – Ayako colocou a pedra no pote e abanou a mão com desdém para Kyo. – Com vocês, homens, é sempre sobre aparência. Vocês são tão superficiais.

– Não, não foi a aparência dela... – Kyo balançou a cabeça, indignado. – Quer dizer, ela é bonita, mas não é isso. É mais o que ela falou.

– Então do que você gostou no que ela disse? Ou foi da voz?

– Não foi *o que* ela disse, mas *como* disse. Ou talvez não seja isso. Talvez seja o que ela disse também.

Ele parou de falar por um instante antes de continuar:

– Talvez seja aquilo que a senhora falou antes sobre paixão. O jeito como ela falou sobre literatura. Deu pra perceber que ela é apaixonada por isso, e não liga que os outros pensem que é estúpido ou algo assim. Ela parecia corajosa. Destemida.

– Literatura, é? – Ayako sorriu.

Ambos encararam o tabuleiro.

– Quando a senhora vai fazer sua jogada, vovó? Está demorando um século.

Ayako sacudiu a cabeça. Tinha perdido o plano para capturar a pedra dele.

Ele a distraíra.

– Que truque cruel e sujo – ela murmurou baixinho.

– Então, o que está acontecendo com o garoto? – Sato perguntou.

Ayako bufou e abaixou a jarra d'água que estava usando para encher os copos de Jun e Emi.

De novo. Ultimamente era tudo sobre o garoto. Eles só falavam de Kyo. Ela sentia falta das fofoquinhas bestas de antes. Agora parecia que a cidade toda só queria saber o que estava acontecendo com Kyo, o que significava que Ayako não podia mais ouvir em silêncio as histórias sobre Yamada--sensei, o diretor da Escola de Ensino Médio de Onomichi, que fora pego de braços dados com a namorada pela própria esposa em Hiroshima. Eram essas as histórias que Ayako gostava de ouvir para dar risada – não que fosse fofoqueira, claro! –, mas agora parecia que as pessoas estavam mais interessadas em lhe perguntar sobre Kyo do que lhe contar as novidades suculentas que ela queria ouvir tão desesperadamente.

– Ele está bem – ela falou com frieza.

– Bem, como você sabe, estou sentindo falta da companhia dele. Fiquei muito satisfeito com as ilustrações que ele fez pra loja – Sato disse, acenando a cabeça, contente e dando um gole no café. – Muito satisfeito mesmo. Estou pensando em pedir ao velho Terachi pra fazer uma nova placa pra fachada com o logotipo que Kyo desenhou para mim. Vou ampliá-lo e imprimi-lo bem grande e me livrar daquela placa velha e nojenta. Aparentemente, o apóstrofo estava errado. Quem diria?

– Posso ver? – Jun pediu.

– Aqui – Sato disse, pegando o celular e mostrando as fotos das ilustrações finalizadas que Kyo lhe entregara. – Tirei foto de todas.

Ele entregou o celular para Jun, que viu cada um dos desenhos com Emi espiando por cima de seu ombro.

– Hahaha! Olhe só essa coruja, é igualzinha a você, Sato-san. Ele fez olhos de CD? Que esperto! – Emi falou, apontando para a tela do celular na mão de Jun. – Ei, são muito bons. – Ela cutucou o ombro de Jun e falou em seu ouvido: – Será que ele vai montar a exposição que a gente sugeriu?

– Sim – Jun assentiu. – Vai ser divertido, um jeito de agradecermos pela ajuda que ele nos deu. Quem sabe depois da cerimônia de maioridade? Podemos dar uma festa!

Emi se virou para Ayako.

– Acha que ele vai querer?

– Sei lá. – Ayako suspirou. – Perguntem pra ele.

Agora que todos estavam empolgados com a arte de Kyo, ela sentiu o humor mudando. Era verdade que de vez em quando queria que eles parassem de encher o saco perguntando do garoto, mas, ao mesmo tempo, tinha um orgulho imenso da admiração que sentiam pelo neto.

Mas Ayako ainda se preocupava com o que era melhor para Kyo. A vida tinha lhe ensinado muitas lições duras – mais especificamente, ela vira a mudança no comportamento de Kenji quando a fotografia se transformou de uma paixão em sua carreira. Não queria que o mesmo acontecesse com Kyo. Ele tinha muita coisa em jogo com o vestibular, e Ayako havia sido incumbida de garantir que se comportasse e se saísse bem nos estudos. Se distrair com as ilustrações podia não ser a melhor coisa para seu futuro. Mas, no fundo, sabia que o garoto tinha um dom.

Havia muitas rotas para se chegar ao topo da montanha, Ayako sabia bem.

E o tempo e a experiência lhe ensinaram que algumas rotas eram mais fáceis que outras.

Ela tinha de ajudá-lo a chegar ao topo. Se pudesse caminhar e cometer os erros por ele, seria muito mais fácil. Só que isso era impossível.

Ayako começou a encher os copos vazios dos clientes sentados no balcão, ouvindo-os conversarem animadamente sobre os planos que tinham para o garoto e suas ilustrações.

Enquanto isso, ficou em silêncio, com os pensamentos correndo sem parar na cabeça.

No fim, cada um tem de percorrer sua própria jornada na vida.

Sozinho.

✝

Quando o trem chegou à estação Saijo, já havia alguns velhos bêbados deitados e encolhidos na plataforma, dormindo profundamente. Kyo espiou pela janela os homens deitados nos bancos ou na rua, todos alheios aos passageiros que educadamente passavam por cima de seus corpos prostrados. A maioria estava vestida com elegância, de camisa e calça. Alguns até usavam chapéus, que haviam caído e estavam no chão ao lado deles.

Kyo verificou o relógio – ainda era apenas meio-dia.

Ele tinha de manter aquela viagem em segredo.

A avó jamais aprovaria sua visita a um festival de saquê.

○

Situada aproximadamente a meio caminho entre Onomichi e Hiroshima, Saijo era uma pequena cidade que abrigava o campus principal da Universidade de Hiroshima. Uma vez por ano, em outubro, ela sediava um festival de saquê, que estava agora a todo vapor. O festival durava apenas dois dias, mas começava de manhã e terminava tarde da noite.

Kyo desembarcou do trem, passou por alguns bêbados e seguiu para a catraca. Enquanto estava colocando o bilhete na fenda e passando pela barreira, ouviu uma voz familiar o chamar:

– Kyo!

Ele se virou e viu um rosto amigável e levemente vermelho.

– Takeshi, como vai? – ele disse.

Os dois amigos deram um abraço leve.

– Ainda sóbrio – Takeshi respondeu, enxugando o suor da testa com uma toalha. – Praticamente.

Era um dia quente de outono chamado koharu – pequena primavera –, uma espécie de verão indiano que se arrastava até outubro, em que o céu ficava azul e o sol amarelo sorria calorosamente sobre eles.

– Onde estão seus amigos? – Kyo perguntou, olhando além dele.

– Ah, estão lá dentro – Takeshi disse, apontando com o polegar por cima do ombro. – Venha.

Eles abriram caminho entre a multidão e seguiram para o festival. Na entrada, Kyo pagou o ingresso e ganhou uma sacola e uma pulseira que dava acesso à área fechada do parque. Takeshi balançou o pulso para o segurança e eles entraram. Kyo ficou um pouco nervoso ao passar pela entrada – por lei, ainda era jovem demais para beber, mas logo faria vinte anos e não parecia ser tão novo. Mesmo assim, não queria se encrencar com a avó novamente. Pretendia pegar leve aquele dia.

– Ei, Kyo! – Takeshi se virou para ele com os olhos arregalados de empolgação, gesticulando para as várias barraquinhas em torno deles, enquanto garçons viravam enormes garrafas de saquê no copo dos visitantes. – Vamos ver se conseguimos experimentar algo de todas as quarenta e sete províncias!

– Sem chance. – Kyo balançou a cabeça. – Não quero terminar como aqueles coitados desmaiados na plataforma.

– Não? – Takeshi perguntou, com uma expressão de surpresa no rosto. – Pensei em tentar isso hoje.

Eles deram risada e saíram perambulando pelo lugar, passando por pequenos grupos de pessoas curtindo o festival. A maioria delas estava sentada em lonas azuis estendidas no chão, lembrando o hanami da primavera. Havia barraquinhas de comida vendendo yakisoba, lula seca e outros salgadinhos gordurosos para forrar o estômago. Embora a parte de fora do festival estivesse bem lotada e movimentada – com adolescentes chapados reunidos em frente a lojas de conveniência, música ao vivo tocando no parque, bêbados dormindo vergonhosamente no chão –, a parte de dentro estava mais silenciosa e calma. Lanternas de papel pendiam das árvores, mas ainda não estavam acesas.

Eles encontraram os amigos de Takeshi sentados num círculo no chão.

– Não se preocupe – Takeshi sussurrou no seu ouvido enquanto eles se aproximavam. – É um povo diferente da outra vez. São gente boa, amigos do meu curso. Todos são da odontologia. Tem uns da medicina também.

Kyo tirou os sapatos e se sentou na lona azul sem falar nada ao lado de Takeshi. Todos se apresentaram, e ele notou o grupo se abrindo para ele na mesma hora. Era uma diferença marcante da outra festa a que fora em Hiroshima. Aquele grupo parecia mais adulto, então Kyo resolveu ser educado e se apresentar formalmente:

– É um prazer conhecer vocês. Meu nome é Kyo, sou um ronin-sei – começou, fazendo uma mesura. – Estou estudando para o vestibular de medicina. Por favor, sejam gentis comigo.

– Prazer em conhecê-lo, Kyo-san – todos ecoaram, devolvendo a mesura. – Por favor, seja gentil.

– Boa sorte com os exames – um cara magrinho de óculos redondos disse, sentado na frente de Kyo.

– Sim, boa sorte! – todos disseram. – Você vai conseguir!

– Eu também era ronin-sei – um jovem falou à sua direita, sorrindo amigavelmente para Kyo.

– Sério, Fujiyama? – alguém perguntou. – Não sabia. Eu também!

Kyo sorriu e se entregou à festa, conseguindo relaxar e se sentindo confortável na própria pele. Ficara nervoso ao se apresentar como um ronin-sei, mas não queria mais se esconder atrás da tentativa frustrada de Takeshi de apresentá-lo como ilustrador.

Ficou ouvindo educadamente todos falarem sobre suas experiências de terem falhado no vestibular para tentar novamente no ano seguinte, e, ao entrar em contato com aquelas histórias de fracasso e redenção, sentiu menos vergonha de sua posição pela primeira vez diante de um grupo de colegas. Pelos acenos e encorajamentos que recebeu, entendeu que a situação em que se encontrava não era irremediável. Outras pessoas tinham passado por experiências semelhantes e haviam se saído bem. Lentamente, algumas ideias começaram a surgir e ele ouviu palavras silenciosas de positividade sendo sussurradas por todo o seu corpo.

Só que as palavras careciam de conteúdo e forma, e ele não conseguia discerni-las. Ainda não tinha certeza sobre o que realmente queria para o futuro. Por enquanto, estava gostando da sensação revigorante de empolgação ao conhecer um novo grupo de pessoas. Tomou um gole de todos os vários saquês que os amigos de Takeshi lhe ofereceram.

Alguns eram doces. Outros, amargos. Outros, secos.

Mas, de alguma forma, todos tinham um sabor fresco e novo.

○

Kyo e Takeshi ficaram sentados um ao lado do outro, se levantando de vez em quando para dar uma volta nas barraquinhas de saquê e experimentar diferentes produtos. Caminhavam lenta e tranquilamente. Kyo sentiu o calor da bebida se espalhando devagar pelo corpo, deixando-o contente.

Enquanto estavam na fila do yakisoba, Kyo quebrou o silêncio:

– Olha, queria te pedir desculpas pela outra vez, sabe... – ele começou, parando de falar no meio da frase.

– Por favor, não precisa. – Takeshi balançou a cabeça.

– Não – Kyo insistiu, erguendo a mão. – Quero te pedir desculpas. Eu não devia ter ido embora daquele jeito. Principalmente depois de você ter sido tão legal me apresentando pros seus amigos.

– Bem, não vou mentir... fiquei um pouco surpreso quando você saiu todo apressado daquele jeito. Mas eles não eram tão meus amigos, sabe? Naquela época, eu estava frequentando qualquer clube que encontrava só pra conhecer gente. Mais tarde aquela noite, falei com a garota com quem você estava conversando, Fumiko, ou algo assim, e ela me contou o que aquele cara falou, daí juntei as peças.

Kyo assentiu.

– Ainda assim, eu não devia ter ido embora sem me explicar.

– Não precisa se explicar. – Takeshi se virou para o amigo. – Sinto muito por ter feito você passar por aquilo.

– Aquele cara era intenso – Kyo disse. – Queria poder botar minha avó pra ter uma conversinha com ele.

– Eles se dariam bem, né?

Kyo deu risada.

– Seria um massacre.

Ambos sorriram.

Chegou a vez deles na fila. Pediram algumas porções de yakisoba e seguiram na direção do grupo.

No caminho, Takeshi colocou a mão no ombro de Kyo.

– Um segundo – ele disse, virando-se para Kyo. – Antes de voltarmos, queria te contar uma coisa.

– O quê?

Takeshi fez uma pausa e respirou fundo. Kyo tentou manter contato visual, mas os olhos do amigo perambularam pelo parque sem se fixarem em nada em particular, muito menos em Kyo. Por fim, ele falou:

– Olhe, não conte pro pessoal de Tóquio, mas, bem... estou pensando em desistir.

– Desistir? – Kyo se esforçou para esconder o choque. – Da universidade?

Takeshi assentiu.

– Por quê?

O amigo suspirou

– Acho que não dou conta.

– Do quê? Do curso? É puxado demais?

– Não, não é isso. – Takeshi balançou a cabeça. – Bem, basicamente... acho que não consigo passar o resto da minha vida acordando de manhã pra ficar vasculhando a boca das pessoas. Não consigo.

Ele fez uma pausa antes de continuar:

– Não sei o que vou falar pros meus pais. Eles vão me matar.

– Tenho certeza de que eles vão entender – Kyo disse, sem acreditar em si mesmo.

– Você acha? – Takeshi enfim encarou Kyo. – Odontologia... foi o que meu pai estudou. É o que meu avô escolheu fazer... é uma carreira de família há gerações. Meu pai já imaginava que, quando eu me formasse, trabalharia pra ele no consultório de Ochanomizu. Não sei o que falar pra ele.

– Será que você não consegue se formar e depois fazer outra coisa? Isso não deixaria seus pais felizes?

– Pensei nisso... em trabalhar pra alguma empresa de suprimentos odontológicos, ou algo assim. Até me passou pela cabeça. Mas sempre que penso em me formar, lembro das sessões práticas e estágios que precisamos fazer. Daí lembro do dia que passei observando todos aqueles velhos idiotas enxaguando a boca com aquela coisa rosa. Do jeito como eles mexiam as bochechas e depois cuspiam o enxaguante naquela pia de metal. Toda vez que eu via aquilo, tinha vontade de vomitar. Só de pensar nisso agora tenho vontade de vomitar. Ou simplesmente sou tomado por uma depressão terrível. Como se isso fosse tudo que existe na vida, sabe? Como se eu fosse passar o resto da vida vendo as pessoas cuspindo enxaguante bucal e depois enxugando a baba do queixo. Inúmeras vezes todos os dias, até a morte.

Eles ficaram parados enquanto as pessoas ao redor brindavam e cantarolavam, bebiam e davam risada.

Kyo sentiu uma pena desmedida do amigo, mas não sabia o que dizer para fazê-lo se sentir melhor. Takeshi continuou:

– Pior ainda, uma vez a gente viu uma cirurgia... cortaram as gengivas de um cara e serraram os dentes dele. O cirurgião arrancou um dente quebrado com um alicate. Eu não tinha tomado café da manhã e, bem, tinha muito sangue... e parecia que a mandíbula dele estava prestes a quebrar, vi sangue e ossos misturados com saliva, enquanto tudo era sugado por um tubo que a enfermeira ficava enfiando na boca dele. – Takeshi corou. – Quando vi, estava deitado numa cama de hospital com uma enfermeira dizendo que eu tinha desmaiado. Caí pra trás e bati a cabeça feito um idiota. Apaguei.

– Que merda.

– Me senti um fracasso total. – Ele balançou a cabeça. – Pois é. Imagine a cena. Um dentista que não pode ver sangue. Acho que não sirvo pra ser cirurgião. Quem diria que sou tão sensível?

Eles pararam de falar e ficaram ali segurando as marmitas de yakisoba. Takeshi virou seu copo de saquê de uma vez só e fez uma careta. Aquele devia ser ruim.

– Então o que você vai fazer? – Kyo perguntou, e se arrependeu assim que as palavras saíram de sua boca.

– Essa... – Takeshi limpou a testa suada com o dorso da mão, ainda segurando o yakisoba. Um fio solto de macarrão escorregou por seu rosto, mas ele não percebeu. – Essa é a grande pergunta, Kyo. O que vou fazer? Não faço ideia.

– Você pode pedir transferência pra algum outro curso?

– Sei lá.

Os dois olharam para as pessoas sentadas no chão em pequenos grupos curtindo o clima festivo do dia. Kyo se sentiu distante de tudo, sem saber o que dizer ou fazer. Eles ficaram ali meio sem jeito por algum tempo, enquanto Takeshi franzia o cenho, pensando com cuidado nas próximas palavras. Ele coçou o nariz.

E olhou para Kyo.

– Sabe de uma coisa?

– O quê?

– Sempre tive inveja de você.

– Inveja?

– É. Inveja. – Takeshi abriu um sorriso, mas havia uma tristeza por trás da expressão. Como uma moeda de prata que aparece entre as rochas numa poça funda de água, ela brilhou por um segundo e depois desapareceu. – Você tem algo em que é muito bom. Algo pelo qual sempre foi apaixonado. Você é um artista. Não importa o que faça. Sempre foi e sempre vai ser.

Kyo sentiu o rosto corando e balançou a cabeça.

– Nah…

– É verdade, Kyo. – Takeshi estava sério. – Você é um artista, não importa o que decida fazer da vida. Você tem talento, pode desenhar a qualquer hora, quando quiser. Não importa o que acabe estudando… quando você se formar e for trabalhar em alguma empresa, ou até se você não for pra universidade e arranjar um emprego numa loja de conveniência ou num canteiro de obras… você sempre vai ter sua arte. É algo que nunca vai poder ser tirado de você. É algo especial, Kyo. Várias pessoas seriam capazes de matar pra ter esse tipo de coisa na vida.

– Mas estou estudando pra faculdade de medicina. Vou estudar medicina… – Kyo disse fracamente.

Depois parou de falar; não sabia se tinha terminado a frase ou não. Manteve os olhos no chão.

E esperou. Após um tempo, Takeshi continuou:

– Mas você não precisa – o amigo disse, inclinando a cabeça. – Pode fazer o que quiser, cara. É a sua vida. Não viva pros outros.

Era uma simples declaração, mas Kyo ficou chocado.

Estavam quase alcançando o grupo, mas Takeshi parou mais uma vez.

– Obrigado por me ouvir – ele disse, colocando a mão no ombro de Kyo e olhando diretamente para ele. – Você provavelmente é a única pessoa com quem sei que posso falar sobre esse tipo de coisa.

– Sempre que precisar, cara – Kyo devolveu, dando tapinhas nas costas do amigo. – Sempre que precisar.

Eles se sentaram com os outros, e, quando Kyo olhou para Takeshi, a turbulência que passava pela mente do amigo mal era visível em seu rosto. Ele brincava e ria como se não tivesse uma preocupação no mundo.

Kyo olhou para o copo vazio de saquê enquanto as palavras de Takeshi vibravam por seu corpo.

Você não precisa. É a sua vida.

○

Enfim a festa acabou, e todos saíram da área reservada do parque, caminhando devagar pela rua que levava à estação de trem. O grupo conversava e zunia, e a maioria queria voltar para a cidade e beber mais. Especialmente Takeshi, que estava completamente vermelho e animado com a perspectiva de novas festividades.

Mas Kyo sentia uma calma crescendo dentro de si.

Acabou não bebendo tanto e não estava nem um pouco bêbado.

Takeshi puxou-o pela manga e implorou que fosse para a cidade com eles, mas Kyo recusou. Não estava a fim, e era isso. A festa tinha acabado para ele. Era hora de ir para casa.

Assim, ficou sozinho na plataforma à espera do trem que o levaria para a direção oposta ao movimentado centro de Hiroshima, de volta a

Onomichi. Ficou observando o grupo bêbado brincando e rindo, gesticulando e chamando Kyo, antes que o trem local com a marca da JR West e a faixa azul na lateral chegasse para pegá-los. Ele riu quando Takeshi e os outros se encostaram no vidro, acenando para Kyo e fazendo caretas enquanto o trem partia lentamente, levando-os para a escuridão fresca da noite, rumo à libertinagem bêbada na cidade.

Então ficou sozinho.

○

O trem estava quase vazio, e a viagem não seria longa.

Kyo pegou o walkman e deu play na fita cassete – *Wish You Were Here*, do Pink Floyd – que resgatara na seção de usados da loja de Sato. Colocou os fones de ouvido, pegou o caderno e começou a desenhar, concentrando-se nas emoções que estavam na boca de seu estômago desde a conversa com Takeshi. Elas estavam tomando forma, ganhando padrões e oscilações de tinta preta na página branca.

Não fazia muito tempo que estava desenhando quando alguém se sentou à sua frente.

Ele ergueu a cabeça.

Levou apenas uma fração de segundo para reconhecer quem era. A garota da biblioteca. Da viagem de trem. De Osaka.

Ayumi.

Ela sorriu e acenou.

Kyo congelou, sem saber o que fazer. Merda.

– Oi – ela falou.

Ele tirou os fones.

– Hum, oi.

– Ainda tenho o lápis que você me deu – ela disse. – E te vi na biblioteca. Eu me lembro de você. Você se lembra de mim?

– Ayumi – ele murmurou, abaixando a cabeça para esconder o rosto corado. – Desculpe. – Foi tudo o que conseguiu dizer.

– Correto. – Ela deu uma risadinha. – Kyo, né?

– Isso – ele disse, enquanto o calor do rosto se espalhava por todo o seu corpo, fazendo-o suar.

Ela o encarou.

– Eu devia estar brava com você por ter me abandonado daquele jeito. Foi uma coisa bem covarde de se fazer. Mas pelo menos você deixou dinheiro pra pagar a conta. Posso até te perdoar.

Kyo não conseguiu sustentar o olhar de Ayumi por muito tempo, mas, agora que a via de perto de novo, ela lhe parecia mais bonita que antes. Dava para ver pelas bochechas rosadas que ela tinha bebido. Seu cabelo não estava preso como na biblioteca.

Ele não fazia ideia do que dizer. Parte de si queria contar por que fora embora daquele jeito – queria visitar o lugar onde o pai cometera suicídio. Mas tinha vergonha de admitir algo tão privado para alguém que não conhecia direito. Então ficou olhando para a escuridão da janela. Mas as luzes dentro do trem eram fortes, e não dava para enxergar nada lá fora, apenas o reflexo do que havia ali dentro. Quando tentava desviar o olhar deles dois, só via seus reflexos. Então notou um jornal *Chugoku Shimbun* no assento do outro lado do corredor. Fingiu ler a manchete. Eles ficaram ali sentados sem jeito por um tempo, enquanto o trem vazio sacolejava lentamente pelos trilhos. Parada após parada, foram se aproximando de Onomichi.

Estavam ficando sem tempo.

Mas Kyo não sabia o que dizer.

Palavras. Palavras. Palavras.

Ela olhou para o caderno que ele segurava entre as mãos suadas. Seus dedos estavam manchando o desenho que tinha acabado de fazer, e ficaram sujos de tinta preta.

– Você ainda desenha? – ela perguntou, apontando para o caderno.

– Ah, sim.

– Que bom. Como vai o cursinho? Ainda vai ser médico?

– Não sei… – Kyo deixou a frase suspensa.

– Estou te falando, você devia ser artista de mangá. Você é tão talentoso. É um babaca que abandona garotas em bares de Osaka, mas é talentoso.

Kyo ficou vermelho até os pés.

Ela continuou inocentemente:

– Você desenha coisas que vê com os olhos ou coisas que vê na sua cabeça? – Ela gesticulou para os olhos e a cabeça enquanto falava.

Conversar com ela tornava mais fácil se distrair da culpa que sentia pelo que tinha feito. Então ele prosseguiu, se perdendo no diálogo.

– Acho que... talvez os dois?

Ela assentiu com os olhos brilhando, claramente esperando que ele continuasse. Então ele o fez:

– Vejo coisas na minha cabeça e às vezes elas se fundem com a realidade. Não sei o que vem primeiro... Sabe, se vejo um objeto e daí algo estranho acontece com ele, ou se a ideia já vem do meu cérebro.

– Quando você começou a desenhar ou ver coisas na sua cabeça?

Ela apontou para as formas estranhas e espiraladas de emoções em que Kyo estava trabalhando. Para o preto e o branco dançando na página. O jeito dela era tão leve e descontraído que Kyo começou a se abrir de novo sem nem perceber.

– Acho que quando eu tinha uns cinco anos.

– Cedo assim?

– Pois é... – Ele engoliu em seco timidamente, mas continuou falando: – Minha mãe costumava me levar pro trabalho com ela, porque era mãe solo. Meu pai... bem, ele morreu quando eu tinha dois anos. Enfim, ela é médica, então ela me levava pro hospital e eu ficava na recepção com as enfermeiras, que se revezavam pra ficar comigo.

A garota assentiu de olhos arregalados, prestando atenção na história que Kyo lhe contava como se fosse a coisa mais interessante do mundo. Ele seguiu em frente sem se dar conta de que nunca tinha falado muito da própria infância com ninguém antes.

– Eu era pequeno demais pra saber ler e não tinha TV nem nada na recepção do hospital, então às vezes eu ficava sentado encarando a parede. Não tinha nem caneta, lápis ou papel pra desenhar.

– Que dureza – ela disse.

– Não era tão ruim assim. – Kyo balançou a cabeça suavemente. – Foi quando comecei a desenhar coisas na minha mente. Eu ficava encarando os padrões do papel de parede e depois movia as coisas que via na minha cabeça. Era como assistir à minha própria TV. Se eu deixasse minha mente vagar, brotariam patas na mancha e ela se transformaria numa aranha gigante, e daí... – Kyo gesticulou como se ainda pudesse ver o papel de parede que estava descrevendo, como se ele estivesse flutuando no ar entre os dois. – Essa forma comprida, esguia e esbelta aqui se transformaria num cavaleiro idoso, como os das antigas histórias da Europa. E o cavaleiro precisaria matar a aranha, que tinha se conectado a outras manchas do papel de parede e se transformado num dragão, mas o cavaleiro era velho e aquela certamente seria sua batalha final.

Kyo hesitou e olhou para ela, se perguntando se ainda tinha sua atenção ou não.

O que diabos estava dizendo? Mexendo as mãos no ar e falando sobre cavaleiros idosos lutando contra dragões no papel de parede daquele jeito? Ela com certeza estava achando que ele era maluco.

– Foi mal. – Ele sacudiu a cabeça. – Isso deve estar parecendo uma loucura total, né?

– Nem um pouco. – Ela sorriu. – Achei fascinante. E sei como você se sentia, sabe?

– Sério? – Kyo perguntou, confuso. – Como?

– Sei como é perder um dos pais tão cedo. – Ela encarou o chão. – Minha mãe morreu quando eu tinha três anos.

Ela fitou os olhos de Kyo tristemente, e ele assentiu. Não precisavam de palavras, porque sabiam como o outro se sentia.

O trem sacolejou e parou.

Onomichi.

○

Eles desembarcaram em silêncio e passaram pela catraca um depois do outro.

Covarde. Fracasso.

As palavras ecoavam na cabeça de Kyo.

Covarde. Fracasso.

– Ah, olhe! – Ayumi disse, apontando para centenas de lanternas coloridas e decoradas no chão, espalhadas por todo lugar. – Tinha esquecido... – ela falou baixinho. – É o Festival das Luzes hoje. É tão lindo com todas essas lanternas.

Eles se olharam e Kyo pensou que ela parecia um fantasma pálido, com a luz brilhante das lanternas iluminando a parte inferior de seu rosto, lançando sombras bruxuleantes em suas feições.

– É melhor eu ir pra casa – Kyo disse. – Minha avó está me esperando.

– Certo – ela soltou. Que tom era aquele?

– Tchau – ele falou.

– Tchau – ela respondeu, abaixando a cabeça.

Eles deram as costas um para o outro e seguiram em direções opostas.

Kyo sentiu algo queimando dentro de si. Ele se virou e viu Ayumi diminuindo e desaparecendo por um caminho de escuridão ladeado pelas lanternas.

– Espere – ele disse, incapaz de se conter.

Ela deu meia-volta, surpresa.

– Sim?

– Te vejo de novo?

– Claro. – Ela deu de ombros. Estaria sorrindo também? – Se quiser... vá me ver no café Yamaneko. Trabalho lá às quartas. Sabe onde é, né?

Ele assentiu, apesar de não fazer ideia de onde ficava. Descobriria depois.

– Então tchau por enquanto.

– Tchau.

Ela estava prestes a ir embora quando se lembrou de algo.

– Ah!

Kyo a olhou nos olhos.

– Sim?

– Você só pode ir lá – ela disse, sorrindo de verdade dessa vez, com os olhos brilhando sob a luz das lanternas – se prometer não fugir de novo.

Kyo sentiu o estômago dar uma cambalhota. Ela só estava brincando.

– Prometo.

– Até mais então.

Ela se virou e foi embora antes que o rosto de Kyo ficasse totalmente vermelho.

Ele a observou sumir na escuridão, praguejou, e depois foi para casa.

– Yamaneko café. Yamaneko café.

Kyo ficou repetindo as palavras sem parar enquanto caminhava.

Yamaneko café.

Yamaneko café.

Quando chegou em casa, a avó ainda estava acordada à sua espera, sentada no kotatsu lendo um livro.

– Okaeri – ela disse, virando a página sem erguer a cabeça.

– Tadaima – ele respondeu, tirando os sapatos e entrando em casa.

Ele se sentou na frente dela e estudou o tabuleiro de Go.

– Ainda é sua vez – Ayako disse, sem olhar para ele.

– Hã? – Kyo falou, perdido num sonho agradável.

Ela abaixou o livro e estreitou os olhos.

O que ele tinha naquela noite? Será que estava bêbado?

– Como foi o festival de saquê? – ela perguntou, sabendo muito bem aonde Kyo tinha ido.

– Foi legal – ele respondeu, distraído.

Ayako ergueu a sobrancelha. Tinha algo muito errado com o garoto, se ele não estava nem se esforçando para esconder que tinha ido ao festival.

Depois de um tempo, ele quebrou o silêncio de repente.

– Vovó?

– O que foi?

– Onde fica o Yamaneko café? Acho que já fui lá uma vez, mas não me lembro onde fica.

– Por que quer saber? – Ela tentou fazer uma piada: – E por que está frequentando a concorrência? Qual é o problema do meu estabelecimento? Se quer tomar café, sabe onde encontrar.

– Por nada.

– Bem, se não é nada, você não deve querer saber onde fica. Ou não?

Kyo lamentou a própria impaciência; podia ter pesquisado no celular quando fosse para o quarto.

– Por favor.

– Por favor o quê?

– Por favor, me diga onde fica.

Ayako suspirou e abaixou o livro.

– Me passe o bloco de notas, vou fazer um mapa.

– Obrigado, vovó.

Kyo ouviu as instruções de Ayako, sentindo o coração bater rápido dentro do peito. O café ficava à beira-mar, e, assim que ela começou a desenhar o mapa, ele soube exatamente onde ficava, mas ouviu toda a explicação. Parte de si se perguntou por que não tinha simplesmente pesquisado no celular, em vez de se dar ao trabalho de perguntar à avó. No fundo, ele sabia que era porque desejava ter alguém com quem compartilhar a empolgação.

Ayako, por outro lado, não achava nada de mais dar informações e desenhar mapas – isso era algo rotineiro para ela. Ao mesmo tempo, enquanto explicava onde ficava o café, percebeu que havia algo diferente no garoto. Mas não conseguiu identificar o que era. Não era nada ruim. Ele a ouvia com atenção e educação, porém havia algo mais acontecendo – dava para ver em seus olhos vidrados.

Ele tinha mudado.

十一

Não demorou para Ayako ouvir os boatos.

As notícias se espalhavam rápido na cidade. Digamos que Keiko, a garota que trabalhava na bilheteria do pequeno cinema perto da estação, tivesse visto duas pessoas entrando juntas uma tarde. Ela logo mencionaria o fato de passagem para Ota, o carteiro, quando ele fosse lhe entregar a correspondência. E Ota, o carteiro, enquanto tomava uma xícara de chá verde, certamente diria algo para Tada, o monge, quando parasse no templo para bater um papo. Era natural que Tada, o monge, comentasse o acontecimento com Miyuki, a jovem que ajudava a limpar o templo às terças, e ela com certeza contaria para a mãe tudo o que conversara com o monge aquele dia. Era perfeitamente esperado que a mãe de Miyuki conversasse com Michiko, a bibliotecária, quando fosse à biblioteca pegar uns livros. Daí, bem, era apenas uma questão de tempo para que Michiko dissesse algo ao marido, Ono, o chefe de estação, na hora do almoço, que decerto contaria a Sato durante os drinques noturnos no Ittoku, o izakaya atrás da estação. E Sato, como todos podemos imaginar, não hesitaria nem por um segundo em tocar no assunto no dia seguinte, durante o café da manhã na cafeteria de Ayako.

– Soube que o jovem Kyo arranjou uma namorada – ele soltou com um sorrisinho.

– O quê? – Ayako virou a cabeça de repente, feito um gato assustado com um barulho.

O sorriso de Sato se tornou um pouco presunçoso ao notar que ela não fazia ideia.

– Parece que ele foi ao cinema com uma mocinha outro dia – ele contou alegremente. – Eles assistiram a *Era uma vez em Tóquio*.

– Por que será que ele foi ver um filme velho em preto e branco? – Ayako coçou o queixo com o dedo indicador restante.

– Talvez a garota tenha bom gosto. – Sato inclinou a cabeça.

Ayako estreitou os olhos.

– Quem é essa garota, afinal?

– O nome dela é Ayumi. – Sato pegou o café e soprou a bebida fumegante. – Trabalha no Yamaneko café.

– Ayumi?

Tudo foi se encaixando.

– Acho que é.

Sato deu um gole no café e sua expressão presunçosa se derreteu em agonia quando queimou a língua. Ele apoiou a xícara no pires e bebeu a água que Ayako colocara ao lado, passando-a por toda a boca, com os olhos esbugalhados.

Ela olhou para o mar pela janela.

– Sabia que tinha alguma coisa acontecendo com ele.

– O amor extá no ar – Sato disse, falando arrastado com a boca cheia de cubos de gelo.

– Quem é essa garota? – Ayako perguntou de novo, disparando em seguida: – Ela é daqui? Qual é o sobrenome? Qual é a formação dela? A gente conhece alguém que a conhece bem?

Sato balançou a cabeça e engoliu a água.

– Ela não é daqui, até onde sei. – Ele fez uma pausa, erguendo a mão para impedir Ayako de continuar. – Mas, Aya-chan, não se exalte e estrague as coisas, por favor.

Ayako pareceu ofendida.

– Só estou interessada. Afinal, ele é meu neto.

– Sim, mas você não vai querer se intrometer e assustá-la.

– Só queria saber um pouco mais sobre ela. – Ayako projetou a mandíbula para a frente. – Isso é crime? Querer saber com quem meu neto tem perambulado pela cidade?

Sato se mexeu no banco.

– Bem... o que eu sei é que ela é universitária.

– O que ela está estudando? Em qual universidade?

– Universidade de Hiroshima. Ela trabalha só meio período no café, mora em Onomichi e vai de trem pra aula. O chefe de estação Ono que me contou.

– Interessante. – Ayako tamborilou o dedo no lábio. – Por que será que ela não quis morar na cidade ou em Saijo, como os outros estudantes?

– Como eu disse, talvez ela tenha bom gosto – Sato falou. A presunção foi voltando à sua expressão conforme ele se esquecia da língua queimada.

– Pode ser, ou talvez ela seja esquisita – Ayako falou, encarando a parede, perdida em pensamentos. – Interessante.

– Agora, por favor, não pegue pesado. Você vai assustar a pobrezinha.

– Pffff, vou nada – ela falou, voltando a si.

Ayako preparou uma xícara de café para si mesma, refletindo sobre como lidaria com o assunto.

A primeira coisa que precisava fazer era conhecer a garota. Óbvio.

Ayako precisava descobrir exatamente o que estava acontecendo.

Tinha notado várias mudanças no garoto ultimamente – a mais recente era a mais alarmante. Ayako ficara satisfeita ao vê-lo entrar no ritmo da cidade – ele estava indo bem no cursinho, o que era muito bom, mas o que mais a encantava era observar sua arte florescendo. Dava para ver que ele tinha talento, e ela encarava isso como uma nova oportunidade de corrigir os erros de seu fracasso com Kenji. Desencorajara o filho de praticar montanhismo, e agora tinha de admitir para si mesma que o manipulara ativamente para impedi-lo de subir montanhas como o pai. Agora entendia com clareza o que deveria ter feito: deixar Kenji seguir as próprias paixões!

Mas Kyo não precisava que uma garota viesse e estragasse tudo. O amor juvenil era muito bom, mas havia hora e lugar para isso. Se a garota estivesse apenas o enganando ou não correspondesse aos sentimentos dele, isso poderia abalá-lo. Poderia atrapalhar sua paixão. Ayako precisava dar um jeito de conhecer a garota e descobrir quais eram suas intenções. Kyo não precisava de mais drama na vida, mas sim de menos bobagens. Precisava de espaço mental para se concentrar nos estudos e passar no vestibular ou se tornar um artista de mangá – era o que Ayako achava que ele mais queria. Ela tinha recebido uma única tarefa da mãe dele – cuidar do menino –, e não pretendia deixar tudo ir para o ralo no último minuto, só por conta de uma paixonite.

A segurança dele era tudo o que importava agora.

Se essa garota era um obstáculo para a felicidade do neto...

Bem, ela tinha que interferir. Era isso.

Ayako faria melhor desta vez.

○

Kyo estava tremendo na primeira vez que foi ao Yamaneko café.

Ele caminhou devagar pela estrada costeira que seguia até lá e passou pela cafeteria, tentando espiar pelas janelas, mas sem muito sucesso. A claridade do dia se refletia no vidro, e tudo o que ele viu foi o mundo de fora refletido de volta, seu corpo esguio e seus olhos confusos. Deu a volta, passou pelo café mais uma vez e ficou observando a placa de madeira pintada de branco com o desenho de um gato selvagem. Kyo nunca tinha visto um yamaneko na vida e não tinha ideia se a ilustração fazia justiça à espécie. Parecia um gato normal, com um sorriso arrogante no rosto.

– Kyo, vai entrar ou não? – Ayumi falou da porta, colocando a cabeça para fora. – Ou vai ficar dando voltas aí na frente mais algumas vezes?

– Ah, desculpe – Kyo disse.

– Ou... – Ela hesitou. – Você ia fugir de novo sem falar nada?

– Ah... – Ele congelou. Ainda sentia que devia desculpas por abandoná-la em Osaka. A vergonha se infiltrou em seu estômago.

– Não se preocupe. – Ela abanou a mão. – Não vou ficar jogando isso na sua cara, prometo... ou não.

Ele a seguiu para dentro.

O interior era mais claro do que parecia do lado de fora. O café era todo decorado com placas antigas e memorabilia, todas da era Showa. Anúncios desbotados de tabaco, Coca-Cola, doces, refrigerantes e uma série de outros artigos decoravam as paredes. As mesas e cadeiras eram aleatórias e não combinavam entre si, sem dúvida coletadas em feiras de usados e lojas de antiguidades. Kyo se perguntou o que a avó acharia da decoração. Provavelmente não se encaixaria em sua visão estética tradicional. Mas Kyo gostava.

O café o lembrava dos lugares que frequentava em Tóquio, encontrados ao longo das diferentes paradas da Linha Chuo – lugares como Nakano, Koenji, Nishi-Ogikubo, Asagaya e Kichijoji. Agora havia até franquias de cafeterias no centro de Tóquio, em áreas como Shibuya e Shinjuku, onde tentavam replicar essa estética, que sempre acabava parecendo um pouco artificial. Yamaneko era autêntico.

Ayumi o acomodou no balcão de madeira, e ele ficou olhando ao redor enquanto ela atendia outros clientes. Nas paredes, havia fotos da área – todas tiradas por fotógrafos locais, com os nomes e contatos listados abaixo das imagens. Era uma espécie de exposição.

Kyo ficava um pouco desconfiado com esse tipo de coisa. Seus amigos de Tóquio já tinham lhe dado a ideia de exibir alguns de seus trabalhos em lugares como aquele, mas ele nunca se animara muito. Inevitavelmente, uma hora alguém diria que ele tinha de pagar para expor, e não havia como garantir que seu trabalho seria vendido. Desde que Jun e Emi o convidaram para exibir seu trabalho no hostel, uma parte de si fazia a curadoria mental da pequena exposição, e outra parte temia que eles lhe cobrassem alguma taxa. Ele não tocara no assunto novamente, por medo de que realmente quisessem cobrá-lo. Só que eles pareciam honestos, então talvez fosse mesmo algo sem compromisso.

Ayumi voltou com um copo d'água. Kyo sorriu e fez uma mesura.

– Então... – ela disse, colocando o copo no balcão ao lado dele e enchendo-o com uma jarra. O gelo tilintou no vidro enquanto ela servia Kyo. Alguns cubos caíram com a água no copo. – O que vai querer?

Kyo tomou um susto. Não tinha nem olhado o cardápio.

– Hum...

– Está com fome? – ela perguntou.

– Um pouco.

– Certo. Você gosta de massa?

– Sim, adoro.

– Café?

– Claro.

– Deixe comigo.

Ela disparou na direção da cozinha. Kyo viu um jovem ali dentro com um uniforme branco de chef. Vislumbrou a garota lhe dando algum tipo de instrução e logo ela estava atrás do balcão de novo, ocupando-se com a máquina de espresso.

– E aí? – ela disse, pegando o leite da geladeira e o despejando numa jarrinha de metal antes de transformá-lo em espuma com o vaporizador. – Como você está?

– Bem, obrigado. E você?

– Bem também.

Kyo fez uma pausa e depois arriscou:

– Sei que a essa altura isto é terrivelmente grosseiro da minha parte, mas... – Ele parou de falar ao vê-la congelar com a jarra de metal nas mãos. – Mas... me desculpe mesmo pela forma como me comportei em Osaka. Foi imperdoável. – Ele fez uma reverência.

– Por favor, esqueça. – Ela fez uma reverência um pouco rígida antes de lhe dar as costas para continuar preparando o café.

Kyo se encolheu por dentro. Talvez não devesse ter falado nada.

Ele pegou um mangá de Tanikawa Sakutaro sobre dois mestres de Go que estava lendo e tentou agir casualmente, mas seus olhos mal focavam a página; em vez disso, ele observava Ayumi preparando habilmente um café com leite. Ela usava a mesma camisa listrada azul e branca que todos os outros funcionários usavam. Kyo assistiu às suas mãos trabalhando, despejando o leite na xícara com movimentos ágeis do pulso, depois pegando um instrumento longo e fino para mexer na espuma. Kyo se inclinou para a frente a fim de enxergar melhor. Ela estava fazendo algum tipo de arte com a espuma, mas ele não conseguiu ver o desenho. Quando se aproximou trazendo o café, ele se ajeitou no banco e voltou os olhos para o mangá, fingindo ler.

– Aqui está. – Ela colocou a xícara sobre o pires com cuidado diante dele.

Ayumi tinha desenhado um gatinho. Seu rosto felino encarava Kyo presunçosamente.

– Uau – ele soltou, impressionado de verdade. – Como aprendeu a fazer isso?

– Pratiquei bastante em casa. – Ela sorriu. – Levei muito tempo, vou te falar.

– Legal! – Kyo pegou o celular e tirou uma foto. – Eu nunca conseguiria fazer algo assim.

– Claro que conseguiria – ela falou alegremente. – Qualquer um consegue, basta praticar. Depois de ver seus desenhos, aposto que pra você seria facinho.

– Dá até dó de beber – Kyo comentou, pegando a xícara e estudando a porcelana branca de ângulos diferentes. O logo da cafeteria estava impresso na lateral. – Não quero estragar o desenho perfeito que você fez.

– Sabe o que dizem... bijin hakumei. Coisa linda, vida curta.

Então ela gostava de provérbios, assim como a avó.

– Enfim – ela continuou. – É melhor você experimentar o café que fiz especialmente pra você enquanto ainda está quente. Não deixe esfriar.

Kyo deu um gole apressado, e ela deu risada diante da expressão cômica dele.

Depois de ouvir um grito na cozinha, ela voltou com um prato bem quente de espaguete coberto com berinjela e molho bolonhesa. Eram cerca de duas horas e Kyo percebeu que era o único cliente ali. Ayumi sentou-se ao seu lado e eles ficaram conversando enquanto ele comia o espaguete e bebia o café.

Falaram sobre livros e mangás. Ayumi recomendou seus escritores favoritos e ele recomendou alguns artistas de mangá. E logo duas horas se passaram.

– Ah, merda – ele soltou, vendo as horas num velho relógio. – Já são quatro da tarde.

Ele ia se atrasar para encontrar a avó antes de ela fechar a cafeteria, para seguirem juntos para o passeio noturno. Kyo pegou a carteira e tentou pagar, mas Ayumi não deixou. Então ele pediu o telefone dela, prometendo que se encontrariam de novo para que ele pudesse retribuir o favor.

Kyo foi embora com uma ginga jubilosa no caminhar. Já tinha namorado antes, claro, mas havia algo diferente em Ayumi. Ela era inteligente, falava bem e era uma ótima ouvinte. Era especialista em literatura, e ele sabia que podia aprender muito com ela. Sentia que ela o respeitava, apesar de ser um pouco mais novo. Kyo não queria se precipitar, mas estava empolgado.

○

Nas semanas seguintes, Kyo e Ayumi começaram a se encontrar com frequência.

Nos dias de folga dela, saíam para caminhar e conversar; quando ela estava trabalhando, Kyo se sentava ao balcão da cafeteria para beber café, trabalhar nos desenhos e conversar quando ela tinha um tempo livre. Desnecessário dizer que ele preferia os dias em que tinha sua atenção total, e tinha a impressão de que ela também preferia. Era incrivelmente fácil falar com Ayumi sobre qualquer coisa, e ela era tranquila e aberta com ele. Estava estudando na Universidade de Hiroshima, mas não quis lhe dizer qual curso e o fez adivinhar. Seu primeiro palpite foi literatura, por conta da conversa que testemunhara na biblioteca.

– Não – ela falou, balançando a cabeça. – Amo demais a literatura pra querer estudá-la. Nunca quis transformar o que amo no meu trabalho. Tive medo de que isso pudesse estragar a leitura pra mim.

Então Kyo chutou medicina.

– Sem chance, sou terrível com esse tipo de coisa. Também sou uma grande hipocondríaca. – Ela deu risada e seus olhos cintilaram. – Se eu precisasse estudar todas as doenças e condições, começaria a achar que tenho cada uma delas.

No final, Kyo desistiu de adivinhar, e ela lhe contou que estava estudando direito.

– Direito? – ele disse, derrotado. – Eu nunca teria adivinhado.

– Acho que é porque adoro histórias – ela falou, pensativa. – E adoro debater. Foi a única coisa que achei que lembrava literatura sem ser literatura. Os processos judiciais são nada mais, nada menos que as histórias de vida das pessoas. – Ela fez uma pausa, refletiu por um momento, depois riu. – E eu realmente quero conseguir um emprego no final dos estudos.

Kyo assentiu, melancólico. Desde aquela conversa com Takeshi, andava pensando bastante sobre o que queria fazer.

– E você? Está tentando entrar em medicina? – ela lhe perguntou.

Kyo suspirou.

– Isso.

– Você não parece muito animado – ela falou, preocupada.

– Não sei…

– Bem – ela disse, considerando o assunto devagar. – Não sei de muita coisa, mas eu diria que, se é pra passar o resto da vida fazendo algo, é melhor que seja algo que você queira fazer. Senão você só vai se tornar infeliz, não?

Kyo assentiu.

E se lembrou de Takeshi vendo as pessoas enxaguando a boca e cuspindo líquido rosa todos os dias.

Enxaguando e cuspindo.

Enxaguando e cuspindo.

●

Foi a gota d'água para Ayako.

Tinha ouvido boatos de que as notas de Kyo estavam caindo um pouco no cursinho, mas não era isso que a incomodava. O que realmente a incomodava era algo que notou enquanto tirava cópia do caderno de desenhos do garoto.

Fazia um tempo que Ayako descobrira que podia roubar o caderno quando iam juntos ao sentô à noite. Foi uma jogada complicada, e ela ficou muito satisfeita.

Ayako justificava o que estava fazendo em sua mente – estava tirando cópias do trabalho do garoto para guardá-lo e também "só para garantir". Tinha aprendido a lição com Kenji, que inesperadamente botara fogo em algumas fotografias tantos anos atrás. Kenji fizera isso aparentemente por acaso, deixando Ayako confusa; então acabou experimentando o doloroso arrependimento do filho dias depois. Kenji se enfiou no quarto e se recusou a falar com ela. Foram tempos terríveis para Ayako, em que ela não sabia como se comunicar com o filho. Essa foi a pior parte – não saber o que dizer.

Se tivesse cópias do trabalho de Kyo e ele fizesse algo parecido, ela poderia intervir e salvar o dia, tendo guardado todos os seus rascunhos. Sim, ela sabia que estava fazendo algo um pouco diabólico, mas era para o bem do garoto!

Kyo sempre deixava o caderno em casa quando saía para o banho – era fácil pegá-lo de vez em quando e escondê-lo no yukata. Ela fingia ir ao banheiro feminino e, quando ele estava seguro dentro do banheiro masculino, ela seguia para a loja de conveniência ao lado da casa de banho para tirar cópias dos desenhos novos que ele tinha produzido. Sakakibara-san, o homem que cuidava da loja, gentilmente guardava as cópias atrás do balcão para que ela as pegasse no dia seguinte, quando fizesse as cópias do cardápio escrito à mão da cafeteria.

Depois, ela voltava para a casa de banho, dava um mergulho rápido, levava o caderno para casa e o deixava exatamente no lugar onde o encontrara, fazendo o garoto secar e guardar a louça da janta para distraí-lo.

Certa noite, porém, enquanto estava na loja de conveniência, ela percebeu que Kyo mal tinha desenhado na última semana. E, ao examinar os desenhos dele no dia seguinte no café, percebeu uma tendência gritante: sua produção havia diminuído drasticamente desde que ele conhecera a tal de Ayumi.

Isso não ia funcionar.

Ela aceitara o conselho de Sato na última vez que falaram sobre a garota, mas aquilo estava indo longe demais. Ela tinha de descobrir o que estava acontecendo – uma coisa era a garota distraí-lo dos estudos, outra coisa era obstruir seu sonho de ser um artista de mangá. Ayako acenou a cabeça decididamente, escreveu um aviso e o prendeu na porta do café.

VOLTO EM DEZ MINUTOS
AYAKO

Ela desceu um pouco o shotengai, saiu da rua coberta e entrou num pequeno beco, passando apressada pela loja de CDs de Sato, torcendo para que ele não a visse, e seguiu para a estrada costeira. Caminhou ao longo da calçada à beira-mar até chegar ao lugar que procurava. Ficou estudando a placa.

YAMANEKO CAFÉ

Balançou a cabeça e entrou.

Sentou-se ao balcão e esperou alguém vir atendê-la. Pegou o cardápio com o logo do Yamaneko e ficou observando as opções. Que lugar mais espalhafatoso, Ayako pensou, olhando para os itens listados. Começou a dobrar o papel para passar o tempo, transformando-o num leque. Quando ergueu os olhos para o balcão, ficou surpresa com a garota que se aproximava sorrindo educadamente, vestida de um jeito impecável. Escondeu o cardápio na manga às pressas e fez uma expressão firme.

– Irasshaimase. A senhora gostaria de comer algo ou devo trazer uma bebida? – perguntou a garçonete.

Sua aparência, comportamento e maneira de falar eram extremamente educados.

Ela era segura e confiante.

– Não vou querer nada hoje – Ayako falou, severa. – Vim falar com uma garota que trabalha aqui, Ayumi.

A garçonete pulou de susto, mas manteve a compostura.

– Sou eu – ela disse, sorrindo e revelando covinhas nas bochechas. – Como posso ajudá-la?

– Pra começar, pode me contar suas intenções com meu neto.

– Intenções?

– Sim, o que quer com ele?

– O que quero com Kyo? – A garota juntou os dedos, então a estudante de direito emergiu. – Acho que não quero nada em particular. A gente gosta da companhia um do outro. Estamos nos conhecendo. Ele é um cara interessante. A senhora tem um neto adorável. Deve estar orgulhosa.

Ayako ignorou o cumprimento e foi direto ao ponto:

– Então você não o leva a sério?

– Eu o levo muito a sério. Gosto bastante dele. Gostamos de passar tempo juntos. – Ela fez uma pausa. – Mas, sem querer ser grosseira, isso é realmente da sua conta?

Ayako ficou boquiaberta. A pergunta não era totalmente agressiva, mas era um desafio evidente. Ela estudou o rosto da garota, procurando alguma rachadura ou fraqueza.

– Ele é meu neto. Claro que é da minha conta.

– Mas a vida é dele. Com certeza ele pode fazer amizade com quem quiser, não?

– Então você só quer ser amiga dele? Não está interessada romanticamente? Já contou isso pra ele?

– Não sei o que quero da nossa relação. Como disse, ainda estamos nos conhecendo. Não quero desrespeitá-la, mas os tempos mudaram. Não estamos discutindo um omiai, um casamento arranjado, certo? Estamos falando do seu neto, e ele deve decidir com quem quer passar o tempo. Afinal, a vida é dele.

Ayako ficou indignada. Que ousadia daquela jovem. Que ousadia.

– Quem você pensa que é, falando com uma cliente desse jeito? – Ayako sibilou. – Não tem respeito? – Ela ergueu um pouco a voz enquanto falava essas últimas palavras. As pessoas no café se viraram para observar a cena.

Ayako viu uma mudança no semblante da garota, como se ela tivesse se lembrado de que estava trabalhando – afinal, ainda não era uma advogada num tribunal; era apenas uma garota de avental trabalhando numa cafeteria. Ayumi corou. Apesar de Ayako não ter pedido nada, tecnicamente era uma cliente, e *kyakusama wa kamisama* – o cliente é um deus.

– Peço desculpas – ela disse, fazendo uma mesura profunda. – Falei fora de hora.

– Exatamente – Ayako respondeu, abaixando o tom. – Você tem sorte de eu não chamar o gerente. Agora escute aqui, mocinha.

Ayako apontou o dedo para a garota, e ficou satisfeita ao ver os olhos dela se arregalando quando percebeu que lhe faltavam alguns dedos. Isso lhe enviaria uma mensagem.

– Aquele garoto passou por muita coisa na vida, e está enfrentando muita coisa agora. Não vou deixar que alguém que não o leva a sério o distraia ou parta seu coração. Não estou pedindo muito, só que você o deixe em paz durante esse período difícil. – Ayako olhou a garota de cima a baixo. – Não gosto que você o veja, a menos que saiba o que quer dele e aprenda a respeitar os mais velhos. Tire um tempo para pensar no que você quer. Não mexa com ele. Não permitirei que você interfira na vida dele.

Ayumi assentiu feito uma criança repreendida enquanto Ayako espumava e fumegava.

– Entendi – a garota falou com gentileza. – Desculpe por ter lhe causado incômodo, foi extremamente grosseiro da minha parte. Vou dizer a Kyo que não posso mais vê-lo. Vou falar para ele se concentrar nos estudos e para não nos encontrarmos até o vestibular passar.

– É tudo o que peço – Ayako disse. – É muito difícil?

– Vou fazer exatamente o que a senhora está pedindo, se acha que é o melhor para Kyo. – Depois, acrescentou com tristeza: – Só quero que ele seja feliz.

Ayako ficou de pé e saiu abruptamente sem dizer mais nada. Voltou às pressas para o café, caminhando o mais rápido que conseguia, e, quanto mais perto estava, mais se permitia respirar.

Ainda assim, as palavras que tinha acabado de dizer ecoavam em sua mente.

Não permitirei que você interfira na vida dele.

E continuaram voltando e assombrando-a o resto do dia. Foi só quando viu Kyo caminhando em sua direção enquanto ela fechava a veneziana que começou a esquecer exatamente o que havia dito à garota.

Eles subiram a montanha juntos, pararam no caminho de volta para alimentar e acariciar Coltrane, e Ayako deixou a resolução crescer dentro de si.

Tinha feito a coisa certa.

Era a coisa certa a fazer, a longo prazo.

☯

Kyo desligou o telefone.

Pelas respostas dele, Ayako adivinhou o que a mãe lhe dissera.

– Não precisamos ir hoje, sabe? – Ayako falou. – Podemos esperar e ir outra hora, quando ela também puder ir.

– Não – Kyo disse, decidido. – As folhas vão cair se não formos hoje.

A mãe de Kyo cancelara mais uma vez a viagem que tinha planejado para ver as folhas de outono na ilha de Miyajima, então Ayako e Kyo embarcaram no trem local para a ilha sozinhos. O clima estava um pouco tenso – Ayako sabia que o garoto estava decepcionado com mais uma promessa quebrada. Kyo sentiu que Ayako queria acalmá-lo, o que o deixava desconfortável. Ele tinha o direito de ficar chateado.

Alguns meses antes, Kyo mencionara de passagem que ainda não tinha visto o portal torii vermelho nas águas de Miyajima, e Ayako pareceu surpresa.

– Você ainda não foi lá?

– Não.

– Mas é uma das três grandes vistas do Japão! – Ayako falou, chocada. – Como pode ainda não ter ido lá?

– Se a senhora não me mantivesse com uma rédea tão curta, eu poderia ir.

– Olhe a boca, mocinho! – Ayako falou, agitando o dedo para ele.

Enquanto atravessavam a estação para pegar o trem rumo a Miyajima, eles cumprimentaram o chefe de estação Ono, que saiu correndo na direção deles.

– Kyo! – ele falou, animado. – Você acabou de perder Ayumi! Ela pegou o trem para Saijo.

– Ah – disse Kyo, tentando indicar para Tanuki com os olhos que a situação era estranha, pois ainda não tinha contado nada a Ayako.

Fazia uns dias que não tinha notícias de Ayumi. Kyo olhou para a avó, mas por sorte ela parecia distraída, observando o cronograma do trem.

– Pra onde estão indo? – Ono perguntou, percebendo a angústia de Kyo e mudando de assunto.

– Miyajima – o garoto respondeu.

– Ah, que inveja! Tirem fotos das folhas por mim.

O trem chegou e eles se despediram de Ono, que acenou da plataforma enquanto se afastavam.

As montanhas e vilarejos passavam lentamente pela janela do vagão. As folhas das árvores que cobriam os montes tinham tons de vermelho, amarelo, âmbar, dourado e laranja. Kyo bebia um café quente que tinha comprado na máquina da plataforma. Ayako bebericava uma garrafinha de chá verde que tinha trazido de casa.

Kyo trazia consigo um livro que Ayumi lhe dera na última vez que se encontraram.

O título era *Litorais desolados*, e o autor era Nishi Furuni. Ela o elogiara muito, dizendo que era seu escritor favorito e que Kyo devia ler aquele livro em particular. Kyo não gostava muito de romances, preferindo mangás, mas foi em frente porque queria agradar Ayumi. Ela comentara astutamente que, se ele quisesse ser um artista de mangá, teria de entender a arte de contar histórias, e não havia melhor maneira de fazer isso do que com romances. Aos poucos, ele estava começando a gostar bastante do livro, mas naquele dia, no trem, se percebeu distraído, mexendo no celular.

– O que está fazendo com essa coisa? – Ayako perguntou. – Sempre com essa coisa na mão!

– Nada… – Ele guardou o aparelho e suspirou.

Na verdade, Kyo estava esperando uma mensagem de Ayumi, mas não queria falar sobre ela com a avó.

– Está triste que sua mãe não pôde vir? – Ayako perguntou.

– Sim.

– Não seja tão duro com ela. Ela está se esforçando.

– Eu sei.

– É difícil ser mãe solo.

Kyo assentiu e falou:

– Mas, pensando bem, é estranho.

– O quê? – Ayako perguntou.

Kyo a encarou.

– Nós dois crescemos apenas com nossa mãe cuidando da gente.

– Sim – Ayako disse, de repente sentindo dificuldade para respirar. – É verdade.

Um desconforto tomou conta deles enquanto pensavam obviamente nos dois grandes elefantes brancos no canto do vagão. Ambos tinham perdido os pais ainda jovens. Tinham muita coisa em comum. Quando criança, Ayako prometera a si mesma que tentaria criar uma família estável e segura para seu filho, depois de ver a própria mãe batalhando tanto sozinha. Mas o destino interveio e ela acabou perdendo o marido cedo demais. O mesmo acontecera com o neto. Kyo experimentara quase a mesma dor. Se ao menos pudessem falar sobre ela... Mas não tinham as palavras certas.

– O que está lendo? – Ayako perguntou, mudando de assunto.

– Só um livro – Kyo respondeu, desanimado.

– Que livro? – Ayako insistiu.

Ele lhe mostrou a capa:

– *Litorais desolados*.

– Ah, uau – ela falou, surpresa. – É um clássico. Um dos meus favoritos. Desde quando você lê Nishi Furuni? Foi Michiko da biblioteca quem o recomendou?

– Não. Minha amiga me deu.

– Que amiga?

– Ninguém que a senhora conhece – Kyo falou, encerrando a conversa.

Ayako olhou pela janela. Então a garota dera aquele livro para ele.

Pelo menos ela tinha bom gosto para leitura.

Eles chegaram à estação Miyajima-guchi por volta da hora do almoço, e Kyo implorou para comerem um lámen, mas Ayako não cedeu. Ela sabia exatamente onde o levaria para almoçar, pois tinham um tempinho antes de pegar a balsa para a ilha. Ela o arrastou para um restaurante de madeira precário perto do porto. Kyo estudou o cardápio.

– Enguia no arroz? – ele perguntou.

– Sim. – Ela sorriu. – É o melhor. Espere e verá.

Pediram duas porções de arroz com enguia, e Ayako ficou satisfeita ao ver os olhos de Kyo se iluminarem quando serviram a comida. Não sobrou nem um grãozinho na tigela.

Quando terminaram o almoço, embarcaram na balsa que os levou para a ilha de Miyajima. O tempo estava perfeito, com céu azul e nuvens baixas. O sol estava parcialmente escondido, lançando raios luminosos na água. As árvores da ilha irradiavam cores outonais.

Todos na balsa se moveram para a lateral do barco para observar o famoso torii, que parecia flutuar na água durante a maré alta.

Eles desembarcaram e caminharam sem pressa pela antiga trilha de pedra que levava a um mirante à beira-mar em frente ao santuário. Enquanto avançavam, os cervos selvagens da ilha perambulavam sob os bordos vermelhos. Alguns se aproximaram da dupla para pedir comida.

– Pra trás, seu safado – Ayako falou ferozmente.

– Mas eles são tão fofos! – Kyo disse, chocado. – Como a senhora pode falar assim?

– Espere só até levar uma mordida na bunda – Ayako falou, dando risada. – Ou uma cabeçada. Quero ver se ainda vai achá-los fofos.

Conforme se aproximavam do santuário, Ayako puxou a manga de Kyo.

– Ainda não – ela falou, balançando a cabeça. – Vamos dar uma volta.

Ela seguiu na direção oposta à da multidão, e os dois subiram até o topo da montanha. Estavam sozinhos – a maioria dos visitantes simplesmente caminhava ao longo da costa para ver o torii, depois gastava algum dinheiro nas lojas e restaurantes da rua antes de pegar a balsa de volta. Claro que Ayako preferia um desafio.

Quando chegaram ao cume, Kyo ficou grato pela paisagem colorida pelas folhas de outono. Ao olhar para a baía, entendeu por que tinham ido até ali. Já tinha visto infinitas fotos do santuário flutuante na internet, mas nunca daquele ângulo. Mais uma vez, sua avó lhe mostrava um novo jeito de ver a vida.

Tirou uma foto com o celular, pensando em fazer um desenho depois. Ayako resmungou:

– Sempre com essa coisa.

Enquanto guardava o aparelho, Kyo recebeu uma mensagem de Ayumi:

Oi, Kyo,
Preciso falar com você. Podemos nos encontrar amanhã?
Bjs, Ayumi

Kyo ficou estudando o texto, ouvindo alarmes soarem na cabeça. Preciso falar com você.

Ayako já estava descendo a montanha. Kyo colocou o celular no bolso e foi atrás dela. Mas ficou preocupado com a mensagem de Ayumi.

Quando finalmente voltaram para o mirante, pararam para observar o sol se pôr atrás do santuário. Conforme o astro se escondia devagar, o céu foi assumindo gloriosos tons de rosa e roxo. Kyo tirou tantas fotos quantas conseguiu. Ayako o observou, sentindo-se estranhamente como-vida. Seu rosto, seus olhos, sua expressão... Toda a sua postura mudava quando ele tirava fotos. Ele ficava mais parecido com Kenji quando estava concentrado em alguma tarefa criativa. Era isso que Ayako gostava na expressão de Kyo sempre que ele desenhava – isso a fazia viajar no tempo, para quando Kenji se debruçava sobre o pincel e a tinta, compondo os intrincados e fluidos caracteres de seus pergaminhos caligráficos, ou quando se agachava sobre os negativos, escolhendo fotos para ampliar e imprimir. Ayako se perguntou se era por isso que queria encorajar Kyo a desenhar – para trazer de volta uma versão de Kenji que ela perdera havia muito tempo, mesmo antes de sua morte.

Estavam lado a lado na beira d'água. Kyo, ansioso para responder à mensagem de Ayumi, pegou o celular e começou a digitar.

– Sabe... – Ayako começou e depois parou de falar, sem querer atra-palhá-lo.

Kyo ergueu os olhos do celular e o guardou no bolso, sentindo que era um momento importante.

– Sim? – ele perguntou.

– Deixa pra lá – Ayako falou, abanando a mão.

– Fale, vovó. Por favor, fale o que a senhora ia falar.

Ela balançou a cabeça, mas depois mudou de ideia.

– Você é igualzinho a ele – Ayako disse, ainda encarando o sol se pondo lentamente atrás do torii. – Especialmente quando está tirando fotos ou desenhando. Você é a cara do seu pai quando ele tinha a sua idade. E tem o olho dele pra capturar a beleza.

Kyo estudou o rosto da avó sob a luz morna do entardecer.

Seu coração bateu forte dentro do peito, e uma ternura se espalhou por seu corpo. Kyo olhou para o sol. Eles ficaram ali, lado a lado, por um tempo, até que a noite os envolveu em cinza. Caminharam até a balsa para voltar para casa.

Ele nem precisou pedir, e ela falou sobre ele.

Ayako *vs.* A Montanha:
Parte três

Certa noite, estavam sentados no kotatsu jogando Go quando Kyo finalmente reuniu coragem para mencionar aquela matéria de jornal. Apesar de já fazer meses que a descobrira, ele sabia que a avó nunca acreditaria que ele a encontrara por acaso, então nunca falara nada.

– Vovó – ele disse com cuidado. – Pode me contar o que aconteceu no Monte Tanigawa, por favor?

Ayako ergueu os olhos para ele devagar.

Todo o corpo de Kyo ficou tenso, preparando-se para a tempestade que poderia vir.

Mas não veio nenhuma tempestade.

Ayako deu risada. Sua expressão relaxou. Na verdade, ela gargalhou.

– Ah, foi um desastre! – Ela balançou a cabeça. – Quem te contou? Foi Sato? Aquele velho tagarela.

– Só ouvi boatos. Algumas pessoas comentaram. – Kyo torceu para ela não perceber que estava mentindo.

Ela colocou uma pedra preta no tabuleiro.

– Sua vez.

Kyo hesitou de novo. O relógio na parede fez barulho.

– Mas, vovó… – Ele pegou uma pedra branca. – Não vai me contar o que aconteceu?

– O que aconteceu quando?

– Na montanha.

– Claro, posso te contar tudo. Mas a história exige algum contexto.

Kyo assentiu. Ayako respirou fundo e começou:

– Descobri as montanhas quando era adolescente. Minha mãe passou tanto tempo da minha infância de luto que eu arranjava qualquer desculpa pra me refugiar nas montanhas, pra desaparecer na natureza. Era a única atividade que me acalmava, algo que me fazia sentir que havia algo maior no mundo que minha própria raiva e a tristeza da minha mãe. Eu era uma pessoa raivosa. Ainda sou. Acho que ter meu pai arrancado de mim tão cedo me fez questionar o universo... Por que tive tanto azar desde o início?

Kyo se viu absorto na história, e mais próximo dela do que nunca. Eles tinham tanto em comum. Ficou imóvel, sem querer perder uma palavra.

– Quando eu saía pra caminhar e ficava cercada pela natureza e por todo o ambiente, a falta de controle era algo libertador. Meus probleminhas viravam só isso, e a grandeza das montanhas me tranquilizava. Me acalmava. Alguns anos depois, descobri os textos de Tabei-san.

– Quem? – Kyo perguntou.

– Nunca ouviu falar de Tabei Junko-san? – Ayako perguntou, boquiaberta de espanto.

Kyo balançou a cabeça.

– Bem, pois devia. Ela foi a primeira mulher do mundo a subir o Everest. E era japonesa, claro. Quando li os ensaios dela, um fogo se acendeu dentro de mim. Percebi que até uma mocinha japonesa feito eu podia conquistar grandes coisas. Que o mundo físico não impõe limites às pessoas, como a sociedade faz.

"Durante toda a minha vida, me disseram o que eu podia e não podia fazer como mulher, mas ali estava uma mulher que ignorou todas essas baboseiras, seguiu em frente e mostrou pra todo mundo o que era capaz de fazer com suas ações, não só com palavras. Enfim, Tabei-san me inspirou. Eu li tudo dela que pude encontrar.

"E, quando estava na universidade, conheci seu avô. Nós dois éramos membros do clube de alpinismo, e logo me apaixonei perdidamente por ele. Ele tinha algo especial. Era bonito, claro, e as outras garotas viviam atrás dele. Mas ele era diferente... ele era obcecado pelas montanhas. Assim como eu. Vários caras participavam do clube só pra fazer amigos ou conhecer garotas. Mas nunca senti isso no seu avô. As montanhas eram o que ele mais apreciava na vida.

"A gente saía em expedições todo fim de semana, e acho que nós dois tentávamos nos conter para poder conversar enquanto caminhávamos. Mas, no dia em que me apaixonei... não, é bobagem."

Kyo gesticulou para que ela continuasse.

– Bem, ainda lembro que ele me deu o onigiri dele no dia em que me esqueci de levar meu lanche. Ele disse que tinha dois, então comi tudo. Acho que foi o melhor onigiri que já comi na vida. Daí percebi que ele não estava comendo. Pelo seu sorriso, me dei conta de que ele só tinha levado um, o que eu tinha comido. Ele me disse que tinha sido mais satisfatório me observar comendo do que se ele mesmo tivesse comido. E foi isso. Eu me apaixonei por ele perdidamente. Sei que deve parecer estranho, mas cada vez que ofereço onigiri pras pessoas no café, é em homenagem a ele.

Ela fez uma pausa e ajeitou a postura antes de continuar.

– Mas o negócio do seu avô era que ele me respeitava de verdade, acima de qualquer expectativa social colocada sobre mim. Ele me disse que éramos um time. E éramos mesmo. Abrimos o café juntos, com o dinheiro que ele tinha herdado dos pais depois que eles morreram. Batizamos o lugar de EVER REST porque gostávamos do trocadilho. A ideia era que nos revezaríamos nas expedições: um de nós ficaria cuidando do café enquanto o outro estivesse escalando. Seria nosso lugar de descanso.

"Mas, quando o seu pai nasceu, as coisas mudaram. Não pude me manter tão ativa na gravidez, e, pra ser sincera, fiquei ressentida com o pequeno Kenji por atrapalhar minha maior paixão na vida. Mas seu avô surpreendentemente se manteve fiel ao que prometera e, em vez de me mandar ficar em casa cuidando de Kenji, me concedeu liberdades que a maioria das mulheres da minha idade tinha de lutar pra ter. Ah, passamos vários anos numa felicidade perfeita. Mas tudo que é bom acaba um dia."

Ayako suspirou.

Kyo colocou a mão na mesa, sem ousar tocar em Ayako. Os olhos dela estavam ficando marejados.

– Daí veio o Monte Tanigawa.

– Vovô morreu na montanha?

Ela fungou e assentiu.

Guardou a pedra preta que estava segurando de volta no pote e se perdeu em pensamentos, olhando para o tabuleiro. Então falou, com a cabeça baixa:

– Foi a primeira expedição do seu avô depois de um longo tempo. Eu que o encorajei a ir às montanhas de novo, porque uns amigos dele do clube de alpinismo tinham conseguido levantar um dinheiro com patrocinadores pra cobrir a empreitada. Eu falei pra ele ir, disse que cuidaria do seu pai sozinha. Era a vez dele de aproveitar. Não sabia que ele nunca mais voltaria.

Ayako olhou para o tabuleiro com um sorriso irônico.

– E esse foi o começo da minha vida de mãe solo. Desisti do alpinismo e mergulhei nos cuidados com o seu pai. Tentei viver indiretamente através dos sucessos dele, incentivei sua paixão pela fotografia. Mas ele queria seguir os passos do pai e, bem... fiz o que pude pra mantê-lo longe das montanhas. Só que, bem, sabemos o que aconteceu depois... Não sei... acho que fui dura demais com ele. Parte de mim se ressentia de ter de cuidar daquela criança sozinha, de ter de abandonar as montanhas. Fiquei aterrorizada quando ele ficou interessado no montanhismo, e fiz de tudo pra mantê-lo longe disso. Sei que minha primeira reação geralmente é raiva, e não fui uma mãe boazinha. Sei disso agora. Foi meu maior fracasso na vida.

Ela enxugou uma lágrima da bochecha.

Kyo mordeu o lábio.

– Não precisa falar disso, vovó, se for angustiante pra senhora.

Ayako balançou a cabeça.

– Não, quero te contar minha história. É importante.

Ela continuou:

– Depois que seu pai tirou a própria vida, pensei em fazer o mesmo. Tinha perdido tudo o que era importante pra mim, e não entendia o que tinha feito errado. Parecia até que havia algo me punindo, uma grande força do universo tirando sarro de mim, que se divertia brincando comigo, com minha vida e meus entes queridos. Tudo o que eu amava tinha sido arrancado de mim em diferentes momentos da minha vida. Não tinha mais pelo que viver, e tinha dificuldade até de sair da cama de manhã. Eu bebia muito. Brigava com as pessoas. Perdi a vontade de viver. Me distanciei de você e da sua mãe. Cheguei perto de me perder.

– Eu não sabia disso – Kyo falou, sacudindo a cabeça. – Minha mãe nunca me contou nada.

– Ah, ela não sabia a história toda. Estava ocupada com o próprio luto, com o trabalho e com você.

– Então o que aconteceu?

– O alpinismo me encontrou de novo – Ayako falou, sorrindo. – Me joguei nas montanhas. Recuperei a forma física. Eu não me preocupava mais com a vida e fui assumindo riscos cada vez maiores. Levei meu corpo ao limite absoluto. Não ligava mais pra dor. Já tinha perdido tudo mesmo. Era imprudente ao escalar paredes de pedra ou gelo. Fazia as rotas mais insanas, das quais todo mundo tinha medo. E tudo parecia compensar. Minha habilidade era inegável. Era como se eu tivesse nascido de novo. Me tornei a alpinista que sempre sonhei ser, e não me importava se ia viver ou morrer. Só queria uma coisa, uma única coisa: escalar.

Ela parou e olhou para o relógio.

– Falta pouco para a hora do banho.

Kyo ficou pasmo.

– Vovó! Por favor, termine a história!

Ayako franziu o cenho.

– Bem, isso não durou muito. No meu egoísmo, fiz algo imperdoável. Decidi subir o Monte Tanigawa sozinha, carregando parte das cinzas do seu pai. Queria levá-lo pra montanha, pra colocar as cinzas dele na placa em homenagem ao seu avô. Fiquei obcecada com essa ideia. Ignorei as precauções de segurança e fui durante o auge do inverno, perto do aniversário de morte do seu avô. Tudo o que eu queria era reunir as cinzas do seu pai com o espírito do seu avô. O corpo dele nunca foi encontrado e eu vivia atormentada com a ideia de que ele assombraria a montanha, perdido e sozinho. Assim, ele teria a companhia do seu pai.

"Então segui sozinha, sabendo que, se eu saísse cedo, na calada da noite, teria mais tempo pra chegar ao cume e voltar. Eu não sabia, mas não tinha mais ninguém na montanha naquele dia. Se tivesse sido cuidadosa, teria ouvido as notícias pelo rádio e saberia da tempestade que se aproximava. Se tivesse contado os meus planos para alguém, não teriam me deixado ir. Mas eu estava determinada a alcançar o cume a qualquer custo.

"Então fui sozinha pra montanha. Ignorando os riscos, saí na escuridão, no meio da noite.

"No começo, estava tudo bem. Eu avançava num bom ritmo, forçando meu corpo dormente. Segui em frente, sentindo no fundo dos ossos que podia enfrentar aquela montanha. Eu era capaz de suportar qualquer dor que meu corpo viesse a sentir. Quando o sol nasceu, continuei firme, estava indo muito bem. Já podia ver a pedra com a placa em homenagem ao seu avô ao longe, e senti uma empolgação subindo pela alma. Eu ia conseguir.

"Cheguei até a placa, finquei a pequena urna com as cinzas do seu pai numa fenda na rocha e fiz uma oração para os dois e para a montanha.

"Quando virei as costas, vi nuvens escuras de tempestade no horizonte. Sabia o que significavam, mas estava tomada pelo orgulho. E também não me importava se ia viver ou morrer. Eu deveria ter começado a descida naquela hora, mas decidi fazer o contrário. O cume estava à vista e eu queria alcançá-lo, tê-lo só pra mim. Continuei avançando até perceber de repente que a tempestade estava vindo com força. O vento me açoitava com uma velocidade inacreditável, levantando pedrinhas de gelo. Meu ritmo diminuiu bastante ao longo da manhã e era como se eu estivesse pisando na lama. Os grampos dos sapatos pesavam enquanto eu dava um passo lento e trabalhoso após o outro. Quase não fiz nenhum progresso."

Kyo levou as mãos ao rosto, horrorizado.

– Por que a senhora continuou?

– Isso se chama febre do cume. – Ayako deu risada. – É quando os montanhistas ficam tão obcecados em alcançar o topo que não conseguem parar. Não conseguem dar as costas pra montanha e desistir.

– E aí?

– Continuei mais um pouco até ver como a coisa estava ficando perigosa. Quando o vento sopra tão forte que te derruba, você começa a entender que aquilo não é piada. A natureza é muito mais forte do que podemos imaginar. Comecei a entender o quão frágil meu corpo era diante da natureza. Fiquei com medo. Você provavelmente não vai acreditar, mas ouvi a voz do seu avô na minha cabeça me dizendo: "Volte, Aya-chan".

"Então decidi voltar. Percebi que tinha cometido um erro e que aquilo *era* suicídio. Em vez de felicidade, senti puro medo. No fundo, queria viver. Mas, quando me virei pra descer a montanha, a gravidade da situação me atingiu. Não conseguia enxergar nada. O vento transformou a neve numa espessa névoa branca que se agitava violentamente ao meu redor, e eu não fazia ideia de onde estava. Em pânico, tropecei numa pedra e caí no chão, e senti uma pontada afiada no tornozelo. Tentei me levantar, mas uma dor agonizante percorreu minha perna. Tinha quebrado o tornozelo."

Ayako foi interrompida pelo celular de Kyo vibrando. Era a mãe dele. Ele se levantou.

– Um segundo, vovó. Desculpe!

Ele saiu correndo da sala e ela o ouviu dizendo desesperado, mas com delicadeza, que sim, estava tudo bem, mas que não podia falar naquele momento.

Ayako se inclinou para trás e olhou para as estrelas pela janela. O que diria ao garoto? O que queria lhe transmitir com aquela história? Talvez devesse lhe contar que passara a noite enfiada numa saliência enquanto o vento soprava ao seu redor, se esforçando para se manter acordada, sem se deixar cair na inconsciência – com medo de se esvair durante a noite, virando mais um cadáver congelado sacrificado na Montanha da Morte, junto com tantos outros. Durante todo aquele tempo em que esteve lá, sozinha, ela sabia que precisava continuar se mexendo. Conhecia muito bem aqueles perigos, mas a tempestade a obrigara a parar.

Seu marido e seu filho foram visitá-la na encosta da montanha e lhe disseram para seguir em frente. Para viver. E foi isso que lhe deu forças para se arrastar montanha abaixo, rastejando. Só que ela nunca contara essa parte a uma alma sequer. Ela sabia que, se dissesse aos outros que tinha visto fantasmas na montanha, elas apenas diriam que eram alucinações devido à condição extrema, mas Ayako sabia que eles eram reais. Sabia que havia algo a mais naquelas visões. Elas significavam que os dois ainda estavam ali. Ela os vira, e eles lhe disseram para não desistir. Ambos a incentivaram a lutar pela vida.

Kyo voltou acanhado, e ela continuou:

– Não vou ficar enrolando porque você sabe como a história termina: estou aqui agora falando com você, não é? Então você já sabe que consegui descer a montanha. Mas tem algumas coisas que ficaram bem cristalinas na minha mente. Lembro de ficar debaixo de uma saliência tentando me manter acordada. Lembro que a tempestade passou e, de repente, o silêncio da noite me cercou. Lembro de olhar pro céu escuro pensando uma coisa que não pensava fazia muito tempo: *quero viver*. Quando me vi tão perto da morte, soube que não estava pronta pra morrer. Senti fascínio e encantamento por este mundo em que vivemos. A existência é incrível. A probabilidade de estarmos aqui, de termos sobrevivido como espécie neste minúsculo pedaço de planeta, é ínfima... Fui tomada pelo desejo de continuar, de experimentar mais dessa coisa que chamamos de existência. Percebi como a vida é preciosa.

"Assim, lutei contra meu próprio corpo. Meu corpo pedia que eu me deitasse e dormisse, mas eu sabia que, se fizesse isso, jamais acordaria. Então estabeleci pequenas metas. Eu precisava descer a montanha e sabia que era um caminho incrivelmente longo. Mas falei pra mim mesma: olhe, tudo o que você precisa fazer é ficar de quatro. Só isso. Daí me esforcei pra conseguir ficar nessa posição. E, quando finalmente consegui, falei: certo, agora vá até aquela pedra ali. Só até aquela pedra. Você consegue. Então me arrastei até lá. Quando cheguei na pedra, estabeleci a próxima pequena meta.

"E continuei assim, sob a calmaria das estrelas, rastejando montanha abaixo um pouquinho de cada vez, banhada pelo luar, sem nunca me permitir descansar. Eu tinha de descer o máximo possível se quisesse chegar em casa viva. Não podia confiar que alguém viria me resgatar. Até que o sol do outro dia nasceu, tornando as coisas ainda piores. Ele me fritou. Eu tinha esgotado meu suprimento de água, abandonado minha mochila, e não tinha fogareiro pra derreter gelo pra beber. Tinha perdido minhas luvas e minhas mãos estavam expostas ao frio. Meu corpo estava quente, mas eu sabia que era só um sintoma das condições extremas. Lutei bravamente contra a vontade de arrancar as roupas, sabendo muito bem que, se eu tirasse o casaco, estaria morta. Tudo o que eu precisava fazer era descer a montanha o mais rápido possível. Estava ficando sem tempo. Cada segundo que eu desperdiçava me levava pra mais perto da morte.

"Só que, enquanto eu rastejava, comecei a ficar extremamente consciente do tamanho da minha sede. Só conseguia pensar em água. Gargalhei feito uma doida pensando na ironia da situação: estava cercada de água, congelada feito gelo, mas sem poder beber. Minha língua inchou e ficou seca na boca e tudo o que eu ouvia era o som da água. Na minha cabeça, eu só visualizava uma piscina de água. Pensei no laguinho do meu jardim, debaixo dos bordos, na água escorrendo pelo bambu até chegar ao lago. Na água fazendo *ping ping ping*, nas ondulações provocadas pelas gotas. Estava ficando louca. Água… Uma coisinha tão simples que damos por certa na nossa vida cotidiana. À qual eu não tinha acesso.

"Mas continuei em frente. Fiquei mais frustrada ainda ao chegar em uma das cabanas de emergência da montanha. Estava vazia, não havia ninguém ali. Chorei um pouco pensando que era aquilo, eu ia morrer. Ainda tinha um longo caminho a percorrer e ia acabar morrendo de sede. Mas, depois de uns vinte minutos, percebi que isso não me levava a lugar algum. Então segui adiante, me arrastando, determinada a sair da montanha. Determinada a viver.

"Quase desisti, mas não parei. E foi assim que soube que minha vida seria diferente se eu conseguisse chegar em casa em segurança."

– O que aconteceu?

– Eu continuei. Nunca desisti. Alcancei o pé da montanha e fui descoberta por uns caras da equipe de resgate, que me levaram pro hospital às pressas. Os dias de recuperação foram estranhos. Algumas pessoas pareciam constrangidas, como se eu tivesse falhado.

"Mas eu sabia a verdade, Kyo. Eu não tinha falhado, pelo contrário. Tinha vencido! Foi um ponto de virada na minha vida. Nunca vou me esquecer. Foi um sucesso ressonante, algo de que jamais vou ter vergonha. Aprendi com meu erro que a vida é sagrada."

Ela olhou para o relógio.

– Hora do banho.

○

Kyo não conseguiu dormir naquela noite.

Quando fechava os olhos, imaginava Ayako sozinha na montanha, olhando para as estrelas. Lembrou-se dos pensamentos egoístas que tivera no passado, de acabar com a própria vida. Lembrou-se do "mergulho" idiota que dera no rio de Hiroshima no verão. E ficou morrendo de vergonha. Ele realmente não pensara em como ela se sentiria se ele fizesse a mesma coisa que o filho fizera. Fora tão insensível.

Mas tinha aprendido muito com a história dela, e aos poucos a culpa e a vergonha foram substituídas por um respeito poderoso pela avó. Ela tinha experimentado coisas muito piores que ele e aguentara firme. Era inspiradora.

Na manhã seguinte, Kyo começou a trabalhar numa série de pinturas que planejava expor no hostel de Jun e Emi em janeiro. Manteve tudo em segredo, não querendo mostrar as obras para a vó, com medo do que ela diria.

Flo: Inverno

Flo se enterrou no kotatsu com o livro na mão, tentando se manter aquecida. Passou os dedos pelo cabelo e ficou chocada com a oleosidade. Durante todo aquele tempo, não tinha tomado banho.

Lily tinha desaparecido havia duas semanas. Tudo aconteceu rápido: ao voltar da cafeteria, Flo percebeu de imediato que o apartamento estava gelado. Tinha deixado a janela aberta como sempre – o que provavelmente foi uma estupidez, já que era inverno. Mas ela gostava de deixar a janela aberta para que Lily pudesse entrar e sair. A gata não ficava perambulando por aí, mas gostava de se sentar na varanda para observar o mundo.

Flo ficou preocupada quando a chamou para comer e ela não apareceu. A gata não estava em lugar nenhum do apartamento, e não veio nem quando Flo a chamou do lado de fora.

Flo não saíra do apartamento desde então, com medo de que Lily voltasse enquanto ela estivesse fora.

Estava ignorando o celular e o computador. Ficava apenas lendo trechos do surrado exemplar de *Som de água*, anotando coisas nas margens ou num caderno que mantinha por perto. O livro estava quase caindo aos pedaços – a lombada estava toda amassada; o texto, completamente sublinhado; as páginas, dobradas nos cantos, com Post-its de cores diferentes fazendo as vezes de marcadores. Flo se esquecera até de seu próprio código de cores. Não parecia mais importar tanto. Ela só se concentrava nas palavras, querendo passar mais tempo com Ayako e Kyo todos os dias. Pelo menos aquele era um mundo sobre o qual ela tinha algum controle.

Lá fora, o clima estava terrível. Dentro do apartamento não estava muito melhor.

⁛

Flo abriu o laptop para fazer um cartaz anunciando: GATA PERDIDA. Planejava imprimi-lo em alguma loja de conveniência e espalhá-lo pela cidade. O que mais poderia fazer? Ficava decididamente enjoada só de pensar na gata passando frio por aí. Sim, Lily era uma gatinha de rua quando ela e Yuki a adotaram. Flo se lembrava dela claramente – era uma adorável gata de pelos longos e brancos com uma mancha preta no peito, olhos verdes e rabo grande e peludo. Elas a encontraram chorando num beco frio quando saíram para dar uma volta. E se todo aquele tempo com Flo tivesse feito Lily esquecer como sobreviver na rua? E se ela estivesse com fome, com medo ou machucada?

Ela *tinha* de encontrá-la.

Quando abriu o laptop, recebeu uma ligação de Kyoko. Deixou o celular tocar, ignorando-o totalmente, como fizera com todas as outras ligações que recebera nas últimas duas semanas. Os e-mails se acumulavam em sua caixa de entrada, assim como as mensagens no celular. Flo ignorava tudo.

A ligação caiu e, alguns segundos depois, Kyoko escreveu:

ATENDA AGORA, SENÃO VOU APARECER AÍ NA SUA CASA.

O estômago de Flo se contorceu. Não queria falar com ninguém. Não queria lidar com seres humanos reais. Só queria ficar em paz com Kyo e Ayako, ou que Lily voltasse para casa.

Kyoko ligou de novo. Desta vez, a mão de Flo ficou pairando no botão de rejeitar a ligação antes de finalmente atender.

– Alô?

– Flo, você está bem?

– Claro, estou bem. – Até a própria Flo percebeu como sua voz soava robótica. – O que foi?

– O que… o que foi? – Kyoko parecia chocada. – Faz duas semanas que você não atende o telefone nem responde aos e-mails. Flo… o que diabos está acontecendo? Estou morrendo de preocupação. Você está bem?

Flo ficou tensa. O muro estava ficando mais alto. Antes que pudesse responder (*Estou bem, só ando ocupada com a tradução*), Kyoko continuou:

– Não me diga que está bem ou ocupada, Flo...

Flo fechou os olhos. Quando falou, sua voz tremia um pouco:

– Lily fugiu – ela sussurrou.

– Sério?

– Sim.

– Ah, Flo. Sinto muito... eu... por que não nos contou? Podemos ajudar a procurá-la. Makoto e eu podemos ir aí depois do trabalho, que tal?

Flo exalou profundamente.

– Não é só isso, Kyoko.

– O que houve, Flo?

Ela se preparou, lutando para traduzir os pensamentos em palavras. Para resumir tudo o que se passara ao longo do ano em apenas uma frase. Fez uma lista mental de tudo o que tinha acontecido: perdera Yuki, depois Lily, Ayako e Kyo e, claro, não encontrara Hibiki. Como é que poderia traduzir aquelas emoções intraduzíveis que passavam por seu corpo e sua mente? Como é que poderia colocar aquela dor em palavras que outras pessoas pudessem entender e se identificar? Seria possível?

– Kyoko... – Flo começou.

– Sim?

– Olhe... – Flo tentou, se esforçando. Mas o muro era alto demais. – Estou bem, sinceramente.

– Ahhhhh! – Kyoko quase gritou de frustração.

– O que foi?

– Você não fala nada. – Kyoko suspirou. – É exaustivo.

Exaustivo. De novo.

– Mas eu posso mudar – Flo disse, com os olhos marejados.

– As pessoas não mudam. – Kyoko parecia cansada. – Elas são o que fazem.

Flo ouviu sons de escritório no fundo da ligação.

Tentou conter a dor crescente que sentia na garganta. Devia haver alguma palavra que encapsularia tudo o que ela estava sentindo com perfeição – se ao menos conseguisse descobrir qual.

– Preciso ir, Flo – Kyoko disse. – Sinto muito por Lily, mas estou ocupada agora. Se precisar de mim, estou aqui. Mas acho que não precisa. Tchau, Flo.

– Kyoko, eu...

Mas Kyoko já tinha desligado.

Flo chorou desconsoladamente debaixo das cobertas. Chorou até pegar no sono. Acordou no escuro.

Exaustivo. Ela própria estava exausta. Claro que ela era exaustiva.

Mas as outras palavras de Kyoko também ecoavam em sua mente.

As pessoas não mudam. Elas são o que fazem.

Ela podia fazer alguma coisa. Podia fazer alguma coisa sobre Lily naquele instante.

Voltou para o laptop, determinada a fazer um cartaz para encontrar Lily. Primeiro, precisava de uma foto boa da gata – lembrou que tinha mandado uma para Ogawa recentemente, estava em algum e-mail. Quando abriu a caixa de entrada, Flo viu ali no topo, acima dos e-mails de outras pessoas, um mais preocupante de Grant com o assunto: alguma atualização?

Mas resolveu abrir o mais recente por causa do assunto:

DE: Henrik Olafson
PARA: Flo Dunthorpe <flotranslates@gmail.com>
ASSUNTO: Eu conheço Hibiki

Prezada Flo,

Vi um panfleto estranho com um QR Code em Onomichi, onde estou morando agora. Você deve perceber pelo meu nome (Henrik Olafson) que não sou nem a) Hibiki nem b) japonês. Mas conheço "Hibiki" muito bem, e ele é uma pessoa muito próxima. Posso perguntar do que se trata e por que você quer entrar em contato com ele? É sobre o livro SOM DE ÁGUA?

Suponho que o gato caolho seja Coltrane.

Atenciosamente de Onomichi,

Henrik

Flo não conseguia respirar. Seria algum trote? Um golpe? Por que uma pessoa com nome escandinavo estava morando em Onomichi e por que escrevera para ela falando sobre um escritor japonês? Será que era algum turista tirando sarro dela? Ela lhe respondeu explicando a situação e implorando que Henrik a colocasse em contato com Hibiki o mais rápido possível. Anexou um documento de Word contendo os rascunhos da tradução de Primavera, Verão e Outono.

Depois, continuou trabalhando no cartaz de Lily no escuro, atualizando a caixa de entrada compulsivamente a cada minuto.

Uma hora, a resposta veio.

⁘

Flo se acomodou no assento do Shinkansen, pegou o laptop, o caderno e, mais uma vez, a cópia surrada do livro. O trem havia saído da estação e avançava suavemente, deixando Tóquio para trás. Ela sacou uma caneta e começou a escrever o rascunho da última parte enquanto bebia um café quente que comprara na máquina da plataforma. Depois de anotar os rascunhos no caderno, ela os digitava no computador, aproveitando para editar um pouco o texto.

Estava nevando quando saíra do apartamento. Flo observava a janela do trem, vendo uma miríade de flocos de neve dançando no ar, caindo lentamente num mar branco que cobria a paisagem a desaparecer nas brumas ao redor. Olhou para a bandeja à sua frente, para o laptop e o caderno. Estava na hora de terminar a última parte de *Som de água* – Inverno.

Desde o outono, Flo andava tendo dificuldade com essa parte. Vinha habilmente evitando as perguntas de seu editor sobre a permissão do autor e da editora para traduzi-lo. Ela o mantinha à espera com suas evasivas: ainda estava tentando contato, tinha várias pistas promissoras etc., etc. Para apaziguá-lo, ela lhe enviara as três partes completas do livro e estava começando a última. Mandou-lhe parte por parte, numa estratégia sherazádica que até funcionou por um tempo, mas que estava perdendo o encanto. *Adorei o texto, Flo. Mas você conseguiu a autorização? Se não, não podemos fazer muita coisa.* Ela não respondeu a esse último e-mail.

Era difícil manter o ímpeto do projeto diante da ideia de que talvez ela só estivesse traduzindo o livro para si mesma. Mas era algo para fazer, para mantê-la ocupada, e, mais importante que tudo, ela simplesmente gostava do processo. Só faltavam as páginas finais e ela logo terminaria a tradução. Só que a ideia de completar o trabalho a deixava nervosa. O que faria sem Kyo e Ayako em sua vida? Enquanto escrevia a última frase do livro no caderno e depois a digitava no laptop, foi tomada por um medo intenso. Então era isso? O projeto acabara? E agora?

Ficou olhando para a janela por um tempo, prestando atenção na paisagem do inverno sem saber o que sentia. Parte de si queria chorar, outra parte queria rir.

Pegou o celular e viu que havia uma mensagem de Kyoko.

Me desculpe, Flo. Fui dura demais com você quando nos falamos aquele dia. Estou estressada com o trabalho. Sinto muito, não devia ter descontado em você.

Flo escreveu uma resposta:

Está tudo bem. Você estava certa. Tenho tido dificuldade de me abrir.

Ela hesitou por um segundo, mas continuou:

Passei por um término ruim este ano. Podemos nos encontrar pra tomar um café? Vou te contar tudo, prometo. Me desculpe, Kyoko. Você é uma ótima amiga e não quero te perder. Por favor, não desista de mim. Vou melhorar, prometo.

Seus olhos se encheram de lágrimas quando ela enviou a mensagem. Parecia que tudo a fazia chorar ultimamente, desde o desparecimento de Lily. Ela tamborilou os dedos na janela e se lembrou de Ayako fazendo o mesmo, nervosa, enquanto ia buscar Kyo no posto policial de Hiroshima. Ainda faltava bastante para chegar a Fukuyama, onde ela teria de fazer baldeação. Deu mais uma olhada no e-mail que recebera de Henrik na noite anterior.

DE: Henrik Olafson
PARA: Flo Dunthorpe <flotranslates@gmail.com>
ASSUNTO: Re: Re: Eu conheço Hibiki

Prezada Flo,
Muito obrigado pelo seu e-mail. Falei com Hibiki e, apesar de ele ainda estar levemente desconfortável com a possibilidade de ter a obra traduzida para o inglês, eu o convenci a se reunir com você para discutir o assunto. Cá entre nós, creio que ele tem um pouco de vergonha, pois acha que o livro é um fracasso. Ele não entende por que alguém ia querer lê-lo em inglês, se ninguém o leu em japonês. No entanto, eu dei uma lida na sua tradução e me parece que você fez um trabalho fantástico. Pode vir até nossa casa em Onomichi? Não sei se vamos conseguir convencê-lo, mas acho que seria bom para ele te conhecer. Ele é um senhor bastante cabeça-dura. Não posso garantir nada, mas, por favor, me avise se puder nos visitar. Vai ser bom te conhecer, qualquer que seja a decisão dele sobre a tradução.
Atenciosamente,
Henrik

Seus dedos estavam tão pegajosos de suor que ela deixou marcas na tela do celular enquanto lia o e-mail com atenção.

O trem estava passando por Osaka. Ainda tinha muito chão pela frente.

Ela precisava matar o tempo de algum jeito. Queria ver se conseguia descobrir quem era Hibiki – será que encontraria fotos dele com Henrik na internet? Será que o próprio Henrik era Hibiki? Seria possível?

Pesquisou o nome Henrik Olafson no celular só para ver se aparecia alguma informação. O primeiro resultado era uma página da Wikipédia que falava sobre uma estante de livros.

> **Estante Onore**
>
> 己
>
> **Designer**   Kentaro Tanikawa
> **Data**   1990
> **Vendido por**   MUKU
>
> O designer japonês Kentaro Tanikawa criou a estante em 1990 em colaboração com o gerente de produto Henrik Olafson.[2]

A foto da estante era desconcertantemente familiar. Flo ficou olhando-a por um tempo, dando zoom na imagem. As prateleiras formavam um "S" ao contrário, lembrando uma cobra rastejante.

Quando a ficha caiu, ela quase derrubou o celular.

Era a mesma estante que Ogawa comprara para ela. Estava no apartamento de Tóquio desde o outono. Flo abrira o pacote e montara o móvel sozinha assim que ele chegara. Ficou maravilhada com o design e o formato agradável. Tinha sido pensado de um jeito tão inteligente que tudo se encaixava para permitir que a estante fosse facilmente transportada como uma embalagem plana. Na mesma hora, ela arrumou as pilhas transbordantes de livros na estante e não pensou mais no assunto.

Aquela forma... ela já a vira em algum lugar antes. Pegou seu exemplar de *Som de água* e ficou observando o logotipo da Senkosha na lombada do livro.

enkosha

Olhou do kanji para a foto da estante, e da estante para o kanji.

O kanji e a estante... tinham exatamente o mesmo formato!

Leu o resto do artigo da Wikipédia o mas rápido que conseguiu. Pelo visto, aquelas estantes eram extremamente populares em todo o mundo. Em 2013, 30 milhões de unidades tinham sido produzidas, e cerca de um milhão e meio de estantes eram vendidas anualmente.

Flo parou de ler. Seu coração estava acelerado. Ela voltou para o topo da página, onde vira um nome japonês com um link: "Kentaro Tanikawa". Ele também tinha um verbete na Wikipédia. O sobrenome lhe era familiar... era um nome comum, mas havia um personagem no livro com esse nome... o artista de mangá Tanikawa Sakutaro, que escrevera o mangá sobre o jogo Go. Flo clicou no link e a página carregou.

Ela suspirou alto quando viu a cidade natal de Kentaro: Onomichi.

Algumas pessoas no trem se viraram para franzir o cenho para ela, mas ela não ligou.

Hibiki e Tanikawa Kentaro... *tinha* de ser ele! O logotipo da editora no livro era uma estante! Não era o kanji de "onore"! Não havia fotos de Tanikawa na internet e as informações eram escassas, mas durante a hora seguinte ela devorou tudo o que conseguiu encontrar.

Tanikawa Kentaro nascera em Onomichi em 1950, e não havia data de falecimento. Frequentou a Escola de Ensino Médio Onomichi Kita antes de se mudar para Tóquio no final dos anos 1960 para estudar design. Deixou o Japão no início dos anos 1970 e passou vinte anos como o primeiro designer japonês a trabalhar para um fabricante e fornecedor de móveis escandinavo universalmente famoso que utilizava madeira como matéria-prima. Ele se aproximou do gerente de produto Henrik Olafson, e a dupla colaborou no processo de design e fabricação da estante Onore. Numa entrevista de 2005, Tanikawa alegou que a ideia lhe ocorreu observando o kanji de "onore", palavra arcaica para o pronome "você". Ele projetou a estante para imitar o formato do kanji, pensando em seu significado – para que fosse capaz de se adequar a "você" e às suas necessidades como leitor. A estante poderia ser usada sozinha ou em diversas combinações com outras unidades Onore, para criar estantes maiores. "Tudo depende de você, leitor", ele teria dito na entrevista.

Não havia informações sobre o que tinha acontecido com Tanikawa, e nada sobre *Som de água*. O artigo mais recente mencionava que ele ainda dava palestras regulares em faculdades de design por todo o Japão. E também dizia que ele morava em Onomichi.

A mente de Flo se agitou enquanto ela lia. Tanikawa Kentaro era Hibiki – ela finalmente tinha um nome.

Estava tão perto.

Fechou os olhos. Ainda tinha algumas paradas pela frente.

⚎

Depois de descer na estação de Onomichi, Flo seguiu direto para o endereço que Henrik lhe dera.

A cidade no inverno tinha uma beleza totalmente diferente da que vira no outono: as vielas estavam cobertas de uma neve macia, que fazia barulho sob seus sapatos. Ela vagou pelos caminhos que levavam ao topo da montanha, decidindo num impulso que passaria no Beco dos Gatos primeiro. Desde o desaparecimento de Lily, ela vivia preocupada. Será que a gatinha tinha sido atropelada? Teria encontrado outro lar? Ou, quem sabe, tinha apenas se tornado mais uma das várias gatas que perambulavam pelas ruas de Tóquio, criando boas vidas para si?

Não saber o que tinha lhe acontecido era o que mais a perturbava. Mas um outro pensamento a assombrava: e se Lily voltasse para o apartamento enquanto ela estivesse fora? E se ela só tivesse se perdido e enfim encontrara o caminho para casa?

Eram tantas as perguntas sem respostas...

Flo se agachou para fazer carinho num gato malhado que comia uma latinha de atum. Pobres gatinhos, passando frio sem ter ninguém para cuidar deles. E ela tão impotente. Se ao menos tivesse o mesmo controle sobre a vida que tinha com seu trabalho de tradução, colocando palavras na página uma de cada vez.

Foi quando olhou para cima que ela o viu.

Um velho gato preto. Caolho e ligeiramente grisalho. Com um pequeno tufo branco no peito.

Não podia ser.

Ele estava em cima de um muro, piscando devagar para Flo. Ela piscou de volta com o coração acelerado.

Coltrane.

Ele saltou do muro, desajeitado, e ela o seguiu pelas ruas estreitas, mantendo uma certa distância. De vez em quando, ele parava para olhá-la com seu olho verde, parecendo esperá-la antes de continuar em frente. Flo o seguiu por um tempo, até que eles pararam diante de uma porta num muro. Ela olhou para a placa que indicava o sobrenome do morador:

谷川 – Tanikawa

Coltrane se sentou na rua e ficou a observando, piscando o olho lentamente. Ela pegou o celular para conferir o endereço. Era ali mesmo.

Tinha conseguido. Encontrara Hibiki.

Coltrane olhou para o muro e depois para ela. Mas, em vez de abrir a porta e entrar, Flo ficou parada. Era como se estivesse congelada no lugar. Seus dedos estavam dormentes dentro do tênis.

O gato parecia dizer: *Vai entrar ou não?*

Mas Coltrane não podia ver os milhões de pensamentos que zuniam em sua cabeça – oprimindo-a, ameaçando sugá-la e afogá-la. Ela era apenas uma tradutora. Tinha se tornado tradutora porque não queria ser vista, não queria estar nos holofotes – não queria lidar com pessoas e emoções reais. Passara a vida toda se escondendo atrás de personagens fictícios, mantendo-os como seus amigos. Eles nunca a decepcionavam, nunca a abandonavam. Estavam sempre disponíveis para ela. Como é que ela conseguiria convencer aquele homem de que ele deveria deixá-la traduzir e publicar seu livro? E se ele dissesse não? E se ficasse ofendido por ela já ter começado a trabalhar no romance sem sua permissão? E se ele lhe dissesse para dar o fora de sua casa? Ela nunca tinha precisado lidar com um autor de carne e osso antes – Nishi Furuni morrera antes de ela entrar em contato com sua obra. Seus filhos tinham autorizado que ela trabalhasse na coletânea de ficção científica por mero acaso. Ela nunca tivera de negociar ou se vender como tradutora antes.

Seria muito mais fácil fugir. Evitar qualquer confronto possível e desaparecer.

Coltrane ainda a observava. Ele bocejou e subiu em cima do muro. Depois, ficou parado, olhando para Flo lá do alto. *Você não consegue? Só desta vez? É fácil.*

– Não consigo. – Foi só quando falou em voz alta que Flo percebeu o quanto era verdade. Balançou a cabeça, mas o pensamento não foi embora. – Estou com medo – ela sussurrou.

Coltrane olhou para o outro lado e pulou. Ela ouviu um barulho baixinho atrás do muro, seguido do som de suas patas aterrissando agilmente na neve fresca. Flo ficou sozinha, parada do lado de fora da casa de Hibiki, tremendo.

Estava tão perto de conquistar algo real. Mas a possibilidade de mais um fracasso de repente lhe pareceu insuportável.

E se ele não quiser publicar o livro em inglês? E se todo esse trabalho foi em vão?

Ela tentou erguer a perna na direção da porta, mas era como se estivesse tentando caminhar em areia movediça. Seus tênis pesavam nos pés conforme ela dava um passo lento e trabalhoso após o outro. Não fez nenhum progresso.

E se você estiver fazendo a mesma coisa que fez com Yuki – pressionando alguém a fazer algo que não quer?

Tentou erguer o braço, mas sentiu o quão frágil seu corpo era diante dos elementos.

Você é exaustiva. Você é um fracasso. Uma covarde.

Ela engoliu em seco. Sua mão agarrou a maçaneta, atrapalhando-se com os dedos trêmulos. Pequenas metas – era isso o que poderia fazer. Assim como Ayako na montanha: um passo de cada vez. Puxou a maçaneta com força, girando-a e fazendo-a emitir um rangido enferrujado. Próxima pequena meta: apoiar-se contra a porta pesada, empurrar com toda a força. As antigas dobradiças reclamaram, ganhando vida.

Você consegue, disse a voz de Ayako em sua cabeça. *Você consegue.*

Inverno

冬

十二

O inverno caiu sobre a cidade, gelado e angustiante.

A morte lenta do outono trouxera consigo uma explosão de cores. Mas toda aquela cor desaparecera. Tinha sido despojada e substituída por uma desolação esparsa. Os galhos do bordo perto do lago do jardim de Ayako estavam secos. A carpa koi fora retirada e levada para outro lugar.

Pior ainda foi a frieza que caiu sobre a casa de Ayako.

E, desta vez, o gelo vinha de Kyo, não dela.

○

Foi repentino. Kyo e Ayumi combinaram de se ver depois daquela mensagem enigmática. Um dia, ele foi até o Yamaneko enquanto ela fechava a cafeteria. Foi aí que ele começou a sentir a presença ameaçadora da avó em sua vida.

Quando Kyo chegou, Ayumi parecia estressada, e ele logo percebeu o que viria em seguida.

– Acho que não devíamos mais nos ver até o vestibular passar – ela falou.

– Por quê?

– Porque sim. – Ela mordeu a língua. – Você precisa se concentrar nos estudos.

– Eu *estou* me concentrando nos estudos.

– Eu sei, mas… – Ela suspirou, olhando para algum ponto no mar que Kyo não conseguiu distinguir. – Não quero te distrair ou te desviar das coisas importantes que estão acontecendo na sua vida agora.

– Você não me distrai, Ayumi – Kyo falou, esforçando-se para esconder a voz embargada. – Você me ajuda.

– Prometo… – ela continuou, com os olhos voltados para baixo. – Que a gente pode passar o dia em algum lugar legal juntos. Mas só depois do vestibular, está bem?

– Está bem.

– Pode escolher qualquer lugar – ela acrescentou alegremente. – Posso pedir o carro da minha amiga emprestado.

– Certo – Kyo concordou.

Ambos deram um sorriso forçado.

Kyo queria perguntar e dizer muitas coisas. Eles nem estavam namorando de verdade. Só estavam saindo. E Ayumi fora a pessoa que mais o encorajara a considerar uma carreira na arte, em vez dos estudos. Ele não estava entendendo nada.

Se tudo terminasse assim, beleza. Claro, Kyo foi tomado pela tristeza por não poder ver Ayumi nos meses que se seguiriam. Ele tinha se acostumado com as conversas e o tempo que passavam juntos. Ficava empolgado toda vez que ia vê-la. Seu coração batia mais rápido e suas mãos suavam. Mas, estranhamente, toda aquela ansiedade evaporava quando estavam juntos, rindo e batendo papo. Estava contente com esse aspecto de sua vida. Os encontros haviam se tornado parte de sua rotina diária e, sem ela, surgiu um vazio em sua agenda.

Ele temia ter feito algo errado – e se tivesse estragado tudo com Ayumi e ela não gostasse mais dele? Conforme os dias passavam, ele foi mergulhando de novo nos estudos, esforçando-se para esquecer o que tinha acontecido. As coisas ficariam bem quando ele tirasse aquele vestibular do caminho. Não faltava muito, e depois ele poderia relaxar e passar o dia todo com Ayumi em algum lugar especial.

Tudo ficaria bem.

Isto é, tudo teria ficado bem se a avó não tivesse cometido aquele erro.

Certa noite, ele estava trabalhando num mangá de quatro quadros que planejava inscrever num concurso. Estava satisfeito com o que criara, mas também inquieto. Percebendo isso, Ayako lhe pediu ajuda para limpar a casa. Kyo aceitou obedientemente as tarefas que ela lhe designou, varrendo a entrada e cuidando do lixo. Mas, enquanto tirava o lixo, viu algo que fez seu coração parar na garganta.

No fundo do cesto de papel do quarto da avó, Kyo encontrou o cardápio amassado do Yamaneko café.

E foi assim que ele soube.

Kyo seguiu em frente com a nova situação. Não viu motivos para confrontar Ayumi sobre o que tinha acontecido – isso apenas a deixaria mais desconfortável. Mas começou a achar difícil passar tempo com a avó, sabendo muito bem que ela se intrometera em seus assuntos pessoais. Ela tinha ido longe demais. Tinha interferido em sua vida, e agora ele não podia mais confiar nela. Era complicado até estar no mesmo ambiente que uma pessoa tão traiçoeira e manipuladora. Estava cansado dela.

●

Ayako percebeu que havia algo de errado com o garoto. Um dia, ele estava completamente normal; no dia seguinte, não estava mais. Andava abatido. Carrancudo. Não dizia mais que uma sílaba para responder às suas perguntas. Não queria mais caminhar depois que ela fechava o café, e relutava em jogar Go. Só perambulava pelas ruas sozinho e, quando finalmente voltava para casa, ficava no quarto, como quando chegara, trabalhando nos desenhos e ouvindo música em seu aparelho. A garota devia ter lhe falado alguma coisa. Devia ter aberto o bico sobre o encontro das duas na cafeteria. Tinha de ser isso. Ela lhe contara tudo. Bem, era apenas mais uma prova de que ela não tinha nada de bom em mente. Se não conseguia nem fazer a coisa decente e manter a boca fechada sobre a conversa privada que haviam tido, claramente não era confiável.

Mas o jeito como o garoto reagira a isso a angustiava.

Ayako estava chateada por ter sido abruptamente excluída da vida dele.

O que era essa sensação estranha que Ayako notava se apoderando de si? Solidão?

● ○

– O que você tem hoje?

– Nada.

– Então por que está com cara de buldogue que engoliu uma vespa?

– Não me sinto muito bem.

– Está enjoado?

– Não.

– Está com febre?

– Não.

– Então o que você tem?

– Pode me deixar em paz, por favor? Estou desenhando.

– Como quiser.

● ○ ●

– Por que não vem caminhar comigo amanhã? Coltrane está com saudade.

– Não estou a fim.

– O que você tem?

– Nada. Só estou focado nos estudos. Não era o que a senhora queria?

– Claro, mas você sabe… *Só trabalho e nada de diversão*… como dizem…

– Estou trabalhando num mangá.

– Posso ver?

– Não terminei ainda.

– Não pode me mostrar o que fez até agora?

– Não quero mostrar pra ninguém enquanto não estiver pronto.

– Sei… Quer ouvir umas das minhas histórias de escalada?

– Quem sabe outra hora. Estou meio ocupado agora.

– Como quiser.

●
● ○ ●

– Kyo?

– Sim?

– Que tal terminar aquela partida de Go?
– Não estou a fim.
– Mas quero desmontar esse tabuleiro. Está ocupando espaço na mesa.
– Pode desmontar.
– Mas não terminamos o jogo.
– Pode se considerar vencedora.
– Mas... olhando agora, parece que você estava ganhando.
– Tenho certeza de que a senhora ia acabar ganhando.
– Kyo.
– O que foi?
– Por favor.
– Não quero.
– Por favor, vamos terminar o jogo.
– Não quero mais jogar com a senhora, vovó. Cansei.

Ayako enxugou a lágrima que escorria por sua bochecha assim que ela caiu. Ficou parada na porta, olhando para o velho quarto do filho e para as costas do neto. Balançou a cabeça ferozmente. Toda aquela bobagem a estava afetando. Era surpreendente. O que estava causando aquele misto de emoções? O arrependimento crescia e brincava com sua mente; ele a mantinha acordada até tarde, enquanto ela se perguntava se o garoto um dia a perdoaria. O que acontecera com suas defesas, que ela jurou que ninguém jamais romperia? Fazia muito tempo que não se sentia daquele jeito. Suas palavras não chegavam até o garoto – os muros dele estavam altos demais. Então Ayako entendeu o que precisava fazer.

No dia seguinte, foi de novo ao Yamaneko café.

Desta vez, chamou Ayumi para conversar do lado de fora. Percebeu a expressão alegre da garota murchar assim que a viu. Ayako se sentiu bem por ser temida.

E partiu para o ataque.

– Não sei o que você falou pro Kyo, mas espero que esteja satisfeita.

Ayumi ficou em silêncio e depois falou:

– Me desculpe, mas como assim?

– Ele está bravo comigo, o que significa que você deve ter contado da nossa conversa. Você tinha de abrir a boca, né? Não se aguentou!

– Me desculpe, Tabata-san, mas não falei nada da nossa conversa – a garota explicou com gentileza. – Juro. Eu não faria isso.

Ayako ficou estudando o rosto da garota.

Será que tinha entendido errado?

– Você deve ter falado alguma coisa pra ele – ela insistiu.

– Juro que não falei – Ayumi lhe garantiu, balançando a cabeça. – Eu só disse o que a senhora me pediu pra dizer: que eu queria que ele se concentrasse nos estudos e que a gente podia se encontrar depois do vestibular. Prometi levá-lo pra passar o dia em algum lugar pra comemorar.

Ayako escrutinou a expressão da garota.

Ela parecia sincera. Verdadeira.

– Então por que ele não está mais falando comigo? – Ayako soltou com a voz trêmula. – O que você fez?

– Posso falar pra ele que não teve nada a ver com a senhora – Ayumi sugeriu amavelmente. – Sério, Tabata-san, não quero causar problemas pra nenhum de vocês.

– Garota estúpida. – Ayako sacudiu a cabeça. – O que foi que você fez?

Sua expressão mudou lentamente e seus lábios tremeram como se um terremoto estivesse chegando.

– O que foi que eu fiz?

Então, após muito batalhar, sua carranca feroz se desfez.

Ayumi entrou para pegar um copo d'água e uma caixa de lenços, que entregou para Ayako. Ela deu tapinhas gentis em suas costas enquanto a mais velha assoava o nariz.

– Me desculpe – Ayako disse. – Me desculpe.

○

Kyo ficou extremamente surpreso quando viu que tinha recebido uma mensagem de Ayumi. Estava sentado à mesinha do quarto, fazendo carinho em Coltrane e acrescentando os detalhes finais no mangá de quatro quadros que ia inscrever no concurso. Então o celular brilhou com uma notificação, quebrando sua concentração. Quando viu o nome AYUMI, abriu a mensagem na hora.

Oi, vou tocar koto e shamisen numa apresentação no sábado de manhã e queria que você fosse. Está livre?

Ele coçou a cabeça. Apresentação? Então ela era musicista? E não era para eles se encontrarem só depois do vestibular? Ele escreveu várias respostas pedindo mais informações, mas deletou todas antes de enviar. Eram perguntas demais rodopiando em sua cabeça. Acabou mandando um simples:

Claro!

Ayumi respondeu imediatamente:

Ótimo. Podemos ir de trem juntos. Me encontra na estação às 9h?

Kyo escreveu:

Ok!

Ayumi acrescentou:

Ah, e por favor, leve sua avó! É importante. Não vou deixar você ir sem ela.

Kyo virou o celular para baixo na mesinha do quarto. Sua avó? Por quê? Será que precisava mesmo levá-la? Não queria.

Passou o resto da noite finalizando o mangá antes de fechar o envelope. Tinha acabado.

Pretendia postá-lo no dia seguinte.

●

De manhã, Ayako ouviu o garoto se mexendo no quarto.

O café da manhã tinha se tornado um momento silencioso. Ayako desistira de tentar conversar, então os dois apenas ficavam sentados comendo arroz e sopa de missô. O garoto às vezes saía de casa sem nem tomar café. Ela presumia que ele comprava um onigiri na loja de conveniência a caminho do cursinho, e depois encontrava as embalagens – o que a machucava. Parecia-lhe uma alfinetada quase deliberada, depois que ela lhe contara o quanto era importante para ela fazer e distribuir onigiris. Estava muito magoada. Sentia uma tristeza profunda ao jogar a sopa de missô dele no ralo. Sobrava tanto arroz que precisava guardá-lo com plástico filme na geladeira. Ela até parou de preparar peixe grelhado para ele de manhã, já que não sabia se Kyo o comeria.

Mas ficou feliz ao ver que ele estava comendo em casa naquela manhã.

Enquanto comiam, Ayako percebeu que havia algo se passando na cabeça dele. Até que Kyo falou:

– A senhora deve estar ocupada... – ele começou. – E provavelmente não está interessada, mas...

– Sim?

Ele bufou.

– No sábado, minha amiga vai participar de um recital de música tradicional em Saijo. Ela nos convidou para assistir à apresentação. Eu falei que ia te perguntar, mas a senhora deve estar ocupada.

– Este sábado? – Ayako perguntou, fingindo surpresa. Ela apoiou a bochecha na mão que segurava os palitinhos e fez uma expressão reflexiva. – Ah, sim. Estou livre.

– A senhora está livre?

– Sim, e adoraria ir.

– Mas e o café?

– Ah, posso fechá-lo ou pedir pro Jun e pra Emi cuidarem das coisas.

– Sério? – Kyo não conseguiu esconder a frustração. – Não se sinta obrigada nem nada.

– Não estou me sentindo obrigada – Ayako falou, comendo seu arroz. – Quero ir.

– Certo – Kyo soltou, lacônico. – Vou falar pra ela.

Ayako pegou as tigelas e as lavou na pia.

– Até mais – ele disse.

– Tenha um bom dia – Ayako respondeu.

Ela sorriu. O plano da garota talvez funcionasse.

○ ●

Naquela manhã fria, Ayako vestiu um quimono; Kyo, terno.

Foram juntos para a estação. Kyo caminhava desajeitadamente com seu terno e gravata e uma camisa branca impecável que não usava desde que chegara a Onomichi. Enfiou as mãos nos bolsos, certo de que Ayako o repreenderia por isso. Mas ela deu o braço para ele e se apoiou no neto enquanto andavam. Kyo nunca a tinha visto com aquele quimono branco, e ficou surpreso com o quanto era vistoso. Ela colocou uma faixa obi preta sobre a peça. O obi e o quimono tinham estampas sutis combinando entre si: pequenos flocos de neve flutuando no tecido, como que soprados por um vento forte.

Quando chegaram à estação, Ayumi já os esperava.

Ela estava com o estojo do shamisen numa mão e a mochila pendurada no ombro, e também usava um quimono lindo. Era mais moderno e colorido que o de Ayako, num tom claro de azul com padrão floral nas bordas, que combinava perfeitamente com ela.

Kyo não conseguiu esconder a surpresa ao vê-la.

Ayako e Ayumi sorriram uma para a outra e cumprimentaram-se com uma grande mesura.

– Prazer em conhecê-la – Ayumi falou.

– Prazer em conhecê-la também – Ayako respondeu.

– Por favor, seja gentil – ambas disseram em uníssono.

Kyo não era burro. Percebeu algo de forçado ou artificial na interação. Elas nem tinham se apresentado. Havia algo ali, mas ele já não ligava mais. Só estava feliz de ver Ayumi de novo.

– Kyo! Não seja mal-educado – Ayako repreendeu. – Pegue a mochila e o shamisen dela!

Enquanto esperavam o trem, o chefe de estação Ono – ou Tanuki – se aproximou para cumprimentá-los. Elogiou as mulheres. De vez em quando, olhava para Kyo e balançava a cabeça.

– E você está muito elegante nesse terno – disse, sorrindo de orelha a orelha. – Não é?

Tanuki deu risada sozinho, como se tivesse pensado numa piada muito engraçada.

– Como dizem, *uma flor nas duas mãos*, hein? – Ele deu uma cotovelada nas costelas de Kyo e agitou as sobrancelhas.

– Uma dessas flores é muito mais fresca que a outra – Ayako comentou, alegre.

– Não seja dura com a mocinha – Tanuki brincou. – Não podemos ser todos tão jovens e radiantes quanto você, Ayako. Eu deveria tomar cuidado, Sato-san pode ficar com ciúme.

Ayako deu um tapa de brincadeira no braço de Tanuki, e Ayumi cobriu a boca para rir.

Então os três pegaram o trem para Saijo.

Na viagem, Ayako e Ayumi conversaram sobre seus restaurantes favoritos em Onomichi. As duas adoravam o restaurante tailandês do View Hotel, ao lado do castelo. Quando Kyo disse que ainda não o conhecia, elas o censuraram, como se ele tivesse cometido o maior erro de sua vida. Elas passaram a maior parte do tempo conversando e, quando falavam com Kyo, era para zombar dele de uma forma leve, mas também um pouco irritante e provocativa. De vez em quando, Ayumi falava com Ayako baixinho, tapando a boca com a mão enquanto olhava para Kyo, e então elas cochichavam e davam risadinhas.

Kyo as ignorou e ficou olhando pela janela.

O recital era num auditório bem grande.

Distribuíram o programa com todas as apresentações, e Ayako e Kyo sentaram-se em seus assentos para esperar. Kyo estudou o programa cuidadosamente, notando que Ayumi faria várias apresentações.

O concerto se arrastou um pouco. Eram muitas peças e alguns músicos eram melhores que outros. Também era muito tempo para ficar sentado, e, enquanto Ayako permaneceu imóvel durante todo o espetáculo, Kyo se mexia de vez em quando, desconfortável. Ela percebeu que ele se inclinava para a frente sempre que Ayumi subia ao palco. Mesmo nas apresentações conjuntas de shamisen, ele trocava a postura relaxada para uma mais atenta na ponta da cadeira, concentrando-se no palco como se não quisesse perder nem o mais ínfimo dos detalhes. Ayako sorriu para si mesma.

Perto do final do concerto, Ayumi subiu ao palco sozinha para realizar uma performance solo de koto. Ela se moveu lentamente pelo piso de madeira e fez uma reverência para o público antes de seguir para o centro. Colocou a mão sob o quimono com cuidado enquanto se sentava numa almofada. Na tradicional posição seiza em frente ao instrumento, ela fechou os olhos, concentrada, e então seus dedos esguios começaram a dedilhar as cordas, quebrando o silêncio extasiado do salão.

Kyo ficou encantado ao vê-la tocar, perdido na música que reverberava pelas paredes. Prendeu a respiração, temendo que, se emitisse algum som, destruiria o feitiço que ela lançava com as notas. Ayako estudou a expressão do garoto discretamente. Estava apaixonado, era fácil de ver. Agora entendia. Estava vendo com os próprios olhos.

Quanto mais pensava, mais fazia sentido.

Ayako se sentiu muito estúpida por ter interferido na relação dos dois, mas tinha feito aquilo por amor. Fizera exatamente a mesma coisa com o pai e a mãe de Kyo tantos anos antes. Era estranho que não tivesse se percebido cometendo o mesmo erro. Mas, desta vez, as coisas poderiam ser diferentes. Ela não precisava afastar Kyo. Tinha de parar de tentar controlar as coisas. Essa era a raiz de seus problemas. Precisava aprender a se desapegar.

Agora tinha certeza disso.

Podia ouvir nas vibrações que pulsavam no ar ao redor deles.

No som do koto.

☯

Depois da apresentação, Ayumi trocou o quimono por jeans e camiseta.

O recital foi tão longo que a plateia ganhou uma marmita tipo bentô no meio do concerto. Os três fizeram juntos a viagem de uma hora de volta a Onomichi e, quando chegaram, perto das 17h, os dois jovens ficaram um pouco desconfortáveis, sem saber o que fazer ou dizer. Kyo e Ayumi se encararam timidamente enquanto Ayako os observava, achando graça daquele constrangimento juvenil.

– Então… – Ayako falou, finalmente quebrando o silêncio. – Parabéns pelo concerto, Ayumi-san.

– Obrigada pela presença – Ayumi devolveu, fazendo uma mesura para os dois.

Kyo ficou vermelho, incerto sobre o próximo movimento.

– Ayumi-san? – Ayako continuou, virando-se para a jovem. – Será que você gostaria de se juntar a nós pra jantar?

– Jantar? – Kyo perguntou, chocado. – Como assim?

Ayako lançou um olhar severo para o neto.

– Estou falando com Ayumi-san, não com você. – Ela balançou a cabeça e se voltou para Ayumi. – O que acha?

– Eu adoraria. – Ayumi sorriu e fez outra mesura. – Desde que não seja uma imposição…

Eles guardaram os pertences dela num armário na estação e Ayako seguiu na frente. Depois, atravessaram os trilhos do trem até a encosta da montanha, no lado oposto ao mar. Kyo se perguntou aonde Ayako os estaria levando. Talvez para Ittoku, o izakaya atrás da estação. Mas eles continuaram caminhando pela trilha estreita que conduzia até o topo da montanha.

Enquanto subiam o íngreme caminho de paralelepípedos antigos e corrimãos de aço, Kyo percebeu que estavam indo na direção do Castelo de Onomichi. Apesar de saber o destino, ficou quieto.

Subiram os degraus, passando por baixo dos velhos postes de ferro. Formas escuras que lembravam gatos corriam pelas sombras. Logo estavam no topo da montanha, diante do castelo e seus contornos angulares. O atrativo estava fechado ao público havia muito tempo.

– Dava pra entrar no castelo antes – Ayako falou para Ayumi.

– Mesmo se você não fosse um senhor feudal? – Ayumi deu risada.

– Sim – Ayako disse, assentindo. – O castelo ficou aberto para visitação por muitos anos. Mas, por algum motivo, resolveram fechar. Ainda dá pra ver aquele modelo assustador de homem parado ali. Está vendo?

– Credo! Fico arrepiada só de olhar, Ayako-san.

– Espere um minuto – Kyo disse, se juntando à conversa. – Como você sabia que o nome da minha avó é Ayako? Ela não tinha falado antes, e pensei que vocês estavam se vendo pela primeira vez.

Ayako congelou.

– Ah, Kyo! – Ayumi o interrompeu tranquilamente. – Não seja bobo! Todo mundo conhece Ayako-san em Onomichi! Ela é famosa!

Ayako sorriu e acenou a cabeça para Ayumi, depois fez uma careta para Kyo de brincadeira.

– Não seja mal-educado!

Quando entraram no restaurante, Ayako foi falar com a garçonete, que os conduziu a uma mesa na janela.

Havia uma placa indicando que a mesa estava reservada. Kyo riu consigo mesmo. Era a última confirmação de que precisava para ter certeza de que o dia tinha sido armado. Ayako devia ter feito a reserva antes de eles saírem de casa, já que não tinha celular.

Ele não sabia como, mas Ayako e Ayumi tinham planejado tudo.

Mas Kyo não ficou bravo.

Pelo contrário – ficou comovido.

Nada daquilo era do feitio de sua avó. Era quase como se ela estivesse lhe pedindo desculpas. Ela nunca lhe diria as palavras diretamente, mas aquele gesto foi o suficiente.

Eles se sentaram e pediram aperitivos e pratos para compartilhar: sopa tom yum kun, curry verde com frango, curry massaman com carne bovina e pad thai com tofu. Kyo recostou-se na cadeira, admirando a vista da janela. Dava para ver a cidade inteira lá embaixo – o brilho quente e alaranjando das luzes da rua, os pequenos pontos de luz amarela da janela das casas, lojas e escritórios; e a escuridão da água se estendendo pelo céu noturno, tornando o contorno das montanhas e ilhas quase indistinguível. Aqui e ali, estrelas cintilavam fracamente, e as luzes azuis, alaranjadas, amarelas e verdes que iluminavam os guindastes do estaleiro de Mukaishima ocupavam o centro da paisagem, atraindo a atenção. Carros com suas luzes vermelhas e brancas se moviam lentamente pelas estradas que serpenteavam pela cidade. Era uma vista e tanto à noite.

Os três comeram e beberam alegremente, e Ayako pagou a conta com discrição, sem que Ayumi ou Kyo percebessem. De barriga cheia, desceram a montanha no escuro e voltaram à estação para pegar os pertences de Ayumi no armário.

Kyo a acompanhou até o ponto de táxi da estação, ajudando-a a carregar as coisas. Com muito tato, Ayako ficou esperando o neto à distância. Antes de Ayumi entrar no carro, ela se virou para Kyo e falou rapidamente:

– Gostei muito da sua avó, Kyo. – As luzes se refletiram nos olhos dela.

Ele coçou a cabeça e mexeu os pés.

– Não falta muito pro vestibular – ela continuou. – Depois, vamos poder comemorar, prometo. Já sei aonde vou te levar.

Kyo ergueu a sobrancelha.

– Onde?

– No Dogo Onsen de Matsuyama.

– Aquele do livro *Botchan*?

– Isso. – Ela assentiu. – Esse mesmo.

– Maravilha. – Ele sorriu.

Ayumi entrou no táxi.

– Agradeça à sua avó pelo jantar. Estava delicioso.

– Pode deixar.

– E seja gentil com ela, Kyo. Ela é uma boa pessoa. E gosta muito de você, mesmo que não seja muito boa em demonstrar.

– Eu sei. Vou ser gentil, prometo.

– Boa noite.

– Boa noite.

Kyo ficou observando o táxi se afastar; Ayumi acenou da janela e ele devolveu o cumprimento.

Quando o carro desapareceu numa esquina, ele foi até a avó.

Eles voltaram para casa caminhando devagar na noite escura.

– Kyo? – Ayako falou, quebrando o silêncio.

– Sim?

– Gostei dela – ela disse baixinho. – Gostei bastante dela.

十三

Algumas semanas depois, Coltrane desapareceu.

Nos primeiros dias, ele não estava no lugar onde Ayako e Kyo sempre alimentavam os gatos, mas eles não se preocuparam muito com isso. Fiel à sua natureza errante, Coltrane às vezes ia e vinha sem aviso – afinal, era um espírito livre. Mas passava no máximo um dia ou dois sem aparecer, e, após uma semana toda sem vê-lo, Ayako começou a ficar visivelmente mais ansiosa. Ficava na expectativa toda vez que se aproximavam do local onde o gato normalmente a esperava para ser alimentado.

Kyo notou a angústia da avó e sentia a mesma coisa, pois Coltrane não estava mais ao seu lado enquanto ele desenhava. E não havia muito o que pudessem fazer; o gato estava fora do controle deles. A partida de Coltrane os afetou muito mais do que os dois deixavam transparecer um para o outro. Não falavam sobre sua ausência, mas o ar ficou pesado. Kyo foi até a loja de Sato para saber se ele vira algum sinal de "Mick Jagger".

– Não vi – Sato falou, melancólico. – Faz dias que ele não aparece… acho que mais de uma semana.

☯

O Natal chegou e passou, e depois veio o Ano-Novo. Kyo tinha planejado voltar a Tóquio para as comemorações de oshogatsu, mas, com o desaparecimento de Coltrane e o desânimo de Ayako, decidiu ficar, mesmo que só para os três dias do feriado nacional.

– Você devia ir ver sua mãe – Ayako falou quando ele lhe contou da mudança de planos.

– Prefiro te fazer companhia.

– Bah! – Ela abanou a mão. – Vou ficar bem sozinha. Volte para Tóquio. Sua mãe deve estar com saudade.

– Ela disse que vem pra minha cerimônia de maioridade.

– Que bom – disse Ayako, embora no fundo temesse que ela não fosse aparecer de novo.

Eles passaram os três dias do oshogatsu enfiados no kotatsu, comendo o tradicional osechi ryori que Ayako encomendara de um restaurante próximo.

– Não posso me dar ao trabalho de cozinhar tudo isso – ela falou, mal-humorada. – É trabalhoso demais!

Eles comeram os mochis, bolinhos de arroz, típicos de Ano-Novo e macarrão soba, e foram ver o sol nascer no topo da montanha para dar as boas-vindas ao ano que se iniciava. Depois, seguiram para o Templo das Mil Luzes para fazer o hatsumode, a primeira oração.

Na véspera da cerimônia de maioridade de Kyo, ele percebeu que seu sapinho não estava no quarto.

– Vovó? – falou, aproximando-se dela na sala.

Ela estava sentada à mesa lendo um livro.

– Sim?

– A senhora viu Sapo?

Ayako ergueu a cabeça.

– Aquele brinquedo velho que você deixa do lado da cama?

– Esse mesmo. – Kyo se sentou do outro lado da mesa. – A senhora viu? Ele sumiu do quarto.

Ela assentiu.

– Sim, dei pro Jun e pra Emi.

Kyo ficou boquiaberto de choque.

– Por quê?

Ayako ficou surpresa.

– Para a pequena Misaki... a bebezinha, claro.

Ele começou a suar frio pelo corpo todo, tentando se manter calmo.

– Mas vovó… por que a senhora daria algo meu sem me perguntar?

– Pfft! – Ayako fez uma careta. – Que necessidade um homem adulto como você tem de um brinquedinho? Pensei que você não ligaria. Achei que não se importaria de dá-lo à bebê Misaki. Ela vai ficar feliz.

– Mas… a senhora podia ter me perguntado primeiro.

– Talvez. – Ayako projetou a mandíbula para a frente. – Mas o que importa? Você é adulto!

– Porque sim. – Kyo se sentou e abraçou os joelhos. – É que… foi papai quem entalhou aquele sapo com um pedaço de bordo japonês. Por isso.

A expressão severa de Ayako murchou na hora e seus olhos aguaram.

– Ah, Kyo… eu não sabia. Vou até lá agora mesmo pegá-lo de volta pra você.

Ela se levantou, determinada, e foi até o genkan para calçar os sapatos.

– Não. – Kyo balançou a cabeça e ergueu o queixo. – Não se preocupe.

– Mas é… – Ela o encarou, estudando seu rosto com uma expressão compassiva que Kyo nunca tinha visto nela antes. – Eu não pensei…

– Tudo bem. – Ele deu de ombros. – Não preciso mais do sapinho. É melhor Misaki-chan ficar com ele.

– Tem certeza? – Ayako pegou o sobretudo. – Porque posso ir lá pedi--lo de volta agora.

– Tudo bem – Kyo falou baixinho. – Que bom que a senhora o deu pra ela. Sapo encontrou um novo lar.

Ayako se sentou e colocou a mão na mesa.

– Me desculpe.

– Tudo bem. Mesmo.

Ele ergueu a cabeça e sorriu para tranquilizá-la.

Antes que Ayako pudesse responder, Ota, o carteiro, a chamou com sua característica alegria matinal. Kyo e Ayako o cumprimentaram e ele entregou para ela um pequeno envelope endereçado a "Hibiki". Ela o examinou com atenção antes de passá-lo para o neto, que o abriu na hora.

Caro Hibiki-san (se me permite),
Espero que não se importe, mas descobri seu trabalho quando estava

participando como jurado em um concurso de mangá em que você se inscreveu recentemente. Gostei muito do seu mangá de quatro quadros do Sapo Detetive, que, apesar de não ser perfeito, deixou uma impressão duradoura em mim. Receio que, embora eu tenha protestado bastante diante dos outros jurados, você não tenha conseguido conquistar o prêmio. Lamento muito por isso.

No entanto, sei reconhecer um trabalho com potencial, e, se for possível, gostaria de me encontrar com você. Não posso prometer nada, mas talvez eu esteja procurando um assistente – alguém para trabalhar comigo no estúdio. Não posso oferecer muito em termos de fama e riqueza, mas quem sabe possa lhe mostrar como funciona a indústria do mangá. Eu mesmo comecei desta forma, e é de praxe que artistas consagrados contratem discípulos e os ajudem em sua carreira. Você começaria principalmente pintando e delineando meu trabalho, mas a atividade deve ser útil para aprender sobre o processo de criação de um mangá.

Não sei nada sobre você, mas vi algo em seus desenhos. De qualquer forma, não precisa me dar uma resposta agora e acho que, em primeiro lugar, seria melhor se você viesse ao meu estúdio em Kokubunji, Tóquio, para que pudéssemos nos encontrar e nos conhecer. Se tiver um portfólio de trabalho, traga-o para me mostrar, e, se pensar em alguma ideia para histórias mais longas, eu adoraria ouvi-las.

Se estiver interessado, por favor, avise-me. Você pode escrever para o endereço que consta no cartão anexado.

Atenciosamente,

Tanikawa Sakutaro

Kyo não conseguiu processar a mensagem. Entregou o papel para Ayako, que se pôs a ler enquanto ele estudava o cartão com o endereço de um estúdio em Kokubunji. O logotipo era a silhueta preta de um gato.

– Quem é esse Tanikawa-sensei? – ela perguntou, erguendo a cabeça.

– É um grande artista! – Kyo falou de olhos arregalados. – Lembra aquela série de mangá que eu estava lendo sobre Go? Aquele em que dois mestres lutam para serem coroados como os melhores do Japão?

– Vagamente...

– Foi ele quem desenhou! E escreveu a história também! O título é *Go! Go! GO!*

Ayako sorriu.

– Ótimas notícias, então.

– Sim!

– O que você vai fazer?

Foi só aí que Kyo se lembrou da faculdade de medicina, do vestibular, da vida toda planejada para ele.

– Bem, vamos começar do começo – Ayako falou, olhando para o relógio. – Vamos tomar café da manhã, nos vestir e ir pra estação pra encontrar sua mãe. Você vai ter bastante tempo pra pensar nisso tudo depois.

Kyo disparou para o quarto com a carta.

– Estou orgulhosa de você – Ayako falou.

Só que ela falou baixinho, e ele não a ouviu.

Eles encontraram a mãe de Kyo na estação; ela estava usando um quimono elegante – a cor e o design eram perfeitos, suaves e discretos. Sua mãe era sempre impecável. Ao seu redor aglomerava-se uma variedade de jovens adultos com trajes formais para a cerimônia, acompanhados por amigos e familiares que compareceriam como convidados.

Setsuko estava na frente da estação, digitando algo no celular, enquanto esperava os dois. Quando eles se aproximaram, ela guardou o aparelho numa pequena bolsa e acenou.

– Kyo! – seu rosto se iluminou.

– Oi, mãe.

– Você perdeu peso! Está em ótima forma!

Eles deram um abraço breve. Não era algo que faziam sempre, mas aquele era um dia especial.

Ela deu um passo para trás a fim de vê-lo melhor, correndo os olhos da cabeça aos pés e avaliando o quimono formal do filho.

– Você está tão parecido com o seu pai... – ela disse.

Kyo corou.

Em seguida, ela se voltou para Ayako e fez uma mesura.

– Mãe.

– Setchan. – Ayako devolveu a mesura.

– Quanto tempo. Não tenho palavras para agradecê-la por cuidar de Kyo neste último ano. Espero que ele não tenha dado trabalho demais.

– Ele teve seus momentos. – Ayako sorriu e depois balançou a cabeça. – Não, tem sido um prazer tê-lo comigo. Um verdadeiro prazer.

Kyo coçou o cotovelo, sem jeito.

– Vamos? – Ayako disse, indicando que se deslocassem com a multidão para a Câmara Municipal, onde a cerimônia de maioridade seria realizada.

Depois da cerimônia, todos ficaram batendo papo do lado de fora do salão. Alguns dos jovens usavam ternos; outros, como Kyo, estavam de quimono formal. Todas as garotas usavam quimonos coloridos, extravagantes e brilhantes, com forro de pele nas golas e mangas furisode, compridas. A cena acabou se transformando numa série de pequenas sessões de fotos. Jovens posavam. Câmeras emitiam flashes.

– Mais uma! Mais uma! – grupos gritavam aqui e ali.

A mãe e a avó de Kyo se revezaram para sair nas fotos com ele. Então Sato apareceu e tirou foto de Kyo, Ayako e Setsuko com sua velha Canon SLR. Depois, os quatro entraram no carro surrado de Sato e atravessaram a ponte para a ilha de Innoshima, onde almoçaram num restaurante chique de um amigo de Sato.

Comeram seus bentôs conversando e rindo das histórias de Sato sobre sua própria cerimônia de maioridade, tendo o Mar Interior como pano de fundo, visível pelas enormes janelas do moderno restaurante. O mar estendia-se ao longe, engolido pelo horizonte.

●

Naquela noite, Ayako tinha organizado com Jun e Emi uma comemoração para Kyo no hostel recém-reformado.

Mas Ayako não sabia da surpresa que Kyo tinha preparado para ela. Ele ajudara Jun a pendurar suas pinturas na parede alguns dias antes. Ayako ficou um pouco chocada quando viu o título da série: *Ayako vs. A Montanha*.

Inspirado pela história da avó escalando e sobrevivendo ao Monte Tanigawa, Kyo criara uma série que retratava sua batalha. Usou o espaço em branco da tela para representar a tempestade de neve, e as pinturas mostravam Ayako chegando ao cume, lutando contra os elementos da natureza, deixando a pequena urna com as cinzas do filho na placa em homenagem ao marido e rezando, depois quebrando a perna, se escondendo da tempestade, rastejando montanha abaixo.

A princípio, quando Ayako viu as telas, ficou um pouco chateada. Parecia-lhe vulgar exibir ao público uma experiência tão pessoal. Porém, quanto mais observava cada quadro, mais passava a amá-los e compreendê-los. Gostou principalmente do último, em que estava deitada de costas na neve, aparentemente arrasada, exceto pelo sorriso triunfante no rosto.

Ele entendeu, ela pensou consigo mesma. *Ele entendeu o que eu passei.*

Então sentiu uma onda rápida de culpa, vergonha, tristeza e fracasso crescendo dentro de si. Balançou a cabeça. Não, aquelas emoções podiam até ser reais, mas não eram tudo. Não tinham mais lugar em sua vida. Ela se permitiu senti-las. Logo passariam. E passaram mesmo em poucos segundos. Em seguida, Ayako se permitiu sentir alegria. Alegria por ainda estar viva, que desabrochou em seu âmago e se transformou em orgulho. Orgulho de tudo o que teve de superar contra a própria vontade. Orgulho do garoto e de quem ele estava se tornando. Ela teve de cobrir o rosto com o lenço, fingindo que seu nariz estava escorrendo.

○

Kyo estava um pouco tonto das cervejas que tinha tomado. Não tinha bebido muito desde a terrível noite em Hiroshima, mas, naquele dia, as coisas estavam melhores. Parecia que a esperança pairava no ar. Estava abrindo mais uma latinha de Asahi e enchendo o copo quando viu Ayumi na porta. Seu cabelo estava preso num rabo de cavalo e ela observava a pequena aglomeração de pessoas. Quando viu Kyo, ela sorriu e acenou. Ele apontou para um copo vazio, e ela assentiu em resposta. Ele serviu um segundo copo e se aproximou dela.

– Oi – ela disse, pegando a cerveja e acenando a cabeça. – Parabéns.

– Pelo quê?

– Por isto! – Ela abriu os braços, derramando um pouco de cerveja. – Pelos quadros! Pelo seu trabalho!

Kyo corou.

– E... – Ela mordeu o lábio. – Parabéns por se tornar adulto. Finalmente você pode beber legalmente. – Ela deu tapinhas no copo.

Kyo deu risada.

– Um brinde a isso.

– Ayako me contou da carta de Tanikawa-sensei, o artista de mangá.

– Ah.

Ele olhou para o chão.

– Por que está tão carrancudo? – ela perguntou. – É uma ótima notícia, Kyo! Essas oportunidades não aparecem toda hora. Você vai pra Tóquio, né? Pra conversar com ele?

– Não sei...

– Como assim?

– Eu meio que gosto daqui, sabe, Onomichi. E... – Ele se interrompeu. – Eu ficaria com saudade da minha avó... e de você...

– Kyo. – Ela lhe deu um empurrão no peito e falou com firmeza: – Se eu te vir todo amuado por aí daqui um mês, vou ficar brava de verdade. Vou chamar Ayako, e vamos formar um time pra enfiar algum juízo em você. Vamos acabar com você. Vá para Tóquio. Siga seus sonhos.

– Talvez – ele falou, assentindo. – Mas...

– Nada de mas. É a sua vida, Kyo. É importante.

Ele abriu um sorriso torto.

– Acho que você está certa.

– Eu sei. Sempre estou. – Ela sorriu. – Enfim, vamos conversar mais sobre isso no carro a caminho do Dogo Onsen...

Ela foi interrompida pelo som de vidro tilintando, e todos olharam para Sato, que batia numa garrafa vazia de cerveja Kirin com um palitinho.

– Pessoal – ele começou o discurso. – Só queria aproveitar a oportunidade pra parabenizar Kyo por se tornar adulto. A idade é apenas um número, e todos sabemos que ele já era um jovem cavalheiro de Tóquio quando chegou à nossa cidadezinha atrasada. – Ele olhou diretamente para Kyo. – Mas tivemos a sorte de passar este ano com você. Você se tornou parte da comunidade de Onomichi. Me ajudou com a loja, ajudou Jun e Emi com este maravilhoso hostel. – Ele fez uma pausa e olhou em volta. – E, mais importante, você deu a todos nós algo especial... um incrível apelido para o chefe de estação Ono: o Tanuki!

Todos deram risada e comemoraram.

Tanuki encarou Kyo por trás dos óculos, e o garoto abriu um sorriso constrangido. Tanuki deu uma piscadela e sorriu de volta. Sato continuou:

– E você até ajudou sua avó, não só com o café... – Ele tossiu e deu uma risadinha maliciosa. – Mas também a deixou um pouco mais suave.

Sato gargalhou junto com todo o salão, enquanto Ayako balançava a cabeça.

– De modo algum! – ela gritou, com os olhos brilhando por conta dos copos de umeshu que tinha bebido antes. – Cuidado, Sato!

– Mas sério – ele continuou, gesticulando para as pinturas nas paredes. Todos olharam para as impressionantes telas ao redor. – Você chegou a Onomichi como um homem, Kyo. Mas estamos torcendo pra que nossa cidadezinha o tenha ajudado a se tornar um artista. Porque, Kyo, hoje podemos dizer com segurança que você é um artista, e sempre vai ser.

O rosto de Kyo ficou todo vermelho.

– E aonde quer que a vida te leve, e sei que você está destinado a coisas maiores e melhores que esta cidadezinha, seja qual for o caminho que você escolha trilhar, também torcemos pra que sempre leve Onomichi com você, no seu coração. – Ele bateu no próprio peito, um pouco bêbado. Seus olhos lacrimejaram.

Tanuki interveio:

– A Kyo! Kanpai!

Todos ergueram os copos e gritaram:

– Kanpai!

Kyo encontrou os olhos de Ayumi, e ela cobriu a boca com a mão para rir.

Ele deu um gole na cerveja e procurou a mãe. Ela não estava no salão, e então ele a viu lá fora, falando no telefone.

Tinha perdido o discurso.

☯

Era uma manhã gelada e tranquila, e Kyo acordou com o cheiro do café da manhã. Saiu do futon e seguiu descalço para a sala. A avó e a mãe estavam preparando a comida juntas em silêncio. Ele se sentou à mesa e esperou que elas percebessem que estava acordado. Estremeceu de leve com o frio, mas o kotatsu estava ligado, então ele se enfiou debaixo do cobertor para se aquecer.

– Bom dia – sua mãe falou, enfim notando sua presença.

– Bom dia – Kyo respondeu, bocejando.

Ayako e Setsuko trouxeram a comida e se sentaram à mesa. Todos comeram em silêncio, pensativos.

O celular de Setsuko vibrou, e ela o pegou para ler a mensagem.

– Aff. – Ela abaixou o aparelho. – Desculpem por fazer isso com vocês…

Ayako assentiu.

Kyo suspirou.

– Mas vou ter que voltar pra Tóquio hoje. Me desculpe, Kyo. Sei que você queria me levar pra Hiroshima pra ver a Cúpula da Bomba Atômica e comer okonomiyaki. E eu queria muito ver o torii flutuante em Miyajima, mas preciso voltar pro trabalho. – Ela engoliu o resto da sopa de missô. – Me desculpe mesmo.

– Tudo bem – Kyo disse. – Vamos ficar bem, né, vovó?

– Claro – Ayako falou alegremente, depois pareceu se lembrar de algo.

– Kyo, você mostrou aquela carta pra sua mãe?

Kyo encarou a avó e balançou a cabeça.

– Não.

– Que carta? – sua mãe perguntou.

– Mostre pra ela!

Kyo foi pegar a carta e a entregou para a mãe, que a leu extremamente rápido.

– Que legal, Kyo. – Ela sorriu. – Que bom que um artista elogiou seu trabalho desse jeito. Fiquei comovida com as suas pinturas na exposição de ontem. Mas... – Ela fez uma pausa, franzindo o cenho de leve. – Só espero que tudo isto não esteja te distraindo do vestibular. Você precisa passar pra entrar na faculdade de medicina. Não tem tempo agora pra ficar sonhando e desenhando. Pode fazer isso no seu tempo livre. É só um hobby.

A expressão de Kyo murchou e ele olhou para a avó, que também parecia um pouco decepcionada.

– Mas e se eu quiser ser discípulo de Tanikawa-sensei? – Kyo perguntou, falando depressa. – E se isso for o que eu quero fazer? E se eu não quiser estudar medicina? E se eu não quiser ser médico?

A mãe deu risada.

– Não seja bobo, Kyo! Não há estabilidade na arte. É por isso que se fala em "artistas famintos". Faça o vestibular, se torne médico, e daí você vai ter uma vida estável e confortável. Vai poder desenhar no seu tempo livre.

Kyo zombou de leve:

– Tempo livre?

– Sim – ela falou. – No seu tempo livre. Como um hobby. Já discutimos isso.

– A senhora não tem tempo livre – Kyo falou sem olhar para ela, tremendo um pouco. – Quase não conseguiu vir pra minha cerimônia de maioridade. Esta é a primeira vez que você vem me visitar em um ano. Você nunca teve tempo pra mim. Nunca ligou pra mim. Como é que vou me tornar um artista no meu tempo livre se você nem consegue ser mãe no seu tempo livre...

– Kyo! – Ayako gritou, abaixando a tigela. – NÃO fale com sua mãe desse jeito.

Ele olhou para a avó, boquiaberto.

Os olhos dela estavam frios. Sua expressão era de raiva.

Como ela podia traí-lo desse jeito?

Por que não o defendia?

Kyo ficou de pé.

– Obrigado pelo café da manhã.

Ele se virou e foi direto para o genkan para calçar os sapatos. Pegou a mochila que estava pendurada, na qual estavam seu caderno e suas canetas.

– Kyo, meu amor – sua mãe disse. – Pra onde você vai? Ainda está de pijama, querido. Não pode sair assim.

Ele pegou um sobretudo, virou as costas sem falar nada e saiu pela porta.

– Kyo! – Setsuko se levantou. – Espere!

Ayako colocou a mão no pulso dela com firmeza.

– Eu vou. Vai ficar tudo bem. Não se preocupe.

Ela vestiu o tonbi e saiu.

Sabia onde encontrá-lo.

○

Kyo sentou-se numa pedra bem acima da cidade. Estava tremendo.

Era seu lugar favorito para desenhar. Agora sabia o que queria.

Não queria ir embora. Queria ficar ali em Onomichi. Não queria prestar vestibular, não queria estudar medicina. Não queria voltar para Tóquio. Queria ficar. Aquele era seu lar.

Se pudesse ao menos congelar o tempo, para não ter de tomar decisões sobre sua vida e seu futuro...

No fundo, ele sabia que a avó não o traíra. A raiva e a indignação tinham se dissipado de sua mente enquanto ele subia a montanha. Assim que voltasse para casa, pediria desculpas para ela. Também pediria desculpas para a mãe. Mas não se desculparia pelo que sentia no coração.

O que havia de errado em seguir os próprios sonhos?

O que era esta vida senão dele, para fazer o que bem entendesse?

Kyo colocou as mãos na cabeça e fechou os olhos, vendo um milhão de vidas se desenrolarem na mente, achando insuportável pensar na miríade de possibilidades que o esperavam. Alguns cenários surgiram. Casado, com filhos. Divorciado. Bêbado e desempregado. Ganhando muito dinheiro. Com uma família feliz. Passando dificuldade como artista. Recebendo críticas ruins. Dor. Alegria. Com uma grande tarefa diante de si, assomando sobre ele feito um pico montanhoso e escarpado. Ali estava a definição de fracasso ou sucesso. Sendo julgado por seus pares. Recebendo elogios de seus ídolos. Jogado na sarjeta. Morrendo no anonimato. Sendo aclamado. Vivendo como médico. Salvando vidas. Membro da sociedade. Vagabundo de rua. Um fracassado, morando em Okinawa, ensinando as pessoas a surfar. Carros. Filhos. Tendo uma morte súbita. Motos. Tentando recuperar a juventude perdida. Morte na família. Pais que vivem mais que os filhos. A perda de uma parceira. Luto. Câncer. Desgosto. Casos. Adultério. Roubo. Assassinato. Assalto. Guerra. Fome. Desigualdade. Impotência. Fracasso. Fracasso avassalador. Fracasso retumbante. Sapo. Suicídio.

Quanto mais pensava, mais sua mente se agitava.

O que estava fazendo com sua vida? Para onde estava indo?

Ele só queria desenhar. Ser um artista.

Ser um artista. Morar com a avó. Saber mais sobre ela e o pai.

Foi então que viu a história completa da própria vida; ela flutuou em sua mente do primeiro ao último quadro. Uma gloriosa epifania, nascida do conflito e da dor. O pico da montanha surgiu de repente, cristalino, brutal e gelado à distância, enquanto o sol beijava seu topo em meio ao vento. Ele suspirou, meio de prazer, meio de resignação. O caminho que tinha à frente seria longo, mas estava certo de que o conhecia. Tudo o que precisava fazer era trabalhar numa linha por vez, quadro por quadro. Assim como a avó ao descer a montanha, ele estabeleceria minitarefas para si todos os dias, pequenas metas que aos poucos resultariam num todo. Seguiria em frente e nunca desistiria. Sentado ali, sozinho na montanha, tudo o que tinha era o presente. O passado e o futuro não importavam. O trabalho era tudo o que tinha – e nele residia a alegria de existir.

Tudo lhe pareceu simples. A resposta estava bem diante de si.

Ele viu os primeiros quadros na cabeça: o contorno de uma mulher de quimono subindo uma montanha e olhando para a água. A cidade de

Onomichi abaixo. Era uma mulher forte e de rosto severo, com uma expressão sombria. Andava mancando e não tinha alguns dedos. Mas havia dor e sabedoria em seus olhos. Tinha experimentado uma longa vida cheia de dificuldades, que superava todos os dias. Ela tinha muitas coisas a dizer; nem todas eram boas, e algumas eram até ruins. Mas ela era importante; era real e valorosa. As pessoas deviam ouvir sua história. E Kyo podia contá-la.

Em sua mente, ele viu no canto superior esquerdo do primeiro quadro um balão de diálogo que dizia:

Ayako tinha uma rotina bastante rígida, da qual não gostava de se desviar.

Ele pegou um caderno novo.
Abriu a primeira página e começou a desenhar.

Ayako *vs.* A Montanha:
O impulso final até o topo

Ayako apertou o sobretudo firmemente em torno de si.

Subiu a montanha com as pernas queimando. Tinha de andar rápido.

Sabia exatamente o que tinha de fazer.

O vento soprou uma brisa gelada, que ela sentiu no fundo das articulações. Estava ficando velha.

Enquanto subia a montanha, pensou na vida que levara, nos erros que cometera, nas alegrias, no desespero, nos picos, nas depressões. Nas montanhas e nos vales.

A cidade fluía à sua volta, mas ela não notava nada nem ninguém. Sua mente estava focada no cume. Sabia onde o garoto estava: sentado naquela pedra que ele adorava. No mesmo lugar para onde seu filho costumava ir.

Seu filho. Seu lindo e charmoso filho, que ela perdera para a vida cruel.

Seu marido. Seu querido, gentil e generoso marido, que ela perdera para os elementos.

Seu pai. O pai que nunca conhecera, que ela perdera para a bomba.

Enfrentara problemas, erros, dificuldades.

Mas agora era velha e sábia. Sabia o que tinha de fazer.

Ayako seguiu em frente, queimando por dentro. Nada a impediria. Nada poderia detê-la.

As pessoas escalavam montanhas todos os dias.

Algumas grandes, outras pequenas.

Mas todas se levantavam, e havia quem jamais desistisse.

Também havia aqueles que sucumbiam...

Ayako afastou esses pensamentos da mente e se concentrou no garoto.

Sabia exatamente o que diria para ele quando o encontrasse.

Ia dizer que o amava. Ia dizer que tinha orgulho dele.

E ia contar tudo o que ele quisesse saber sobre o pai. Sobre o quanto o amara também. E o quanto se orgulhava dele. E como a vida pode ser cruel ao tirar de nós as coisas que tanto amamos. Só que isso não é culpa de ninguém.

Às vezes, a vida era dura.

Mas a coisa mais importante que queria dizer ao neto era que a vida era dele, e ele devia fazer o que bem entendesse. Ela o apoiaria, o amaria e se orgulharia dele, não importava qual escolha ele fizesse.

Ela seria sua corda de segurança.

Poderia ajudá-lo na escalada.

Sua respiração estava mais acelerada que o normal. Ela fazia força para persegui-lo montanha acima. Estava quase correndo e ficou ofegante, sem ar.

Então ele surgiu, sentado no topo de uma grande rocha. Ela o viu claramente. Tinha uma caneta na mão e estava desenhando no caderno aberto em seu colo.

Com a outra mão, fazia carinho num gatinho preto.

Ayako se preparou. Que sensação era essa, que a puxava para baixo, tornando difícil se aproximar dele? Seus membros estavam pesados, e ela estava exausta. Seus músculos doíam. Estava vendo o garoto e seu querido e amado Coltrane, mas seu corpo não se movia rápido o suficiente. Não conseguia mais mexer as pernas.

Mais rápido. Ela queria ir mais rápido.

*

Estabeleceu uma pequena meta para si. Endireitou-se, e o som suave e constante das palavras ecoou em sua cabeça:

Vá até aquele poste. Vá até aquele poste.

Você consegue. Você consegue. Só mais um pouco.
Continue.
Você consegue.

Posfácio da tradutora

A primeira vez que encontro Hibiki é em sua casa em Onomichi. Seu parceiro de longa data, Henrik, está lá para me receber, assim como seu fiel gato preto caolho, Coltrane.

– Esta casa era de minha mãe – Hibiki me diz enquanto eu o sigo, tirando os sapatos na entrada. – Ela a deixou para mim em seu testamento.

Hibiki e Henrik passaram a maior parte de suas vidas no exterior, na Escandinávia, mas se mudaram para Onomichi quando a mãe de Hibiki ficou gravemente doente. Eles se dedicaram a reformar a velha casa e agora prestam serviços de reforma para outras famílias da cidade, mesclando a carpintaria tradicional japonesa com métodos escandinavos, num esforço para revitalizar as antigas propriedades da cidade.

A casa é limpa e muito bem-cuidada. Discos de vinil, livros e CDs ocupam uma parede da sala de estar, todos aninhados numa série de estantes distintas e interligadas. Henrik nos serve café na prensa francesa antes de se retirar para outra sala. Um toca-discos ressoa música clássica baixinho, e faço perguntas a Hibiki enquanto ele acaricia Coltrane, pensativo. Está nevando lá fora, e da sala podemos ver um lindo jardim japonês, com um bordo de galhos secos cobertos de neve próximo a um velho lago. Pela primeira vez em meses – foi um ano longo e difícil –, sinto algo se libertar dentro de mim, como se um músculo finalmente relaxasse. Perto de Hibiki, sinto-me em paz.

Hibiki é um homem idoso – bem-vestido, de camisa social, blazer e calça, cabelos brancos e barba grisalha aparada. Tem uma risada profunda e contagiante. Seu comportamento me lembra o personagem Sato, de seu livro, e, quando aponto isso, ele dá risada, dizendo:

– Ah, então você percebeu, não é?

Ele é educado e humilde. Diz que jamais esperou que *Som de água* fosse lido no Japão, que dirá traduzido para o inglês. No início de nossa conversa, ele comenta que ainda está um pouco confuso sobre o motivo pelo qual desejo traduzir seu trabalho.

Isto é o que mais me impressiona em nossa conversa: ele não quer falar do romance que escreveu nem de minha tradução. Naturalmente, vim preparada para fazer e responder a perguntas sobre o romance. Há um lado meu que está extremamente nervoso – preciso da permissão dele para publicar, e tenho certeza de que ele vai me questionar sobre alguma palavra ou frase difícil que me deixará perplexa e revelará minha ignorância, minha incompetência. Mas, em vez disso, tenho a impressão de que ele nem leu os trechos que lhe enviei. De alguma forma, ele inverteu os papéis e é ele quem me faz perguntas – e parece genuinamente interessado em minha vida.

– O que fez você querer se tornar tradutora? O que fez você querer aprender japonês? O que você acha de morar no Japão? Sempre foi seu sonho traduzir ficção?

Ele dispara uma pergunta atrás da outra, sem parar de fazer carinho em Coltrane e beber seu café, acenando a cabeça, pensativo, diante de minhas respostas hesitantes. É estranho, mas acho sua presença inquisitiva calmante, e meu japonês nervoso e cambaleante aos poucos se torna fluido de novo.

Ele me conta sobre sair do Japão:

– Passei a maior parte da vida adulta no exterior principalmente porque nunca me senti parte deste lugar, pra começo de conversa. Foi difícil crescer na zona rural do Japão sendo gay. Meu pai queria que eu me tornasse médico, mas sempre me senti mais atraído pela arte e pelo design. Num mundo ideal, eu me tornaria artista de mangá, mas meu pai nunca teria permitido.

– Então o senhor desenhava como Kyo?

Ele dá risada.

– Nunca fui tão bom quanto ele. Sofri do mesmo problema: tinha dificuldade pra terminar o que começava. Minha mãe fez o que pôde pra apoiar meus sonhos, mas era complicado pra ela. Ela brigou com meu pai pra que eu pudesse frequentar uma escola de design em Tóquio. Acho que esse foi o começo de minha jornada para longe do Japão e de meu pai. Mantive contato com minha mãe por meio de cartas, mas parte de mim se sente extremamente culpada por tê-la abandonado.

Ele dá um longo gole no café antes de continuar.

– Mas nunca desisti do meu desejo de contar histórias. Ah, como eu queria criar algo! Qualquer coisa! Algo completo, acabado. Mas, toda vez que tentava, entrava em pânico ao pensar no quanto ainda faltava, no que as pessoas achariam, e ficava paralisado. Minha outra carreira decolou no exterior e ficou cada vez mais difícil ter tempo para meus projetos pessoais. Então minha mãe ficou doente e voltei a Onomichi para ficar com ela. Passei bastante tempo ao lado dela no hospital, torcendo e rezando para que ela se recuperasse. Àquela altura, eu já havia perdido a prática com o desenho, mas comecei a escrever os rascunhos das histórias de Kyo e Ayako. Eu os lia para ela enquanto ela estava de cama. Escrevi as histórias principalmente para ela. Ela sempre foi uma grande leitora, mas achava difícil se concentrar num livro no fim da vida.

Coltrane solta um miado surpreendentemente alto, talvez enxergando algo interessante atrás da janela. Hibiki lhe dá uma boa coçada atrás da orelha.

– Nunca pensei em publicar, mas Henrik me incentivou a enviar o manuscrito para um antigo amigo de escola que tinha trabalhado para uma grande editora em Tóquio. Ele se aposentou e voltou para cá e queria abrir uma pequena editora, a Senkosha, acho que para se manter ocupado. *Som de água* foi seu primeiro e único livro. Ele infelizmente faleceu há pouco tempo.

Pergunto a ele sobre o processo de escrita e como foi finalmente terminar um romance, depois de anos sonhando em concluir algo. Ele responde:

– Não se trata de chegar ao fim, de concluir algo. Era isso que eu precisava aprender. É mais sobre a jornada, o processo em si. O ciclo do trabalho e da arte é como as estações: flui de uma para outra, girando e girando indefinidamente.

Falamos pelo que parecem horas, e é só quando Henrik volta que a conversa vai se encaminhando para o fim. Um pânico familiar começa a me dominar – tecnicamente, ainda não tenho a permissão dele para traduzir o livro. Como se pudesse ler meus pensamentos, ele fala:

– Por favor, Flo-chan. Traduza o livro para o inglês. Você tem minha bênção. Eu mesmo não tenho interesse nisso, mas estou vendo que é importante para você. Isso é o que conta. Quem sou eu para atrapalhar seus sonhos?

Faço uma mesura, agradecendo-o profusamente. Nós nos despedimos e, quando ele está prestes a sair da sala, faz uma pausa, como se algo importante tivesse lhe ocorrido.

– Mas, se você for mesmo traduzir este livro, Flo, tem de me prometer uma coisa.

– O quê?

– Prometa que vai torná-lo seu. – Ele me olha diretamente nos olhos. – Coloque algo de você nele. Para que os leitores tenham uma ideia de *você*.

– Prometo – digo, fazendo uma reverência.

Ele se vira para Coltrane, encolhido no chão de tatame. Suas patinhas se contorcem enquanto ele sonha.

– Ah, gatos… eles sonham, mas não deixam que os sonhos os consumam. Esse é o problema dos humanos. Achamos que temos de tornar nossos sonhos realidade. E é isso que nos provoca tanta alegria e descontentamento.

⁂

A tradução nunca é uma ciência exata. Para aqueles que enxergam os erros flagrantes, as omissões e a estranheza da linguagem, saibam que tudo isso é culpa minha, e peço desculpas por perder um tanto da beleza durante o processo. No entanto, espero ter preservado o espírito do romance original – espero que os personagens de Kyo e Ayako possam viver suas verdades mesmo que em outro idioma.

Tomei decisões no texto que devo explicar aqui. Em geral, não usei itálico nas palavras japonesas e removi os diacríticos do texto. Porém, deixei os amados provérbios de Ayako em itálico. Forneci abaixo uma lista de todos eles com seus kanjis, breves explicações e equivalentes. Evitei o uso de notas de rodapé para preservar a fluência do texto. Em vez disso, na maioria das vezes inseri a definição das palavras japonesas imediatamente após sua ocorrência (por exemplo, umeshu, vinho de ameixa). Acredito que isso pode tornar a leitura mais fácil para os leitores que não estão familiarizados com o Japão, ao mesmo tempo que preserva a cultura da qual esta história nasceu.

Os nomes são citados conforme a convenção japonesa: primeiro o sobrenome, seguido do primeiro nome (por exemplo, Tabata Ayako).

Apesar de tê-lo conhecido pessoalmente e de ter passado ainda mais tempo com suas palavras e seus personagens, ainda conheço pouco sobre o autor, Hibiki. Ele é um homem extremamente reservado e deseja permanecer anônimo. Recusou-se a dar qualquer entrevista pelo lançamento de *Som de água* na América do Norte, optando por manter sua identidade em segredo, e, por isso, alguns nomes foram alterados. Imploro ao público que respeite seus desejos. Eu mesma não posso deixar de agradecê-lo aqui por me permitir traduzir suas palavras. Ele gentilmente deixou que eu escrevesse sobre nosso breve encontro neste posfácio e, após algumas sugestões e revisões para preservar seu anonimato, me deu sinal verde.

Obrigada, Hibiki-sensei, Henrik e Coltrane. Meus mais sinceros agradecimentos também a Kyoko, Makoto e Ogawa-sensei. E Lily também, onde quer que você esteja.

Flo Dunthorpe
Tóquio, 2023

Provérbios

go ni haitte wa go ni shitagae (郷に入っては郷に従え)
Tradução literal: Ao entrar na aldeia, cumpra as regras da aldeia.
Equivalente: Quando em Roma, faça como os romanos.

kaeru no ko wa kaeru (蛙の子は蛙)
Tradução literal: O filho de um sapo também é sapo.
Equivalentes: Tal pai, tal filho. Filho de peixe, peixinho é.

saru mo ki kara ochiru (猿も木から落ちる)
Tradução literal: Até o macaco cai da árvore.
Equivalente: Todo mundo comete erros.

yama ari tani ari (山あり谷あり)
Tradução literal: Há montanhas e há vales.
Equivalente: A vida é cheia de altos e baixos.

junin toiro (十人十色)
Tradução literal: Dez pessoas, dez cores.
Equivalente: Todo mundo é diferente.

bijin hakumei (美人薄命)
Tradução literal: Coisa linda, vida curta.
Equivalente: A beleza dura pouco.

kyakusama wa kamisama (客様は神様)
Tradução literal: O cliente é um deus.
Equivalente: O cliente sempre tem razão.

Agradecimentos

Agradecimentos eternos a: Bobby Mostyn-Owen, Ed Wilson, Hélène Butler, Anna Dawson, Tom Watson, Theresa Wang, Jacob Rollinson, Mike Allen, Hiroko Asago, Tamsin Shelton e Ryoko Matsuba.

A todos que apoiaram meu primeiro livro: David Mitchell, Rowan Hisayo Buchanan, David Peace, Elizabeth Macneal, Ashley Hickson--Lovence, Andrew Cowan, Amit Chaudhuri, Eleanor Wasserberg, Kirsty Doole, Gemma Davis, Sophie Walker, Carmen Balit e todos os talentosos tradutores que trabalharam no livro.

A todos da Doubleday: Milly Reid, Hana Sparkes, Sara Roberts e Kate Samano.

A Chie Izumi, pela maravilhosa caligrafia.

A Rohan Daniel Eason, pelas ilustrações incríveis.

A Irene Martínez Costa, pela linda capa.

Aos Bradley, Pachico e Ashby, por sempre estarem presentes.

A Rosie, Weasel e Julie, pelo amor e apoio infinitos.

SUA OPINIÃO É MUITO IMPORTANTE

Mande um e-mail para **opiniao@vreditoras.com.br**
com o título deste livro no campo "Assunto".

1ª edição, maio 2025
FONTE Dante MT Std 11,3/16,1pt
PAPEL Lux Cream 60g/m²
IMPRESSÃO Gráfica Santa Marta
LOTE GSM050325